Deniz Selek

DIE FARBEN IM SPIEGEL

ROMAN

DROEMER

Besuchen Sie uns im Internet:
www.droemer.de

FSC
www.fsc.org
MIX
Papier aus verantwortungsvollen Quellen
FSC® C083411

Originalausgabe August 2017
Droemer Taschenbuch

Ein Imprint der Verlagsgruppe
Droemer Knaur GmbH & Co. KG, München

Redaktion: Silvia Kuttny-Walser
Covergestaltung: ZERO Werbeagentur, München
Coverabbildung: FinePic / shutterstock
Satz: Nadine Clemens, München
Druck und Bindung: CPI books GmbH, Leck
ISBN 978-3-426-30575-1

2 4 5 3 1

Diese Geschichte ist für alle,
die eine große Liebe im Herzen tragen.
Ganz gleich, ob sie nah ist oder fern,
gelebt wird oder schlummert.
Sie ist für all jene, die verstanden haben,
dass echte Liebe nur im Loslassen gedeihen kann.

ALEV

Ich frage mich manchmal, wie mein Leben verlaufen wäre, wenn sich meine türkische Seele so frei hätte entfalten dürfen wie meine deutsche. Wenn ich sie behalten und nicht an der Grenze zu Deutschland zurückgelassen hätte wie ein zu schweres Gepäckstück. Hätte es überhaupt einen Unterschied gemacht? Wäre ich heute ein glücklicherer Mensch, wenn diese entgegengesetzten Pole miteinander verschmolzen wären? Wenn ich sie zu einem Ganzen hätte zusammenfügen können? Zu etwas Vollständigem, Unversehrtem, zu etwas Klarem, ohne Fragezeichen? Nur mit einem kleinen, selbstverständlichen Punkt?

Wie hätte ich gelebt? Und vor allem wo? Welcher Ort wäre der richtige für mich gewesen? Wo wäre ich zu Hause gewesen, wo hätte ich mich wohler gefühlt? In Istanbul oder in Hannover? Oder in beiden Städten?

Und wen hätte ich geliebt? Jemanden, der ganz anders oder mir ähnlich ist? So ähnlich, dass ich mich in ihm hätte spiegeln können. Den ich wortlos verstanden und der mich ebenso wortlos verstanden hätte. So ähnlich, dass es keine Grenze gegeben hätte zwischen ihm und

mir. Weil ich mich verloren hätte, weil wir verschmolzen wären, seine Seele und meine. Wie Zwillinge, einer im anderen lebend, die auch dann beieinander sind, wenn viele Kilometer und langes Schweigen zwischen ihnen liegen.
Hätte ich jemanden geliebt, der ein Teil meines Lebens, meines Denkens und Fühlens gewesen wäre, der meine ganze Vergangenheit mit seinem Bild gefüllt hätte? Hätte ich mich wirklich für so eine entlarvende und beängstigende Liebe entschieden? Hätte ich den Mut dazu gehabt, wenn mein türkisches Ich meinem deutschen ebenbürtig gewesen wäre? Vielleicht. Vielleicht hätte mich das stark gemacht, stärker, als ich es jetzt bin. Aber so?

EINS

Es muss eine stille Übereinkunft gewesen sein, ein Bekenntnis, das wir nicht in Worten ablegten, sondern in einem Gefühl. Ganz gleich, wie viel Zeit verging oder wie weit wir voneinander entfernt waren – es blieb zwischen uns bestehen.

Weder Koray noch ich konnten später sagen, ob wir es vielleicht doch einmal ausgesprochen hatten. Er war sich fast sicher, während ich fast sicher war, dass es nicht geschehen war. Schließlich war ich erst fünf und er sieben Jahre alt, als er die Türkei verließ.

In dem Alter spricht man nicht über diese Dinge, man denkt nicht einmal daran, doch Koray behauptete, er habe immer daran gedacht. Ans Heiraten. Er wollte mich heiraten.

Selbst wenn ich es nicht glaube, wünsche ich mir doch, dass es wahr ist, dass er es von Anfang an wusste, viel früher noch als ich. Vielleicht möchte ich es glauben, weil es manchmal scheint, als hätte er damals nicht nur unser gemeinsames Leben verlassen, sondern dabei auch eine Lücke gerissen, die ich lange nicht schließen konnte.

Wir begegneten uns im Land unserer Väter, zu einer

Zeit, als Miniröcke und bunte Blumen die Mode bestimmten. Als der erste Mensch zum Mond flog und blutige Kriege die gesamte Südhalbkugel erschütterten.

Und während sich auf der Welt die Ereignisse überschlugen, machten Koray und ich die ersten Schritte in unserer kleinen schillernden Seifenblase.

In einer Stadt, die wie keine andere für uns geschaffen war. Istanbul. Istanbul war das Symbol der Teilung in einem Ganzen. Istanbul offenbarte unsere zwiespältige Seele, war Europa und Asien gleichermaßen. Zwei Kontinente, durch einen schmalen Grat getrennt und mit zwei Meeren verbunden. Wie eine Nabelschnur zwischen zwei Wesen, zwischen ihm und mir.

Grund dafür waren unsere deutschen Mütter, die ihren türkischen Männern in die Ferne gefolgt waren. Korays Mutter stammte aus Hamburg, meine aus Hannover.

Solche Ehen gab es Anfang der Siebzigerjahre in Istanbul nicht viele, aber an anderen Orten wahrscheinlich auch nicht. Daher war es schon ein seltsamer Zufall, dass gerade wir beide in jenem dreistöckigen Mehrfamilienhaus wohnten, nah am Marmarameer, im asiatischen Teil der Stadt.

Das Haus stand in einem großen Garten voller Maulbeeren, Aprikosenbäume und alter Jasminsträucher. Im hinteren Teil wuchsen Tomaten, Paprika und anderes Gemüse, das wir Kinder im Vorbeigehen pflückten. Eine dicke, hohe Palme bildete das Zentrum und diente uns oft als Rückenlehne, wenn wir uns vom Spielen erschöpft in das Gestrüpp setzten, das sie umgab. An einer Seite des Grundstücks standen Pinien, deren duftendes Harz stets an meinen Händen klebte. Wie goldener Honig traten die Tropfen aus der rauen Rinde hervor, so unwiderstehlich, dass ich sie immer anfassen musste. Jedes Mal bedauerte ich es gleich darauf. Nicht etwa, weil ich mich schmutzig machte, sondern weil meine Finger die Harzperlen in stumpfe braune Klümpchen verwandelten und mir das Gefühl gaben, ihre Schönheit zerstört zu haben. Dennoch konnte ich meine Hände nicht davon lassen. Ebenso wenig wie von den Pinienkernen, die mit ihrer schwarz gepuderten Schale überall herumlagen und nur darauf zu warten schienen, dass ich sie aufbrach und den süßen weißen Kern darin aß.

Auch wenn wir das Meer von unserem Haus aus nicht sehen konnten, weil ein Straßenzug dazwischenlag, war das dumpfe Tuten der Fähren zu hören, die jeden Tag zwischen den Häfen pendelten. Mit dem Gelächter der Möwen und dem Lied des Ezans bildeten diese Töne das Rückgrat meiner Welt. Es war die Selbstverständlichkeit, mit der sich alles wiederholte, das Beruhigende, Verlässliche, das mich stark und frei machte. Und es war das Vertraute, in dem mein Glück verborgen lag.

Wir galten als die Kinder der Deutschen, Koray, seine kleine Schwester Jale, mein großer Bruder Dalan und ich, auch wenn wir dem Gesetz nach Türken waren. Die Nationalität unserer Mütter war ebenso unerheblich wie ihre Sprache. Auch untereinander sprachen wir nur Türkisch, selbst unsere Mütter wechselten nur wenige deutsche Sätze, wenn sie sich unterhielten. Es galt vor anderen als unhöflich, und obwohl wir sie beherrschten, war die deutsche Sprache uns so fremd und lästig, dass wir sie so wenig wie möglich verwendeten.

Mein Bruder und ich waren Ebenbilder unserer Mutter, beide schmal gebaut, mit heller Haut und blonden Haaren. Nur hatte unsere Mutter blaue Augen, Dalan und ich dagegen grüne. Wenn wir auftauchten, schmolzen die türkischen Herzen dahin, männliche wie weibliche. Wobei Dalans Wirkung wahrscheinlich noch stärker war, weil er Locken hatte. Ein Junge mit goldenen Locken konnte nur ein Engel sein.

Doch mit dem Äußeren endeten die Ähnlichkeiten zwischen uns auch schon. Denn während ich gern draußen mit anderen Kindern spielte, zog sich Dalan meist zurück, um allein zu sein. Nichts verabscheute er mehr, als das viele Geherze und Getätschel fremder Menschen, die uns vor lauter Inbrunst in die Wange kniffen oder übers Haar strichen. Ich ließ es über mich ergehen wie einen Regenschauer und hatte es im nächsten Moment bereits vergessen. Das konnte Dalan nicht, er fühlte sich ständig bedrängt.

Wahrscheinlich hatte er auch deshalb so wenig mit Koray zu tun. Die beiden waren zwar im gleichen Alter, hätten aber unterschiedlicher nicht sein können. Dalan – schweigsam, nachdenklich und in sich gekehrt – konnte mit fünf Jahren bereits lesen und schreiben. Koray dagegen – laut, stark und wild – schenkte Büchern nicht einmal dann Beachtung, wenn er darüberstolperte. Mit seinem länglichen Gesicht und den etwas zu eng stehenden Augen sah auch er nicht türkisch, sondern eher französisch aus. Unterstrichen wurde dieser Eindruck noch von seinen Haaren, die länger und fransiger waren als bei jedem anderen Jungen, den ich kannte. Niemand sonst durfte sie so tragen, selbst Dalan mit seinen goldenen Locken nicht. Großmutter sagte, Koray würde einen wundervollen Ehemann für mich abgeben, wenn er sich nur die Haare schneiden ließe. Auch die Nachbarn tuschelten, dass es ungepflegt aussähe, wie bei einem Zigeuner, doch seine Eltern ließen ihn in Ruhe, und irgendwann hörten die Leute auf zu reden. Zumindest diejenigen, die ihn kannten.

Ärmere Jungs hatten oft kurz geschorenes Haar, weil man davon ausging, dass sie wegen mangelnder Hygiene häufiger Läuse bekämen und man diese dann schneller erkennen und beseitigen könne. Die Jungs in unseren Kreisen trugen ihr Haar zwar etwas länger, aber immer akkurat geschnitten und in Form gebracht. Bei uns Mädchen galt langes Haar als schön, nur ordentlich frisiert musste es natürlich sein.

Obwohl ich Koray für seine Standhaftigkeit und einige andere Eigenschaften bewunderte, standen er und ich gerade in den ersten Jahren in Konkurrenz zueinander. Ich war das blonde Küken, das es gewohnt war, im Mittelpunkt zu stehen. Dalan zeigte sich zu selten, als dass er mir diesen Status streitig gemacht hätte. Stattdessen tat Koray es, wenn seiner Ansicht nach zu viel Bohei um mich gemacht wurde.

Als einmal Bekannte seiner Eltern zu Besuch kamen und die Frau in schrille Verzückung über mich ausbrach, sagte er, sie brauche sich gar nicht so aufzuregen, die Haare seien nur gefärbt. Eine Sekunde lang starrte mich die Frau an, als hätte ich es tatsächlich gewagt, meinen Schopf zu bearbeiten, dann lachten sie und die anderen Erwachsenen und überhäuften nun Koray mit schmatzenden Küssen und Umarmungen.

Nicht dass ich neidisch auf die Küsse gewesen wäre, ganz und gar nicht. Aber dass er mit einem Satz die Aufmerksamkeit auf sich hatte lenken können, störte mich sehr, denn ich lebte in der Gewissheit, dass sie *mir* zustand, nicht ihm. Trotzdem stellte er mich in solchen Momenten oft in den Schatten.

Mit den anderen Kindern aus unserem Haus gelang ihm das allerdings nicht so gut. Merve, Esra und Can waren deutlich älter als wir und spielten am liebsten mit Dalan und mir. Auch wenn Dalan den Mädchen nicht viel abgewinnen konnte, schätzte er doch Esras Bruder Can. Die beiden verband eine stille Art der Freundschaft, in der Dalan sich wohlfühlte. Can schien der Einzige zu sein, der sein Bedürfnis nach Rückzug frühzeitig erkannte und ihn dann in Ruhe ließ.

Diejenige jedoch, die es unter uns wirklich schwer hatte, war Korays Schwester Jale. Sie war nicht nur ein Jahr jünger als ich, sondern auch recht pummelig, sodass sie erst spät laufen lernte. Weil sie auch sonst nicht so flink und pfiffig war, wollten weder Koray noch ich sie beim Spielen dabeihaben. Mit ihm allein war es ohnehin viel aufregender.

Wie zum Beispiel das eine Mal beim Opferfest, als ich etwa fünf Jahre alt gewesen sein muss. Es war ungewöhnlich früh warm geworden in diesen Märztagen, und der Duft des Jasmins, der in dichten Sträuchern an unserem Grundstück stand, erfüllte die Luft. Tagelang hatten Großmutter, Tante Leyla und meine Mutter die Wohnung aufgeräumt, geputzt und geschmückt. Sie hatten eingekauft und gekocht; wie immer so reichlich, dass wir die Bewohner der ganzen Straße hätten verköstigen können. Jeder tat das, weil man nicht nur viele Gäste erwartete, sondern selbst auch viele Besuche bei Verwandten und Freunden machte. Wir zogen unsere schönsten Sachen an, Tante Leyla schminkte erst sich selbst und danach mich. Ich hatte ein dunkelrotes Kleid mit einer weißen Schleife am Kragen bekommen, und Dalan trug seinen ersten Anzug. Dann klingelten Koray und Jale, die ebenso herausgeputzt waren wie wir. Ihr Auto stand schon gewaschen und poliert vor dem Haus, bereit für den Besuch bei ihren Großeltern.

Weil die drei Frauen noch immer mit Vorbereitungen und Hausarbeit beschäftigt waren und ich der Hektik entgehen wollte, fragte ich, ob ich mit Koray und Jale hinausdürfe. Meine Mutter sagte Nein, Großmutter sagte Ja, aber unter der Bedingung, dass ich mich keinesfalls schmutzig machte. Das konnte ich leicht versprechen, denn ich war auf das neue Kleid so stolz, dass ich es unbedingt sauber halten wollte.

Im Garten merkte ich gleich, dass Koray in Abenteuerlaune war. Wir sollten heimlich zum Schlachtplatz laufen, flüsterte er mir ins Ohr, weil wir ja sonst das Allerwichtigste verpassen würden. Nur ganz kurz, sodass es niemandem auffiele. Natürlich durften wir den Garten nicht ohne Begleitung verlassen, ich hätte das auch nie gewagt, und schon gar nicht am heutigen Tag, aber seine Aufregung steckte mich an. Koray sagte, die Erwachsenen seien ohnehin viel zu beschäftigt, um es zu bemerken, und so stahlen wir uns davon, während Jale glaubte, wir würden mit ihr Verstecken spielen. Eine Weile wäre sie mit Suchen beschäftigt, und dann würden wir einfach wieder auftauchen, es war ja nicht weit weg.

Trotzdem mussten wir uns beeilen, denn jederzeit konnte uns jemand sehen und nach Hause bringen. Man ließ Kinder nicht unbeaufsichtigt herumlaufen, jeder aus dem Viertel wusste, wer zu wem gehörte und hatte ein Auge auf uns. Koray und ich hofften nun im Getümmel der anderen Menschen unterzugehen.

Als wir eintrafen, herrschte auf dem Platz bereits Feststimmung. Hände schüttelnd, palavernd und gestikulierend fanden sich Grüppchen von Männern zusammen, die gerade aus der nahe gelegenen Moschee gekommen waren. Die älteren trugen weiße Fes-Kappen und schwarze Anzüge und drehten Gebetsketten in ihren Händen. Von den jüngeren führten manche ein Lamm, eine Ziege oder ein Kalb mit sich. Im Gegensatz zu Korays und meinem Vater trugen hier alle Männer Schnurrbärte.

Etwas abseits hatten sich auch ein paar Familien mit ihren Kindern versammelt, die teils neugierig, teils angeekelt zusahen, wie einem toten Rind die Haut abgezogen wurde. Der blutige Kopf und die Hufe lagen in einer Zinkwanne daneben. Man hatte das Tier mit zusammengebundenen Hinterläufen an einen Baum gehängt, und bis auf die rosa Muskelstränge sah es innen ganz weiß aus. Koray zog mich weg, weil er unseren Lebensmittelhändler entdeckt hatte, der sicher Fragen stellen würde. Wir liefen zur anderen Seite des Platzes hinüber, wo ein Schaf neben seinem Besitzer stand, nichts Böses ahnend. Einer der Männer sagte, man müsse nicht einmal seine Läufe fesseln, so ruhig sei es. Der Besitzer legte das Schaf auf die Seite, hielt es mit einer Hand fest und streichelte es mit der freien Hand, der andere umfasste das Maul und streichelte es ebenfalls. Ein dritter kam hinzu, falls es sich doch aufrappeln sollte, und gemeinsam sprachen sie ein langes Allahu-Akbar-Gebet. Das Schaf konnte sich genauso wenig rühren wie ich. Dann blitzte ein Messer im Sonnenlicht auf, und Blut spritzte in einem dünnen Strahl auf den steinigen Boden. Daneben quoll in pulsierenden Stößen ein breiterer Blutstrom aus dem zuckenden Körper. Schnell bildete sich eine dunkelrote Lache um die nackten Füße des Schlächters, die in Plastiklatschen steckten. Als die Männer das Schaf endlich losließen, schob es langsam den nach hinten überstreckten Kopf nach vorn, in die natürliche, die richtige Haltung, als wäre er nicht schon fast abgetrennt. Das Schaf guckte, das sah ich genau, es war noch nicht tot, und es wusste, was mit ihm geschehen war.

Ein weiches Rauschen füllte meine Ohren und ließ das Blut aus meinem Kopf fließen, bis er ganz leer war. Im Staub versickert, wie das des Schafes. Vor meinen Augen tanzten weiße Sterne, als ich Koray antippte. Er hatte sich gerade dem nächsten Opfer zugewandt, einem Hammel, der laut blökend und keilend versuchte, seinem Schicksal zu entgehen. Nur widerstrebend löste sich Koray von dem Schauspiel, aber nach einem Blick in mein Gesicht vergaß er den Hammel und führte mich an der Hand nach Hause. Alle paar Schritte fragte er, ob ich gehen könne, ob er mich stützen solle oder ob ich eine Pause bräuchte. Und ich ging noch ein bisschen langsamer, damit er sich länger um mich kümmerte.

Vielleicht bremste mich aber auch nur die Angst vor dem, was uns zu Hause erwartete, denn wir waren zu lange fort gewesen, als dass es hätte unentdeckt bleiben können.

In unserer Straße kam uns dann auch schon mein Vater entgegen, und ich konnte die Besorgnis in seinem Gesicht lesen, bis er uns entdeckte. Schlagartig verwandelte sich sein Ausdruck in Zorn.

Noch bevor er uns erreicht hatte, begann er zu schimpfen, was uns einfiele, einfach wegzulaufen, ob wir irre seien oder nicht wüssten, was sich gehörte, und ob Korays Eltern ihm nicht beigebracht hätten, dass man mit kleinen Mädchen nicht durch die Straßen zigeunerte. Er hob die Hand, um ihm eine Kopfnuss zu verpassen, besann sich dann aber und drohte Koray nur, ihn umzubringen, wenn er mich noch einmal aus dem Garten lockte.

Koray blieb gelassen dabei. Ob er wirklich nur wenig beeindruckt war oder meinen Vater nicht noch weiter reizen wollte, hätte ich nicht sagen können. Ich zitterte jedenfalls am ganzen Körper, als sich die Hand meines Vaters fest um meinen Oberarm schloss. Koray hatte mich losgelassen, stand aber weiterhin neben mir, wie zum Schutz.

»Eure Mütter sind krank vor Sorge«, polterte mein Vater los. »Deine Großmutter weint, und die Nachbarn fragen, wie das passieren konnte! Ausgerechnet am Opferfest, was sollen sie denn jetzt von uns denken?«

Ich stand mit gesenktem Kopf vor ihm, seine düstere Miene machte mir Angst.

»Ja, genau!«, rief er. »Erst machst du so einen Mist, und dann guckst du wieder mit deinem berühmten Blick!«

Er zog eine Grimasse, um meinen Gesichtsausdruck nachzuahmen, und ich fühlte mich geschrumpft und versteinert, mit nur einem einzigen Zauberspruch, da half auch Koray nicht mehr.

»Herr Güneş[1]«, setzte Koray an, »ich …«

»Halt den Mund!«, fuhr ihn mein Vater an, während er mich vorwärtsschob. »Ein Junge in deinem Alter sollte weiß Gott mehr Verantwortungsgefühl zeigen. Du hast eine Tracht Prügel verdient, aber das überlasse ich deinem Vater. Mach dich auf was gefasst, wenn er kommt.«

Ich sah, wie sich die eine oder andere Gardine an den Fenstern unseres Haus bewegte, doch im Garten war niemand zu sehen.

---

1 *Güneş* = Sonne

»Dich will ich in der nächsten Zeit nicht in der Nähe meiner Tochter sehen«, zischte mein Vater Koray im Treppenhaus zu, bevor er mich endlich losließ und die Wohnungstür aufschloss. Ich sah meinem Freund nach, der die Stufen hinaufstieg und sich auf dem Absatz noch einmal umdrehte. Mein Vater stand mit dem Rücken zu Koray, sodass er dessen verschwörerisches Augenzwinkern nicht bemerkte. Und obwohl mir das Herz bis zum Hals schlug, lächelte ich.

ZWEI

Wir lebten in einer geräumigen Wohnung mit fünf Zimmern, meine Eltern, Großmutter, Tante Leyla, Dalan und ich. Großvater war vor meiner Geburt gestorben, sodass ich ihn nicht mehr kennengelernt hatte. Mit Großmutter hatte er die Wohnung gekauft, als mein Vater und Tante Leyla noch Kinder gewesen waren. Seitdem wohnte unsere Familie darin, nur die Nutzung der Räume hatte sich im Laufe der Jahre verändert. Großmutter schlief mit Tante Leyla im großen Schlafzimmer, meine Eltern und ich im kleinen. Ich lag neben ihnen in meinem alten Kinderbett, das mein Vater so umgebaut hatte, dass ich noch eine Weile hineinpassen würde. Dalan war der Einzige, der ein eigenes Zimmer hatte. Es war winzig und dunkel, und es standen Sachen meiner Eltern darin, trotzdem war es für mich das schönste Zimmer, weil er es für sich allein hatte.

Als wir eintraten, schlug mir der Geruch von gebratenem Lammfleisch entgegen, und mein Magen reagierte sofort. Bevor mich mein Vater daran hindern konnte, rannte ich an ihm vorbei durch den Flur und schaffte es gerade noch ins Badezimmer, wo ich mich ins Waschbecken erbrach. Schweißgebadet, mit weichen Knien und aufgerissenen Augen starrte ich auf den Inhalt meines Magens. Das war nicht angenehm, aber immer noch besser, als mit geschlossenen Augen den Kopf des Schafes vor mir zu sehen, der sich wie in Zeitlupe nach vorn bewegte.

»Ach herrje!«, rief meine Mutter, als sie ins Bad kam, um nach mir zu sehen. »Was hast du denn gegessen?«

Sie schimpfte nicht, sondern nahm einen Waschlappen, hielt ihn unters kalte Wasser und wusch mir behutsam das Gesicht. Dann sagte sie, ich solle über der Badewanne die Zähne putzen, damit sie das Waschbecken saubermachen könne. Nachdem wir beide fertig waren, gingen wir ins Esszimmer hinüber, in unseren größten Raum, der sich wie bei einem großen L an das Wohnzimmer anschloss. Hier hielt sich die Familie meistens auf, bewirtete Gäste oder saß vor dem neuen Fernsehgerät, das mein Vater auf Raten gekauft hatte. Er und Dalan setzten sich an den Tisch, während Tante Leyla und Großmutter Teller, Besteck und Gläser hereintrugen. Meine Mutter und ich halfen ihnen, die Speisen und Getränke zu holen, und dann blickte ich auf den dampfenden Festtagsbraten und wusste, dass ich ihn nicht würde essen können.

Mein Vater häufte mehrere Stücke mit einer Portion Reis auf meinen Teller. Während er sein Fleisch zerteilte und dann Bissen für Bissen in den Mund steckte, sprach er kein Wort. Auch Großmutter, Tante Leyla, meine Mutter und Dalan begannen schweigend zu essen, und ich wunderte mich, dass sie überhaupt schlucken konnten. Mir hatte sich der Hals zugeschnürt. Obwohl ich es nicht wollte, obwohl ich sogar mehrmals den Kopf schüttelte, um das Bild des sterbenden Schafes loszuwerden, wiederholte es immer wieder die gleiche langsame Kopfbewegung nach vorn, mit offenen Augen in seinem eigenen Blut. So rot wie mein Kleid und so tief wie meine Schuld.

Wenn ich nicht auf Koray gehört hätte, wenn ich im Garten geblieben wäre, hätte sich niemand Sorgen um uns machen müssen, mein Vater wäre nicht wütend geworden, ich hätte die Schlachtung nicht gesehen und würde jetzt fröhlich mit den anderen essen können. Doch ich war weggelaufen, hatte mich über das Verbot hinweggesetzt und etwas mitangesehen, von dem ich niemandem erzählen konnte. Ja, es schien mir, als sei auch ich schuld am Tod des Schafes, weil ich dabei gewesen war. Weil ich ja überhaupt nur deswegen mitgegangen war, um ein Tier sterben zu sehen. Ich wusste genau, was dort passierte, und ich wollte es miterleben. Es hatte sich aufregend angefühlt, doch nun schämte ich mich zutiefst, weil ich dann wirklich Zeugin seines Sterbens geworden war. Und weil ich seine noch wachen Augen gesehen hatte, die vielleicht auch mich gesehen hatten. Die vielleicht sogar erkannt hatten, dass ich nur wegen dieses letzten Blicks gekommen war.

»Nun iss doch, Kind«, sagte Großmutter und tunkte ihr Weißbrot in die Pfanne mit dem salzigen Bratfett. Kauend hielt sie mir den Brotkorb hin. Im Beisein meines Vaters wagte ich nicht, mich zu weigern, nahm eine Scheibe und tunkte sie ebenfalls ins Fett. Zögerlich nagte ich kleine Stücke vom Brot ab und legte es dann an den Tellerrand, um eine Gabel voll Reis zu essen. Doch meine Hand ließ die Gabel klirrend auf das Porzellan fallen, und die Reiskörner verteilten sich auf der Tischdecke, wo sie kleine fettige Flecken verursachten. Dalans Augen richteten sich schnell auf seinen Teller. Tante Leyla sah zwischen meinem Vater und mir hin und her.

»Kannst du nicht aufpassen?«, brauste er erneut auf. »Muss man dich füttern wie ein Baby?«

Ich verspürte den Impuls, aufzuspringen und aus dem Zimmer zu laufen, doch Angst und Scham hielten mich am Stuhl fest, sodass ich zu keiner Bewegung mehr fähig war. Ich fixierte nur noch die Fleischstücke neben dem weißen Reis, der mit braun gerösteten Fadennudeln durchsetzt war. Ich hätte nicht einmal weinen können. Meine Mutter sammelte die Körner auf und legte sie auf ihren Teller. Die Fettflecken blieben.

»So, nun komm, jetzt iss aber mal dein Fleisch«, sagte sie und begann es für mich in kleinere Stücke zu schneiden. »Großmutter hat sich so viel Mühe gegeben.«

Das Fleisch war kalt und zäh, und im ersten Moment fürchtete ich, wieder brechen zu müssen. Ich war beinahe stolz, dass ich es schaffte, die Übelkeit zu bezwingen und zu kauen. Je länger ich jedoch kaute, umso zäher und trockener wurde es. An Schlucken war nicht zu denken. Im Gegenteil, es wurden immer mehr Brocken in meinem Mund. Ausgeblutetes, verdorrtes Fleisch vom kleinen Lamm. Ob dieses am Ende auch so brav und ruhig gewesen war?

»Wir bleiben so lange am Tisch sitzen, bis sie alles aufgegessen hat«, sagte mein Vater. Obwohl niemand darauf antwortete, sah ich das Mitleid in den Gesichtern von Großmutter, Tante Leyla und meiner Mutter. Dalan tat unbeteiligt, doch ich wusste, dass er nur zu gern aufgestanden wäre.

Mein Vater schob den leeren Teller von sich, meine Mutter reichte ihm eine Schachtel Zigaretten und den Aschenbecher. Auch Tante Leyla und Großmutter zündeten sich eine an, und alle bemühten sich, mich nicht beim

Essen zu beobachten. Der Qualm verdichtete sich in der Mitte des Tisches und zog an der Lampe hinauf bis zur Decke, wo er sich nach rechts und links ausbreitete. Mit dem vollem Mund bekam ich kaum Luft, weil ich beim Einatmen durch die Nase husten musste.

Es war dann ausgerechnet Korays Vater, der mich rettete. Tante Leyla sprang auf, als es an der Tür klingelte, und rief nach meinem Vater, der seine Zigarette in eine der Vertiefungen des Aschenbechers klemmte. In hellen, dünnen Schwaden kringelte sich der Rauch empor, und wir hörten die Männer miteinander sprechen. Die Stimme meines Vaters klang zunächst laut und energisch, Korays Name fiel, und dann dämpften beide ihre Stimmen, sodass nur noch Gemurmel zu uns herüberdrang.

»Alev, spuck's hier rein.« Großmutter hielt mir ihre Papierserviette hin, und ich befreite mich von dem Klumpen. »Steht auf«, sagte sie. »Es reicht.«

Dalan verschwand sofort in seinem Zimmer. Und während ich den drei Frauen beim Abräumen half und durch den Flur zwischen Küche und Esszimmer lief, versuchte ich zu erlauschen, was im Treppenhaus gesprochen wurde. Als ich hörte, dass sich mein Vater verabschiedete, beeilte ich mich, zu Großmutter in die Küche zu kommen, um ihm nicht allein zu begegnen. Sie ließ gerade meine Essensreste in der Mülltonne verschwinden und häufte anderen Abfall darauf. Dann stellte sie eine Kunststoffwanne in die Spüle und setzte Wasser für den Abwasch auf. Ich blieb neben ihr, beobachtete ihre kräftigen Finger, die die weiche grüne Seife aus einem Plastikbecher gruben und am Rand der Wanne abstreiften. Die Haustür wurde geschlossen, und die Art, wie sie geschlossen wurde, verriet mir, dass mein Vater wieder gute Laune hatte.

»Warum hast du nicht gesagt, dass ihr uns mit dem Fleisch überraschen wolltet?«, fragte er im Türrahmen. Seine Züge hatten sich entspannt, er lächelte. »Ihr hättet doch nur Can mitnehmen müssen.«

Ich zuckte die Schultern.

»Weil du das arme Mädchen verängstigst hast, mein Sohn«, antwortete Großmutter an meiner Stelle. »Anstatt dich zu freuen, dass ihr nichts passiert ist.«

»Trotzdem machst du das nie wieder«, sagte er über Großmutters Kopf hinweg, »verstanden?«

DREI

Es war das erste Mal, dass mir bewusst wurde, wie gut Koray argumentieren konnte. Er bekam weder Schläge noch sonstigen Ärger; rein gar nichts geschah, weil er seinem Vater gesagt hatte, wir wären nur deswegen zum Schlachtplatz gegangen, um für unsere Familien Fleisch geschenkt zu bekommen. Beim Opferfest war es üblich, mit Freunden, Bekannten und Fremden zu teilen, und diesen Brauch hatte Koray für uns genutzt. Er erzählte später, dass ihn sein Vater sogar wegen seiner edlen Absichten gelobt habe, auch wenn unser Plan nicht aufgegangen war, weil uns niemand etwas gegeben hatte.

Nicht, dass Korays Eltern es nötig gehabt hätten, von anderen etwas zu nehmen. Im Vergleich zu uns waren sie wohlhabend. Das wusste ich nicht nur, weil Korays Familie in den fünf Zimmern allein wohnte und beide Kinder ein eigenes Zimmer hatten. Oder weil es bei ihnen oft Fleisch, Fisch und echte Schweizer Schokolade gab, oder weil sie ein großes Auto fuhren. Ich wusste es deshalb, weil Korays Vater immer wie ein feiner Herr aussah und sich auch so benahm. Er war Journalist und sprach auf eine ruhige und vornehme Art. Aus seinem Mund hörte ich nie ein Schimpfwort.

Mein Vater war einige Jahre jünger als Korays und leistete noch seinen Militärdienst. Nachdem er Mathematik und Physik studiert hatte, war er nach Deutschland gegangen, um die Sprache zu lernen und später an der deutschen Schule in Istanbul Lehrer zu werden. Er konnte nicht ahnen, dass meine Mutter seine Pläne fürs Erste durchkreuzen würde. Sie lernten sich in Hannover kennen, heirateten und bekamen uns Kinder, und mein Vater hatte eine Stelle als Gastdozent an der Universität, bevor ihn die türkischen Behörden zur Rückkehr zwangen. Dalan war damals ein Jahr und ich gerade ein paar Wochen alt, als wir nach Istanbul zogen, und meine Mutter merkte schnell, dass dies weder ihre Stadt noch ihr Land werden würde. Zum einen war mein Vater durch seine Truppenübungen oft von zu Hause weg, manchmal eine Woche, manchmal aber auch drei oder vier Wochen lang. Zum anderen machten ihr die alltäglichen Einschränkungen zu schaffen, die sie aus Deutschland nicht gewohnt war. Meine Mutter hatte in einer Buchhandlung gearbeitet, sie liebte Bücher, und es machte ihr Freude, mit Menschen umzugehen, sie zu beraten und Anerkennung für ihre Arbeit zu bekommen. Nach Dalans und meiner Geburt hatte sie gehofft, bald wieder eingestellt zu werden. Doch mit dem Umzug in die Türkei wurde sie unfreiwillig zur Hausfrau, weil mein Vater nicht wollte, dass sie arbeitete. In Deutschland hatte es ihn nicht gestört, doch in Istanbul fand er, dass es sich für eine verheiratete Frau mit zwei Kindern nicht gehörte. Die Arbeit und das Lesen fehlten meiner Mutter sehr. Abgesehen davon, dass es kaum deutsche Bücher in Istanbul gab, hätte sie ohnehin keine kaufen können, denn der Sold meines Vaters wurde für Wichtigeres gebraucht. Großmutter und Tante Leyla nähten Kleidung für Nachbarn und Bekannte und verdienten ein bisschen Geld hinzu, doch solange ich mich zurückerinnere, war es bei uns knapp. Ein anderer Haken war für meine Mutter das Verhältnis zu Großmutter. Sie verstanden sich nicht sonderlich gut. Erst später wurde mir klar, dass sich Großmutter immer eine türkische Schwiegertochter gewünscht hatte.

Mit Tante Leyla ging es nicht viel besser. Die drei bemühten sich, miteinander auszukommen, doch die Unterschiede waren wohl zu groß. Meine Mutter war nicht nur selbst mit dem fremdartigen Leben überfordert; auch sie hatte mit ihrer Erscheinung und ihrem Denken eine Fremdheit in die Familie gebracht, die alle vor Herausforderungen stellte. Einschließlich meines Vaters, obwohl er von unserem Alltag nur einen Bruchteil mitbekam. Aber für eine eigene Wohnung, die sich meine Mutter sehnlichst wünschte, reichte das Geld nicht.

Nach dem Opferfest fuhr mein Vater wieder zu seiner Kompanie in ein verlassenes Nest am Schwarzen Meer. Sieben Stunden Busfahrt von Istanbul entfernt, und ich atmete auf. Sein Jähzorn hatte ein Ausmaß angenommen, das mich erschreckte. Überhaupt sollte jenes Fest zum Auftakt für Veränderungen werden, die erst unmerklich und dann unaufhaltsam in Korays und mein Leben sickerten.

Zunächst waren sie durchaus angenehm. Seit dem Vorfall waren alle besonders nett zu mir. Großmutter bereitete meine Lieblingsspeisen zu, ich musste kein Fleisch essen, und meine Mutter lief nicht mehr mit dem gefüllten Teller hinter mir her. Beide ließen mich in Ruhe und fragten nicht ständig, ob ich etwas essen wolle.

Tante Leyla hatte einen ihrer Pullover aufgeribbelt und häkelte aus der Baumwolle ein schönes Sommerkleid mit Lochmuster für mich. Dalan schenkte mir sogar seine wertvollste Murmel, eine mit goldenen Fäden im Inneren, auf die ich es schon lange abgesehen hatte. Mit Koray und Jale verbrachte ich viele Stunden beim Murmelspielen. Die Steinplatten in unserem Vorgarten gaben dafür eine ideale Bahn ab. Manchmal fingen wir auch Heuschrecken, Spinnen und Käfer, die wir in Einmachgläser mit Gras und Blättern darin sperrten. Wir erledigten für sie Fliegen mit unserer alten Plastikklatsche und verstanden nicht, warum die Insekten sie nicht fraßen.

Zwei trächtige Katzen, eine hellgrau getigerte und eine rot gefleckte, lagen oft im Schatten unserer Balkone und hoben nur die Köpfe, um nachzusehen, ob wir Brot oder Essensreste für sie mitbrachten. Im Gegensatz zu Großmutter und Tante Leyla, die Katzen nicht mochten, freute ich mich auf die Babys. Meine Mutter auch, denn sie zweigte manchmal eine kleine Portion Nudeln oder Reis für die beiden ab. Wenn Großmutter es bemerkte, schimpfte sie meine Mutter aus, weil das Futter natürlich weitere Katzen anlockte. Merve und Esra, die nach der Schule dazukamen, schienen sogar Angst vor ihnen zu haben. Wenn Jale und ich sie streichelten, hielten sie großen Abstand und guckten so misstrauisch, als warteten sie nur darauf, dass wir gekratzt würden. Doch das geschah nur selten, denn ich spürte immer ziemlich genau, wann die Katzen ungestört sein wollten. Koray fand sie langweilig, auch für ihre Jungen interessierte er sich nicht. Und ich wurde sehr böse auf ihn, als er behauptete, Kemal werde sie ohnehin ersäufen, bevor sie die Augen aufmachten.

Das wollte ich nicht glauben.

Kemal war unser Hausmeister. Mit seiner Frau und den drei Kindern wohnte er in unserem Keller und erledigte Botendienste für die Bewohner in den oberen Etagen. Dafür bekam er einen kleinen monatlichen Lohn und zahlte nur wenig Miete. Korays und meine Mutter schenkten Kemal und seiner Frau manchmal Obst oder Kleidungsstücke für die Kinder, aus denen wir herausgewachsen waren. Das Ehepaar stammte aus einem Dorf im Osten der Türkei. Sie und viele andere Familien von dort waren in die große Stadt gezogen, um Geld zu verdienen, das sie ihren Verwandten schicken konnten. Dafür kümmerten sie sich nicht nur um die Belange der Hausbewohner, sondern verdingten sich auch als Tagelöhner, zumindest die Männer, und nahmen ein Leben in Kellern und einfachen Hütten in Kauf. Wir Kinder spielten nicht miteinander; ohne dass je ein Verbot ausgesprochen wurde, wussten wir ganz genau, dass es eine Grenze zwischen uns gab, die weder wir noch sie überschreiten sollten.

Nachdem mein Vater bereits etliche Tage fort war, schrieb er in einem Brief, seine freie Woche sei gestrichen worden, weil ein Offizier erkrankt sei und er dessen Dienst übernehmen müsse. Das bedeutete, dass er uns drei weitere Wochen nicht besuchen käme. Für meine Mutter hieß es, dass sie drei weitere Wochen nur einkaufen, kochen, putzen, waschen, aufräumen und sich um uns Kinder kümmern würde, ohne jede Ablenkung, ohne jede Fluchtmöglichkeit vor Großmutter und Tante Leyla. Wenn mein Vater da war, gingen die beiden am Wochenende ins Hilton Hotel zum Tanzen, um zumindest ein wenig ungestörte Zeit miteinander zu haben. Weil es dazu nun erst einmal nicht kommen würde, war meine Mutter entsprechend schlecht gelaunt.

Das verstärkte sich noch, als mehrere Tage hintereinander Gäste zum Mittag- und Abendessen kamen. Daran hatte sie sich ohnehin nur schlecht gewöhnen können, und so hörte ich sie im Schlafzimmer auf Deutsch schimpfen, dass man hier nicht einmal einen halben Tag seine Ruhe habe, dass sich die Leute mit schöner Regelmäßigkeit selbst zum Essen einluden und dass natürlich die ganze Arbeit an ihr hängenbleibe, weil Tante Leyla bis in die Puppen schlafe und danach Stunden mit Anziehen und Schminken beschäftigt sei. Sie wirkte härter, wenn sie deutsch sprach. Ihre Haltung wurde steifer, ihre Bewegungen eckiger und ihr Gesichtsausdruck strenger, als wären Bänder an ihrem Hinterkopf befestigt, die sich beim Wechsel ins Deutsche strafften. Auch konnte ich in diesem Zustand ihre nächste Reaktion nicht einschätzen. Jedes noch so kleine Vergehen, besonders Aufgaben, die ich vergessen hatte, konnten ihren Ärger zusätzlich anfachen.

Dalan war bei seinem Freund Can in der oberen Etage, und ich stand allein im Flur. Bis auf eine winzige Notfunzel war er immer dunkel, weil die Türen geschlossen blieben und es kein Fenster gab. Damit meine Mutter nicht plötzlich aus dem Zimmer kam und mich entdeckte, lief ich rasch in die Küche und schmiegte mich an Großmutter, die in der großen Pfanne Auberginen und Zucchini briet. Es roch nach Weißbrot, Knoblauch, Olivenöl und frischen Gewürzen.

»Sei vorsichtig«, sagte sie, gab mir einen Kuss auf den Scheitel und schob mich ein wenig beiseite. »Es spritzt.«

Ich stellte mich in einigem Abstand neben sie und sah zu, wie sie die gebratenen Gemüsescheiben aus der Pfanne nahm, auf Zeitungspapier legte, damit das überschüssige Fett abtropfen konnte, und dann neue Scheiben in das heiße Öl gleiten ließ.

Großmutter zeigte auf eine Glasschale. »Nimm dir Tulumba, ich habe sie gerade aus der Konditorei geholt.« Es war kleines Spritzgebäck, das mit Zuckersirup übergossen wurde. Mit spitzen Fingern nahm ich eins von oben, das nicht durchtränkt war. Ich mochte die Trockeneren lieber, zumal sich im Inneren noch immer genügend Sirup befand.

»Kannst du das Baklava auf einen Teller legen, *Güzelim*[2]*?*«, fragte Großmutter, als ich aufgegessen und meine Hände abgespült hatte.

Stolz, dass auch ich etwas vorbereiten sollte, nahm ich einen Servierteller aus dem Schrank und öffnete den Deckel der blumig bedruckten Pappschachtel. So wie ich es bei ihr gesehen hatte, hob ich die Blätterteigwürfel vorsichtig mit einem Spatel heraus, damit die lose aufeinanderliegenden Schichten nicht zerfielen. Es ärgerte mich, dass dabei einer umkippte und Pistazienbröckchen zwischen die säuberlich geordneten Stücke kullerten. Großmutter lobte mich trotzdem, setzte beide Teile wieder zusammen und schob die Pistazien in die Mitte, sodass der Teller wieder ordentlich aussah. Sie und ich hatten gerade den Abwasch erledigt, als es an der Tür klingelte. Lange Zeit glaubte ich, dass Besucher immer auf diesen Moment warteten, dass sie irgendwie genau wussten, wann man mit etwas fertig war.

Während wir noch unsere Hände abtrockneten, lief Tante Leyla zur Tür. An der Art ihrer Begrüßung konnte

---

2 *Güzelim* = meine Schöne

ich hören, dass es eher seltene Gäste waren. Keine Nachbarn oder nahen Verwandten, denn die Stimmen der Frauen sprangen nicht nur eine Tonlage höher, sondern sogar zwei, die Sprachmelodie war noch weicher, die Komplimente überschwänglicher. Selbst die meiner Mutter, die Tante Leyla gefolgt war.

Tatsächlich war es Tante Hüsniye, eine entfernte Cousine von Großmutter, mit ihrem Sohn, dessen Frau und deren gemeinsamem Sohn, die in einem teuren Viertel auf der europäischen Seite Istanbuls wohnten. Die Schwiegertochter war sehr dick und hieß Papatya, Gänseblümchen. Ich hatte mir das gemerkt, weil sich meine Mutter nach ihrem ersten Besuch darüber amüsiert hatte. Auch der Rest der Familie war ziemlich beleibt. Der Vater hieß Süleyman, nach dem großen osmanischen Herrscher, da passte die Leibesfülle eigentlich ganz gut, wie ich fand. Nach Tante Leyla und meiner Mutter nahm ich die Hand von Tante Hüsniye, küsste sie und führte sie an meine Stirn. Süleyman, Papatya und Ümit, ihr Sohn, taten das Gleiche bei Großmutter. Es galt als übliches Zeichen des Respekts älteren Menschen gegenüber und wurde nicht nur von uns Kindern, sondern auch von allen anderen erwartet, die deutlich jünger waren.

Im Flur zog die Familie ihre Straßenschuhe aus und schlüpfte in die bereitstehenden Gästehausschuhe. Papatya überreichte meiner Mutter eine Schachtel mit Lokum, einer zähen Süßigkeit aus Stärke, Zucker und Nüssen. Es war schon die vierte Packung in dieser Woche, und wenn Großmutter das nächste Mal irgendwo auf Besuch ging, würde sie kein Gastgeschenk kaufen müssen.

In ihren hohen Pantoletten aus hellblauem Satin klapperte Tante Leyla vor den Gästen her ins Wohnzimmer.

Bei jedem Schritt wippten die gleichfarbigen Federpuschel am Zehensteg und betonten ihre rot lackierten Fußnägel. Einladend breitete sie die Hände aus und bat darum, Platz zu nehmen.

»Ach, was habt ihr für hübsche Schonbezüge!« Tante Hüsniye strich über die zweifarbigen Schoner in Beige und Braun, die Großmutter passend zur Sitzgruppe für die Armstützen gehäkelt hatte. »Ich habe Papatya auch schon zwei Garnituren gemacht, doch sie benutzt sie nicht.«

»Aber Mutter«, gab ihre Schwiegertochter zurück, »natürlich benutze ich sie!«

»Ja sicher, wenn ich euch besuche, aber sonst liegen sie nur im Schrank, und das teure Sofa nutzt sich ab.«

Papatya warf ihrem Mann einen Blick zu, doch der sah aus dem Fenster auf die Straße, wo Korays Vater vorgefahren war.

»Das ist mal ein Wagen!«, sagte Süleyman. »Den kaufe ich als Nächstes.«

»O ja, genau so einen!« Ümits Augen wanderten von Korays Familie, die aus dem Auto stieg, zu seinem Vater. »Wann, Baba[3]?«

Koray hatte mich entdeckt und mit einer Kopfbewegung in den Garten gedeutet. *Kommst du raus?* Ich zuckte die Schultern, und er lächelte. Besuch war Besuch, da wusste man nie, wann man wegkonnte. Koray kannte das.

»Setzt euch doch!« Großmutter brachte ein großes Teetablett mit Gläsern, Untersetzern, Löffeln und Zucker herein. Ich lief in die Küche, um Baklava, Teller und Gabeln zu holen, und meine Mutter brachte Zigaretten und

---

3 *Baba* = Papa

Aschenbecher, die sie auf den kleinen Beistelltischen verteilte, sodass jeder einen neben sich stehen hatte.

»Ist Senol wieder bei seiner Truppe im Osten?« Süleyman versenkte drei Stück Würfelzucker in seinem Tee. Der Löffel klingelte am Glas, als er umrührte.

»Ja«, antwortete Großmutter. »Die nächsten drei Wochen kann er nicht kommen, so ein Jammer.«

»Dann ist er wenig da?« Süleyman schnalzte mit der Zunge. »Nicht leicht für euch Frauen, so ganz ohne männlichen Schutz.«

»Es geht schon«, gab meine Mutter zurück. »Wir haben ja unsere Nachbarn und Kemal, den Hausmeister.«

»Ja«, sagte Süleyman und lächelte. »aber wenn man euch zu oft allein auf der Straße sieht, könnte es Gerede geben.«

»Die Zeiten haben sich glücklicherweise geändert, lieber Süleyman.« Großmutter verteilte die Teller und bot Baklava an. »Um uns muss sich niemand sorgen.«

»Und doch kann man schnell in Verruf geraten«, entgegnete Tante Hüsniye, während sie ein Stück vom Blätterteig abtrennte. »Du weißt ja selbst am besten, wie schwierig es ist, mit einer blonden Ausländerin als Schwiegertochter.«

Großmutter und Mutter erröteten gleichzeitig. Hastig sprang Tante Leyla auf und schenkte Tee nach, obwohl die Gläser noch halb voll waren.

»Ich weiß sehr wohl, was sich gehört«, sagte meine Mutter ruhig. »Auch wenn ich nicht hier aufgewachsen bin.«

»Ja, ja, natürlich!«, versicherte Papatya nervös. »Bitte entschuldige, Süleyman ist immer sehr um das Wohl von Damen besorgt, wenn ihnen kein Mann zur Seite steht, nicht wahr, Süleyman?«

»Selbstverständlich«, lachte Süleyman, »gerade wenn sie so hübsch sind wie Marlene.«

Papatya verschluckte sich am Tee, riss ein Taschentuch aus ihrem Ausschnitt und hustete angestrengt. Meine Mutter wurde jetzt richtig rot und erwiderte, dass sie durchaus einen Mann habe, der nicht nur ihr, sondern unserer ganzen Familie zur Seite stünde und Süleyman sich doch bitte um seine eigene Gedanken machen solle. Daraufhin wurde nun Süleyman sehr rot, und ich nutzte die Gelegenheit, um aus dem Zimmer und aus dem Haus zu laufen. Ganz gleich, ob Koray da war oder nicht: Es würde Streit zwischen den Erwachsenen geben, und den wollte ich nicht miterleben. Weil die Balkontür offen stand und ich von der Schaukel aus jedes Wort verstehen konnte, rannte ich weiter in den hinteren Teil des Gartens, wo Koray, Jale, Esra und Merve mit der Untersuchung eines Ameisenhügels beschäftigt waren. Zufrieden vertieften wir uns in das Gewimmel, bohrten mit kleinen Stöckchen Zugänge auf und schütteten an anderer Stelle welche zu, was zu sichtlicher Unruhe unter den Ameisen führte.

VIER

Nach den anstrengenden Tagen passte es allen gut, dass Korays Eltern fragten, ob wir Lust auf einen Ausflug zum Topkapi-Palast hätten. Tante Leyla war seit langer Zeit mal wieder verabredet und konnte uns nicht begleiten. Großmutter scheute vor dem langen Fußmarsch in der Wärme zurück, da ihr dies oft Kreislaufbeschwerden verursachte, und Dalan brauchten wir erst gar nicht zu fragen. Er hatte sich von Can einen Stapel *Lucky-Luke*-Comics ausgeliehen, und das genügte ihm als Beschäftigung. Blieben also meine Mutter und ich. Obwohl sie nicht ganz sicher war, ob mein Vater etwas dagegen haben würde, sagte sie zu. Großmutter selbst hatte sie dazu ermuntert, wieder unter Leute zu gehen, und die wusste schließlich, was sich gehörte.

Der Ausflug und Tante Leylas Verabredung mit ihrem Kommilitonen waren etwas Besonderes, deshalb herrschte plötzlich Geschäftigkeit in der Wohnung. Während Tante Leyla zwischen dem Kleiderschrank im Schlafzimmer und dem großen Spiegel im Flur hin- und herlief, jammerte sie, sie habe nichts zum Anziehen, ihre Beine seien zu kurz, ihre Haut zu dunkel und ihre Frisur nicht modern genug. Großmutter gab zurück, dass der junge Mann sie sonst auch in ihrer normalen Kleidung sähe und sicher nicht nach einem Rendezvous gefragt hätte, wenn er sie hässlich fände. Tante Leyla entgegnete, Großmutter wisse eben nicht, wie das heutzutage sei, und Großmutter murmelte, darüber sei sie auch ganz froh. Als ich Tante Leyla sagte, dass sie in jeder Aufmachung hübsch sei, kamen ihr die Tränen.

Ich zog mein neues Häkelkleid an, drehte mich vor dem Spiegel und war zufrieden. Die Schönste von uns dreien war jedoch meine Mutter, obwohl das blaue Kleid mit seinem fadenscheinigen Saum alles andere als neu war und ihre offenen Schuhe ein paar Kratzer hatten. Doch die Sonne warf goldene Streifen auf ihre blonden Haare, und das Kleid vertiefte die Farbe ihrer Augen, sodass sie beinahe zu leuchten schien. Das merkte wohl auch Korays Mutter, denn als wir aus dem Haus traten, rief sie: »Donnerwetter, Marlene, du machst deinem Namen heute aber alle Ehre, siehst ja aus wie die leibhaftige Dietrich!«

Dass sie es auf Deutsch gesagt hatte, wunderte mich, und dass Korays Vater gar nichts sagte, sich sogar gleich abwandte und den Wagen aufschloss, ärgerte mich, denn ich wollte, dass jeder meine Mutter schön fand.

»Danke, Renate«, gab sie an Korays Mutter zurück. »Aber dafür hast du schon Farbe im Gesicht, und ich bin immer so blass.«

Als Korays Mutter geschmeichelt lächelte und: »Ach nein, du bist einfach nur ein heller Typ« sagte, fiel es mir auf. Wenn unsere Mütter deutsch miteinander sprachen, duzten sie sich; wenn sie türkisch sprachen, blieben sie wie unsere anderen Nachbarn beim förmlichen Sie. Ob es Absicht oder eher eine unbewusste Handlung war, wusste ich nicht, doch seither achtete ich darauf, und diese Besonderheit blieb eine Weile zwischen ihnen bestehen.

Korays Eltern hatten einen weißen Mercedes mit cremefarbenen Ledersitzen, an denen schon nach kurzer Fahrt unsere nackten Kinderbeine kleben blieben. Das Armaturenbrett war aus hellem Holz und sah mit seinen Reglern, Knöpfen, Leuchten und Anzeigen aus, wie ich mir ein Cockpit im Flugzeug vorstellte. Alles war so sauber und gepflegt, dass ich Angst hatte, mit meinen Schuhen Flecken an den Sitz vor mir zu machen, zumal wir zu viert auf der Rückbank saßen.

Die breite Hauptstraße, die am Meer entlang zum Fähranleger führte, war von hohen Platanen gesäumt, deren abfallende Borke ein grün-braun-gelbes Mosaik an den Stämmen hinterließ. Rechts und links der Straße reihte sich Geschäft an Geschäft; hauptsächlich Modeboutiquen, Restaurants und Cafés. Alle Türen waren geöffnet, um ein wenig Luftzug hereinzulassen, denn einen Ventilator besaß kaum jemand, und die Temperaturen stiegen zur Mittagszeit schon deutlich an. Aus den Läden drangen türkische Schlager, und die Chevrolets mit ihren schicken Heckflossen, die als Sammeltaxis ihre Strecken abfuhren, hupten ihre Melodien dazu, um Mitfahrer zu finden. Viele der Wagen waren türkis oder blau lackiert und hatten glänzend verchromte Stoßstangen, Zierleisten und Fensterrahmen. Einige hatten durch die Scheinwerfer und die Metallstreben am Kühlergrill so etwas wie einen überraschten Gesichtsausdruck, und ich spielte für mich allein »Autogesichter bestimmen«.

Im Vergleich zu Korays Vater waren die meisten Fahrer sehr ungeduldig. Sie hupten nicht nur, sondern gestikulierten mit den Armen aus den Fenstern und trieben sich gegenseitig lautstark zur Eile an. Korays Vater steuerte seinen Wagen durch den dichten Verkehr und blieb auch dann gelassen, wenn die Spur immer enger wurde, weil andere Fahrzeuge herüberdrängten.

Am schwierigsten war es für die Pferdefuhrwerke, die auch noch zwischen den Autos dahinzockelten. Die Pferde waren allesamt so dünn, dass ihre Knochen hervorstachen, an den Augen trugen sie Scheuklappen, und sie bekamen von den Männern auf den Kutschböcken so manchen Tritt.

Am Fähranleger mussten wir uns in eine Schlange einreihen und warten, bis man uns einwies. Diese Pause nutzten ein paar Kinder, um Sesamringe zu verkaufen, die sie auf dreibeinigen Tabletts gestapelt auf ihren Köpfen trugen. Korays Vater kaufte einen für jeden von uns. Sie waren warm und knusprig, und der Geschmack von Weißbrot, Sesam und einer Ahnung von Süße breitete sich wohltuend in meinem Mund aus.

Ein Mann mit Schiebermütze, Strickweste und weiten Hosen winkte die Fahrzeuge vor uns auf die Rampe und bedeutete Korays Vater stehen zu bleiben, bis die anderen ihre Parkposition gefunden hatten. Dann durften auch wir aufs Schiff. Nach dem Parken gingen wir hinauf an Deck und erregten natürlich Aufsehen. Ein Mann, der offensichtlich Türke war, mit zwei Ausländerinnen, dazu drei europäisch aussehende Kinder, das war ungewöhnlich. Meiner Mutter schienen die neugierigen Blicke und das Getuschel der anderen Passagiere so unangenehm zu sein, dass sie begann, mit Korays Mutter türkisch zu sprechen. Aber da starrten die Leute noch mehr. Korays Vater führte uns durch den Aufenthaltsraum ins Freie, und wir Kinder liefen voran zu einer Bank am Bug des Schiffes, von der man einen wunderbaren Blick über den Bosporus hatte. Koray erreichte sie zeitgleich mit einem älteren Jungen, der sich schon darauf niederlassen wollte. Er trug eine abgewetzte Hose, ein weißes Hemd und an den Fersen heruntergetretene Schuhe. Koray rief laut auf Deutsch, wir sollten uns beeilen, und nutzte die Verunsicherung des Jungen, um die ganze Bank für sich einzunehmen. Dieser schlich daraufhin zu einer der hinteren Bänke, auf der auch seine Eltern Platz nahmen, und alle drei beobachteten uns nun aufmerksam. Ich sah es, weil ich mich öfter umdrehte. Ihre Augen flogen von rechts nach links und von links nach rechts, je nachdem, wer gerade etwas sagte. Sie waren so in das Schauspiel vertieft, dass sie nicht einmal meinen vorwurfsvollen Blick bemerkten.

Doch dann legte das Schiff ab, und ich wurde abgelenkt.

Die Ketten und Seile, an denen die Stege befestigt waren, wurden eingeholt, Männer riefen sich Kommandos zu, und während der Motor mit einem dumpfem Grollen startete und das Stampfen der Maschinen begann, ertönte das Schiffshorn. Mir waren diese Geräusche zwar vertraut, aber nun kündigten sie etwas Besonderes an, weil ich sie nicht aus der Ferne wahrnahm, sondern mich mittendrin befand. Vielleicht lag es daran, dass wir nicht oft Ausflüge machten; diese Fahrt auf dem Bosporus war die erste, an die ich mich erinnere.

Ich stellte mich neben Koray ans Geländer und beobachtete, wie das Schiff wendete. Auch Jale stieß zu uns. Rund um die Reling waren Rettungsringe angebracht, und zwischen den vielen Möwen flatterte eine türkische Flagge. Der Wind trieb schwarzen Qualm aus dem Schornstein auf das Festland zu, wo er ausfranste und sich dann auflöste. Zu unseren Füßen schälte sich vergilbter Lack von rostigem Metall, und unter uns klatschten Wellen ans Schiff, die salzigen Dunst in unsere Gesichter sprühten.

Koray zog den Rest von seinem Sesamring aus der Hosentasche, brach ein Stück ab und warf es hoch. Sofort raste eine Möwe im Sturzflug heran und fing es in der Luft auf.

»Noch mal!«, rief Jale begeistert. Wir und auch andere Passagiere sahen zu, wie Koray sein Simit[4] zerteilte und die Vögel in kunstvollen Bogen um unsere Köpfe schwirrten, um einen Bissen zu ergattern.

»Los, jetzt du«, forderte Koray mich auf. Unsicher, ob ich das Brot verschwenden dürfte, sah ich zu meiner Mutter hin.

Sie zuckte wie zum Einverständnis die Schultern, und so warf auch ich ein Stückchen in die Luft. Doch es flog nicht hoch genug, sodass die Möwen zwar herabschossen, aber es sich nicht schnappen konnten. Als auch der zweite Wurf misslang, schämte ich mich vor den fremden Menschen um uns herum. Korays Vater hob das Brot vom Boden auf und führte beim Werfen meine Hand, sodass der Happen ebenso hoch flog wie Korays. Und als die Möwe ihre Beute erwischte, lachte meine Mutter. So hell und offen und unbeschwert, wie ich es nur sehr selten von ihr hörte. Ihr Lachen machte mich froh, und ich wollte, dass sie noch mehr lachte. Deshalb warf ich nun Brotstück um Brotstück in den Himmel, und immer wenn eine Möwe es erwischte, lachte sie ihr schönes Lachen.

Nachdem alles verfüttert war, ließen sich die Vögel auf dem Wasser nieder und schaukelten neben uns in den Wellen.

---

4 *Simit* = Sesamring

Korays Vater erzählte seiner Frau und meiner Mutter auf Deutsch etwas über den Harem und die Eunuchen im Topkapi-Palast. Ich wusste weder, was ein Harem war, noch kannte ich Eunuchen, und ich verstand auch nicht, warum die drei dabei so seltsam schmunzelten. Aber ich erhoffte mir Aufklärung, wenn wir den Palast später besichtigten.

»Da steht dein Name.« Koray zeigte auf einen Fischkutter, der ein kleines Ruderboot im Schlepptau hatte. Ich konnte zwar noch nicht lesen, doch wie mein Name aussah, das wusste ich. Er hatte recht. An der Seite des kleinen Bootes stand tatsächlich *Alev,* in roter Schrift.

»Ich bin das Vordere mit dem Motor«, sagte Koray. »Und ich ziehe dich hinterher.«

Es störte mich, dass er einfach das Größere für sich beanspruchte und ich nur das Anhängsel sein sollte. Doch mein Name stand nun einmal an dem kleinen Boot.

»Nein«, brummte ich. »Das Vordere ist mein Vater, du bist nicht dabei.«

»Aber dein Vater heißt nicht Koray«, gab er zurück. »Und da steht ein K wie Koray.« Ich musste mich geschlagen geben, weil auf dem größeren Boot ein Buchstabe stand, den ich nicht kannte. Ich wusste ohnehin nicht, wie Koray geschrieben wurde, und der Rest des Namens war verwischt, sodass er mir alles Mögliche hätte vorschwindeln können. Ich ignorierte ihn und beobachtete stattdessen die sich windenden Lichtkringel, die von Sonnenlicht und Wasser an den Rumpf des Kutters gemalt wurden. Frischer Wind fuhr nun übers Deck, ich fröstelte in meinem kurzen Kleid und war erleichtert, als sich unsere Eltern erhoben, um im Passagierraum einen Tee zu trinken, wo es deutlich wärmer war. Wir Kinder bekamen Kekse und Sahlep, ein warmes, dickflüssiges Getränk aus wilder Orchideenwurzel, Milch und Zucker, das mit einer Prise Zimt serviert wurde. Weil Koray und ich die Kekse nicht mochten, aß Jale sie allein auf und trank noch eine zweite Tasse Sahlep.

Unsere Eltern unterhielten sich leise auf Deutsch. Korays Vater fragte, wie lange mein Vater noch Militärdienst leisten müsse und ob wir danach in der Türkei bleiben würden. Meine Mutter sagte, dass er im nächsten Jahr entlassen werde und ein Angebot von einer deutschen Schule in Istanbul bekommen habe, sodass es keine anderen Pläne gebe. Ich wunderte mich über die Frage, denn ein Leben außerhalb dieser Stadt, ja sogar außerhalb unserer Straße und unseres Hauses konnte ich mir nicht vorstellen.

In der Nähe saßen ein Mann und eine Frau mit zwei Mädchen, die meine Mutter so lange musterten, bis die Frau sie anstieß.

»Guckt da nicht so hin«, zischte sie den Mädchen zu, in der Überzeugung, nicht verstanden zu werden. »Seht ihr nicht diese blauen Augen? Was, wenn sie den bösen Blick hat?«

Bei ihren Worten lachte Korays Vater unvermittelt auf, und die Frau erschrak so sehr, dass sie krebsrot anlief. Auch ihr Mann war peinlich berührt, die Mädchen gar zu Eis erstarrt.

»Gnädige Frau«, sagte Korays Vater freundlich auf Türkisch, »unsere Freundin ist Deutsche und hat deshalb blaue Augen. Das kommt in Europa häufiger vor.« Er lächelte meine Mutter an. »Oder haben Sie etwa den bösen Blick, Frau Güneş?«

Der Spott verfehlte seine Wirkung nicht. Auf beiden

Seiten. Auch meine Mutter war nun rot geworden, und ich hatte den Eindruck, dass sie ebenso gern den Tisch verlassen hätte wie die Familie, die sich hastig und unter demutsvollen Entschuldigungen von uns entfernte.

»Das ist auch so etwas, das unser Volk rückständig hält«, sagte Korays Vater, wieder auf Deutsch, zu unseren Müttern. »Dieser absurde Aberglaube. Wer so denkt, kann sich nicht weiterentwickeln.«

Korays Mutter gähnte, doch meine Mutter sah ihn überrascht an. »Aber meinen Sie denn nicht, dass jedes Volk ein Recht auf seine Traditionen hat, ganz gleich, ob sie von anderen als rückständig angesehen werden?«

In den Augen von Korays Vater blitzte es. »Eine gute Frage, Frau Güneş. Natürlich hat es das Recht, aber die Ausübung der Tradition darf andere nicht ausgrenzen.« Er nahm seine Brille ab, putzte sie mit einem Taschentuch und setzte sie wieder auf. »Traditionen sind gut und wichtig für die Stabilität und das Selbstwertgefühl eines jeden. Doch wenn äußere Merkmale benutzt werden, um andere Menschen zu stigmatisieren, sind wir sehr schnell in einem äußerst ungesunden gesellschaftlichen Klima. Und das geschieht hier leider viel zu oft.«

»Ich weiß«, sagte meine Mutter. »Aber warum denken Sie, dass man sich als abergläubischer Mensch nicht weiterentwickeln kann?«

»Weil Aberglaube mit den Ängsten der Menschen spielt«, antwortete Korays Vater. »Weil er mit Bestrafung droht, wenn sie nicht den vorgegebenen Regeln folgen. Das hält sie klein und verhindert selbstbestimmtes Denken und Handeln. Und damit letztlich die Weiterentwicklung.«

Nachdenklich schweifte der Blick meiner Mutter aus

dem Fenster über die Hügel der Stadt. An nahezu jedem größeren Gebäude wehte eine rote Nationalflagge. Spitz ragten die schmalen Minarette über die Kuppeln der Moscheen hinaus, und in der Ferne war eine Baustelle mit gigantischen Stahlträgern und Kränen zu sehen, wo eine Brücke über den Bosporus entstehen sollte. Hellgraue Wolkenschleier schoben sich vor die Sonne, sodass die Farben ringsum verblassten. Jale stieß mich an und zeigte auf einen Mann, der draußen an der Reling stand. In der einen Hand drehte er eine Gebetskette und mit dem Zeigefinger der anderen bohrte er in der Nase.

»Könnten wir jetzt vielleicht über schönere Dinge sprechen?« Korays Mutter legte ihrem Mann die manikürten Finger auf den Arm und lächelte. »Ich möchte nach dem Topkapi-Palast noch in den großen Basar und eine Tasche kaufen. Das kann ich doch, Zia, oder?«

Korays Vater atmete aus. »Natürlich, Renate, natürlich.«

Danach war Korays Mutter wie ausgewechselt. Sie schwärmte von Schlangenledertaschen mit passenden Schuhen und Gürteln, die es ganz ähnlich in Paris gebe, nur dort eben unerschwinglich, ganz im Gegensatz zu hier. Ihre Augen leuchteten, während sie die unzähligen Juweliergeschäfte beschrieb, die bis unter die Decke mit Gold und Edelsteinen gefüllt seien wie die Schatzkammern eines Sultans. Und sie ermunterte meine Mutter, sich dort auch etwas Hübsches zu kaufen. Meine Mutter nickte und schwieg. Ich wusste, dass sie sich nichts Hübsches kaufen konnte, weil sie am Morgen noch mit Großmutter und Tante Leyla über das knappe Geld gestritten hatte.

Das Schiffshorn ertönte, um die Ankunft im Hafen anzukündigen. Passagiere legten ihre Zeitungen zusammen und standen auf. Es waren viele Pendler unterwegs, Geschäftsleute, Angestellte und Touristen, die meisten Männer, aber auch Familien und sogar ein paar allein fahrende Frauen. Die Fähren wurden von einer breiten Bevölkerungsschicht genutzt, weil sie ein günstiges Transportmittel darstellten. Wohlhabende Istanbuler nahmen natürlich ihr eigenes Auto mit. Und die wirklich Reichen überquerten den Bosporus ohnehin mit ihrer Jacht und ließen sich von ihrem Chauffeur oder im Taxi herumfahren.

Nachdem die Fähre angelegt hatte und wir über die breite Eisenrampe gerollt waren, empfing uns der europäische Teil der Stadt. Jener Teil, den Großmutter mit einem Anflug von Scheu *Avrupa*[5] nannte, weil er einen höheren Stellenwert zu besitzen schien als der Rest der Türkei. Vielleicht sagte sie es aber auch nur so, weil sie das Gewimmel der vielen Menschen dort und die Hektik nicht mochte.

Mein Vater nannte diesen Teil Istanbuls nur *Gegenüber,* um die Alltäglichkeit zu betonen, da er oft zur Militärbehörde oder an die Universität fuhr, die auf der europäischen Seite lagen. Tante Leyla, Großmutter, meine Mutter und ich fuhren nie nach *Gegenüber,* wir erledigten unsere Angelegenheiten nur auf der asiatischen Seite.

Korays Vater fuhr auf eine Brücke zu, an deren Brüstung barfüßige Schuhputzerjungs saßen und mit hölzernen Kisten voller Bürsten, Lappen und Schuhcreme auf Kundschaft warteten. Ihre weißen Zähne leuchteten aus den gebräunten Gesichtern, während sie lachten und winkten.

---

5 *Avrupa* = Europa

Wir überholten Männer in löchrigen schwarzen Stoffhosen, die turmhoch zusammengeschnürte Metallkanister auf dem Rücken trugen oder schwere Säcke auf Handwagen vor sich herschoben. Wenn Korays Vater hupte, gingen sie schwankend beiseite. Vor uns manövrierte ein gebeugter alter Mann seinen Karren voller Orangen über die Straße. Wegen des hohen Bordsteins konnte er nicht sofort ausweichen und zwang uns in ein Tempo, bei dem mein Vater geschimpft hätte. Korays Vater fuhr so langsam, wie der Mann ging.

Blecherne Musik ertönte aus einem vollbesetzten *Dolmuş*[6], der neben uns zum Stehen gekommen war, um einen weiteren Fahrgast aufzunehmen. Dieser kauerte nun geduckt im Zwischenraum, weil auch beim besten Willen kein Platz im Fahrzeug mehr frei war. Als der schnauzbärtige Fahrer meine Mutter und mich sah, tippte er lächelnd an seine Kappe, drückte auf die Hupe und glitt im wieder fließenden Verkehr davon.

Ein strenger Fisch- und Benzingeruch zog durch die offenen Fenster ins Wageninnere und mischte sich mit dem Qualm der Zigaretten, die unsere Eltern rauchten. Am anderen Ende der Brücke begann das Revier der Fischhändler. Unzählige Katzen streunten begehrlich maunzend um die Stände herum, immer auf der Hut, keinen Tritt zu kassieren. Laut anpreisend, versuchten sich die Fischer gegenseitig zu übertrumpfen, und einige verkauften die noch zappelnden Tiere gleich aus dem schaukelnden Boot heraus. Wir Kinder sahen zu, wie die Kunden Münzen ins Boot fallen ließen, der Händler den gewünschten Fisch in

6 *Dolmuş* = Sammeltaxi

Zeitungspapier wickelte, in eine Plastiktüte steckte und das Bündel auf den Kai warf.

Nur ein Stück weiter standen die Maisverkäufer an ihren Handwagen, in denen ein großer Topf mit heißem Wasser eingelassen war. Immer wenn sie den Deckel anhoben, um einen Kolben herauszunehmen, stieg mit dem Wasserdampf auch der Duft nach gekochtem Mais in die Luft, der bis zu uns herüberzog. Der Verkäufer streute Salz auf den Kolben, legte ihn in eine Serviette und reichte ihn dann dem Kunden.

Wir bogen in eine schmale Gasse ein, die steil bergauf führte. Eine Frau mit Kopftuch hängte Hemden auf eine Wäscheleine, die zwischen zwei gegenüberliegenden Balkonen gespannt war, dabei musste sie sich unter einem dicken Bündel Kabel vorbeiducken. Wie Schlingpflanzen fielen sie von oben herab und wanden sich um Regenrinnen, Balkongeländer und Laternen.

Kurz darauf fuhr Korays Vater in eine Parklücke, wir konnten endlich aussteigen und unseren Schweiß trocknen lassen. Auf dem Weg zum Palast überquerten wir einen Platz, wo sich eine Menschenmenge um einen Mann mit seinem Bären geschart hatte. Auch ausländische Touristen waren unter ihnen. Es war ein Braunbär mit hellem Fell, der einen ledernen Maulkorb trug und an einer kurzen Kette gehalten wurde. Durch seine Nase war ein Ring gezogen, verbunden mit einer Stange, die am Gürtel des Mannes befestigt war. Da wir Kinder noch nie einen echten Bären gesehen hatten, durften wir zuschauen, wie er sich zu den Klängen einer Trommel bewegte. An eine seiner Pranken war ein Spazierstock gebunden, mit dem er auf zwei Beinen vor und zurück tapste. An der anderen fehlte die Tatze, und er ruderte damit durch die Luft, als würde er den Takt vorgeben. Das sah so merkwürdig aus, dass einige Kinder lachten und in die Hände klatschten, auch Jale und Koray schmunzelten. Wenn sein Besitzer um ihn herumging, drehte sich der Bär mit. Damit kein Zug an der Stange entstand, erklärte uns Korays Vater, denn die Nase des Tieres sei extrem schmerzempfindlich.

Nach der Vorstellung lief ein Junge mit seiner Mütze zwischen den Zuschauern umher, und viele Münzen fielen klimpernd hinein.

»Dass man diese Barbarei auch noch belohnt!«

Obwohl Korays Mutter ihren Mann anstieß, hatte er so laut gesprochen, dass sich einige umdrehten. Manche warfen ihm wütende Blicke zu, als hätte er ihnen den Spaß verdorben. Auch der Besitzer des Bären hatte es gehört.

»Großer Bruder«, grüßte er, nahm seine Mütze ab und verneigte sich vor Korays Vater. »Ich habe vier Kinder und eine Frau zu ernähren. Es gibt nicht viele Möglichkeiten, Geld zu verdienen für jemanden wie mich, der nicht zur Schule gehen konnte.«

»Aber einen Bären konntest du dir kaufen«, gab Korays Vater zurück, »der jetzt das Geld für dich verdient?«

»Ich bekam ihn als Baby, großer Bruder.« Demütig neigte der Mann den Kopf. »Ein Pelzhändler tötete seine Mutter und überließ ihn mir günstig, weil er verletzt war. Hab Mitleid mit einem armen Familienvater.«

Korays Vater sagte nichts mehr, schüttelte nur den Kopf und bedeutete uns, den Platz zu verlassen.

»Musst du dich immer in alles einmischen?«, flüsterte Korays Mutter ihm zu. »Lass doch die Leute in Ruhe, Himmelherrgott!«

»Wer soll sich denn einmischen, wenn nicht einmal ich

es tue, Renate? Wie soll sich in diesem Land je etwas ändern, wenn sich keiner einmischt?«

»Was weiß ich?«, gab Korays Mutter zurück. »Es interessiert mich auch nicht, Zia! Ich habe nur ein paar Menschen gesehen, die sich an einem Bären erfreut haben, sonst nichts!«

Sie wandte sich von ihrem Mann ab, entschuldigte sich bei meiner Mutter für die Missstimmung und ging mit schnellen Schritten voran durch ein monumentales steinernes Tor, das mit goldenen Schriftzeichen versehen war. Jale lief rasch hinterher und griff nach ihrer Hand. Auch Korays Vater bat meine Mutter um Verzeihung, doch sie winkte ab. Das Schauspiel habe sie ebenfalls abgestoßen, sie sei ganz seiner Meinung. Während sie sich leise unterhielten, folgten Koray und ich ihnen schweigend.

In einer Gruppe anderer Besucher gingen wir durch das Tor des Sultans und betraten den kunstvoll angelegten Park des Topkapi-Palastes. Um uns herum sirrten die Zikaden, und ein gutes Stück voraus liefen Korays Mutter und Jale.

Der ausgehöhlte Stumpf eines ehemals riesigen Baumes erregte unsere Aufmerksamkeit. Korays Vater wollte, dass Koray und ich uns hineinstellten, und öffnete die braune Lederhülle seiner Kamera. Trotz all der Jahre, die wir im Haus zusammenwohnten, wurde dies unser erstes gemeinsames Foto, auf dem er und ich allein zu sehen waren. Ich lächelte in die Kamera, und Koray guckte mich an. Ihm fielen die Haare in die Stirn, verdeckten seine Augen und ließen sein Profil hervortreten, an dem das ausgeprägte Kinn bereits erkennbar war. Seit jeher ist es eines meiner Lieblingsbilder, und ich trug es später so lange mit mir herum, bis es ausgeblichen und an den Rändern ausgefranst war. Es gibt kein Negativ mehr und keinen weiteren Abzug davon, sodass ich es irgendwann in mein Tagebuch klebte, um es zu retten. In meiner Erinnerung leuchten die Farben dieses Tages noch immer auf dem Foto, und der weiße Rand ist unversehrt.

Wir schlossen zu Jale und Korays Mutter auf und gingen nun wieder gemeinsam weiter. Die nächsten Stunden, in denen wir den Palast besichtigten, kamen mir wie Tage vor, und ich war froh, dass nur ein Bruchteil der mehreren hundert Säle für Besucher geöffnet war. Schmuckstück reihte sich an Schmuckstück, Gewand an Gewand, Waffe an Waffe und Rüstung an Rüstung. Jedes Teil war ein von üppigem Gold und zahllosen Edelsteinen verziertes Unikat von unschätzbarem Wert.

Als wir wieder ins Freie traten, war der Nachmittag bereits weit vorangeschritten, und der Platz, auf dem der Bär getanzt hatte, war nun von flanierenden Touristen und türkischen Familien bevölkert.

Korays Mutter war etwas verstimmt, weil wir Kinder so müde waren, dass wir kaum noch laufen konnten, geschweige denn einen Bummel durch den Basar geschafft hätten. Sobald wir im Auto saßen und losgefahren waren, schliefen Jale und ich sofort ein.

FÜNF

In jenem Sommer trafen sich meine und Korays Eltern öfter, saßen abends auf ihrem Balkon im dritten Stock, tranken Rakı[7] mit Leitungswasser und aßen geröstete Kichererbsen und gesalzene Kürbiskerne, deren Schalen wir am nächsten Morgen von unserer Brüstung fegten.

Sie sprachen sich jetzt alle bei ihren Vornamen an: Renate und Zia und Marlene und Senol. Und meine Mutter hatte nun häufig ein neues Buch in der Hand, das Korays Vater ihr aus einer kleinen deutschsprachigen Buchhandlung mitbrachte. Sie wirkte gelöster, lachte mehr und stritt sich weniger mit Großmutter und Tante Leyla, wenn mein Vater weg war.

An einem dieser Tage fragte das ältere Ehepaar aus der Etage über uns, wer gern mitfahren wolle zum großen Basar, sie hätten Plätze im Auto frei. Korays Mutter kam das Angebot sehr gelegen, schließlich hatte sie noch immer die Schlangenledertasche im Kopf. Jale bat mitzudürfen, in der Hoffnung, dass auch für sie ein Geschenk abfiel.

---

7 *Rakı* = Anisschnaps

Tante Leyla sagte ebenfalls zu, denn sie hatte mit dem Nähen eines Hochzeitskleides etwas Geld verdient, das sie nun ausgeben konnte. Zur Verwunderung aller wollte sogar Dalan mit von der Partie sein.

Großmutter fuhr zu einer alleinstehenden Verwandten, die erkrankt war, um sie zu pflegen. Und Korays Vater schlug meiner Mutter vor, mit Koray und mir zum Luna-Park zu gehen, einem kleinen Rummel, der in der neu angelegten Grünanlage am Meer seinen Platz gefunden hatte. Dann hätte meine Mutter ein paar Stunden Ruhe und könne ungestört lesen. Doch sie wollte uns lieber begleiten.

Aufgeregt liefen Koray und ich voraus, der Luna-Park war die Sensation in unserem Stadtteil. Es gab ein Kinderkarussell mit bunt lackierten Tieren, ein größeres Kettenkarussell, eine Eisenbahn, die mit lautem Gebimmel durch die ganze Anlage fuhr, eine Schießbude, eine Losbude und eine Wasserrutschbahn, bei der ein Kahn den Hügel zum Meer hinabglitt. Auf einer Wackeltreppe und einem Hindernisparcours konnte man seine Geschicklichkeit erproben. Dazwischen standen Eis- und Kuchenverkäufer und Wagen mit verschiedenen Helva-Sorten, Dauerlutschern, rosa Zuckerwatte und gesalzenen Knabbereien, die man in Papiertüten verkauft bekam. An den einzelnen Stationen spielte sogar Musik, und wir erfuhren, dass in der Abenddämmerung ein Feuerwerk stattfinden würde. Korays Vater sagte, das wirke alles schon sehr amerikanisch, meine Mutter stimmte ihm zu, doch Koray und ich zerrten die beiden zum Kettenkarussell, um endlich mit den Attraktionen zu beginnen.

Korays Vater zahlte für drei Fahrten und gab jedem von uns noch Extrageld in die Hand.

»Du tust so viel für uns und die Kinder, Zia«, sagte meine Mutter. »Ich weiß nicht, wie ich mich revanchieren soll.«

»Ich tue es gern«, erwiderte er, »also denk bitte nicht darüber nach.«

Während Koray und ich an den langen Ketten durch die Luft flogen, Koray dabei natürlich herumhampelte und versuchte, meine Schaukel zu sich heranzuziehen, weil es ihm sonst zu langweilig geworden wäre, saßen unsere Eltern daneben in einem Café und tranken Mokka. Bei jeder Runde winkten wir ihnen zu, bis sie nicht mehr auf uns achteten. Danach liefen wir über den Platz, kauften Süßigkeiten, und Koray schlug vor, die beiden zu erschrecken. Das Café war recht provisorisch aufgebaut. Die Steinplatten, die einmal den Untergrund bilden sollten, waren bereits verlegt, doch die Wände bestanden noch aus weiß gestrichenen Holzplanken. Unsere Eltern saßen an einem Holztisch hinter alten Autoreifen, die man übereinandergelegt und bepflanzt hatte. Wir unterdrückten ein Kichern, als wir sie reden hörten.

»Du spielst die kleine dumme Hausfrau, damit er sich dir überlegen fühlen kann«, sagte Korays Vater leise zu meiner Mutter. »Warum tust du das?«

»Es ist zu spät«, antwortete meine Mutter ebenso leise. »Ich kann es nicht mehr ändern.«

»Du willst es nicht, das ist es.«

»Was soll ich denn machen?« Die Hand meiner Mutter zitterte beim Abstellen ihrer Tasse. »Zum Gespött werden, einen schlechten Ruf riskieren? Zurück nach Deutschland mit zwei Kindern, ohne Arbeit? Wie stellst du dir das denn vor?«

»Ich wäre da, wenn du …«

Als Korays Vater uns hinter den Reifen entdeckte, brach er ab und lächelte. »Ach, da seid ihr ja. Hat euch das Karussell gefallen?«

Es war nicht das souveräne Lächeln, das ich sonst von ihm kannte. Es wirkte anders und verursachte mir ein seltsames Gefühl, ich vergaß es aber gleich darauf, weil das Feuerwerk begann und wir nur noch staunend in den Himmel starrten. Zum ersten Mal sah ich Fontänen aus funkelnden Lichtern sprudeln, die beim Zünden einen goldenen Schweif hinter sich herzogen. Ich hörte das Zischen, Krachen und Knistern, wenn die Raketen in grellen Blitzen über dem Meer explodierten. Und ich fragte mich, ob wohl jede in so winzige Partikel gesprengt würde, dass sie sich in Staub auflöste, weil vom Himmel nichts zurückkam. Weder auf die Erde noch ins Wasser.

Zu Hause erwartete uns eine Überraschung. Mein Vater war gekommen und brachte die Nachricht mit, dass er seinen Militärdienst um zwei Monate verkürzen könnte, wenn er eine andere Truppe im Südosten betreute, die am Van-See stationiert war, in der Nähe der iranischen Grenze, etwa zwanzig Stunden Busfahrt von uns entfernt. Eine zusätzliche Bedingung war allerdings, dass er zehn Wochen nicht nach Istanbul käme. Mein Vater wollte das Angebot annehmen, wenn die Familie einverstanden wäre. Meine Mutter stimmte zu, Großmutter und Tante Leyla waren dagegen, sodass am Abend noch ein heftiger Streit entbrannte. Das Geschrei verfolgte mich bis in den Schlaf, und ich schreckte auf, als die Tür von Großmutters Schlafzimmer zugeschlagen wurde. Damit war klar, dass sich meine Eltern durchgesetzt hatten.

In den letzten Augustwochen herrschte eine brütende Hitze. Ganz Istanbul erlahmte, die Straßen leerten sich, der Verkehr wurde so leise und übersichtlich wie sonst nie, und die paar Menschen, die es nicht vermeiden konnten, nach draußen zu gehen, bewegten sich nur im Schatten der Markisen. Viele Bewohner verbrachten die Zeit auf ihren Sommersitzen an der Küste oder in ihren Heimatdörfern in den Bergen, wo es deutlich kühler war. In der Stadt wehte nicht das geringste Lüftchen, selbst das Meer schien in Zeitlupe an die Kaimauern zu schwappen. Großmutter war für ihre Körpergröße ein wenig zu dick, und das machte sich nun bemerkbar. Die Wärme belastete ihr Herz, ließ Beine, Hände und Füße anschwellen und verursachte Schwindel, sodass sie die meiste Zeit auf dem Sofa lag. Uns Kinder störten die hohen Temperaturen kaum, wir gewöhnten uns schnell daran, dass der Schweiß Tag und Nacht aus unseren Poren drang. Tante Leyla presste jeden Morgen Zitronen aus, verrührte den Saft mit Zuckerwasser und stellte es als Erfrischung für uns alle in den Kühlschrank.

Ohne dass wir es wussten, sollte der Sommer 1971 der letzte sein, den wir gemeinsam verbrachten. Im Frühjahr hatte es einen Militärputsch gegeben, der meinen Vater in Bedrängnis brachte. Als Offizier war er natürlich der Regierung verpflichtet, doch unter dem Druck der Generäle, die die Zukunft der türkischen Republik gefährdet sahen und unmissverständliche Drohungen aussprachen, gab mein Vater nach, obwohl er das, was danach folgte, keineswegs guthieß.

Sehr ernste Folgen hatte der Putsch nämlich unter anderem für Korays Vater. Etliche Zeitungen und Vereine wurden verboten, weil man eine Verschwörung gegen die

Verfassung witterte. Journalisten, Verleger und Intellektuelle wurden unter dem Verdacht verhaftet, eine kommunistische Partei gründen zu wollen. Es waren Tausende, die in Gefängnissen verschwanden, darunter auch Freunde von Korays Vater. Er sagte, er könne unter diesen Umständen keine freie Pressearbeit leisten, abgesehen von der Gefahr, die seiner Familie drohte, wenn er sich kritisch zu den politischen Ereignissen äußerte.

Eine Nachrichtenagentur aus Hamburg hatte Korays Vater nun eine Anstellung angeboten, die er sofort annahm, ohne sich mit seiner Frau oder seinen Eltern abzusprechen. Um die erforderlichen Vorbereitungen für den Umzug zu treffen, waren sie in Istanbul geblieben, anstatt die Sommerferien wie sonst in ihrer Datscha am Schwarzen Meer zu verbringen.

Nach der Eröffnung der Bosporusbrücke Ende August war es dann so weit. Koray sah mir vom Rücksitz des Wagens dabei zu, wie ich mich mit dem schweren Plastikbehälter abmühte, um ihm Wasser hinterherzuschütten. Es war ein wichtiges Ritual, und ich wollte das Wasser so schwungvoll gießen, wie es die Erwachsenen taten, aber ein Teil schwappte schon vorher auf die Straße. Bei dem Rest half mir meine Mutter, und ich war sehr unglücklich, weil ich es vermasselt hatte. Ich glaubte, dass Korays Reise nun nicht so leicht und flüssig verlaufen würde, wie sie sollte. Lange Zeit dachte ich, es hätte an mir gelegen, dass die Dinge danach im Zickzack verliefen.

Korays Abwesenheit begriff ich erst dann richtig, als in den nächsten Tagen niemand mehr auf mein Klingeln öffnete. Jedes Mal vergaß ich, dass die Wohnung im dritten Stock leer stand, dass Koray weg war. Weit weg. So weit, dass ich mir nicht vorstellen konnte, ihn jemals wiederzusehen.

Dabei hatte zunächst nichts darauf hingedeutet, dass ich ihn vermissen würde. Im Gegenteil.

»Sei nicht traurig«, hatte Koray noch am Vortag gesagt, »ich komme ja in den Ferien wieder.«

Ich war gar nicht traurig, nur schlecht gelaunt, weil wir auf dem langen Bürgersteig vor unserem Haus zwei Gummireifen mit unseren Stöcken angetrieben hatten und er natürlich wieder gewonnen hatte. Jetzt lagen wir auf dem vertrockneten Gestrüpp im Vorgarten, hoch über uns wedelten die Blätter der Palme grüne Streifen ins Blau, und Koray sagte, dass er mitgehen müsse, obwohl er das nicht wolle.

»Das macht nichts«, gab ich zurück. »Ich habe ja noch andere Freunde.«

Koray ärgerte sich, weil es stimmte; eigentlich hatte er mich damit zum Weinen bringen wollen, doch sein Plan ging nicht auf. Ich zeigte kein Bedauern, nur Desinteresse, als hätte er etwas Belangloses gesagt.

»Wenn ich groß bin, hole ich dich auch nach Deutschland«, setzte er hinzu.

»Da will ich gar nicht hin«, entgegnete ich. »Wenn schon, dann will ich nach Amerika.« Ich dachte an den Luna-Park und an Tante Leyla, die neuerdings in einen Freund meines Vaters verliebt war. Er lebte in New York und kam nur alle paar Jahre nach Istanbul, um seine Familie und Freunde zu treffen. Meine Tante sprach von Amerika, als wäre sie schon oft dort gewesen und als wäre es ein Paradies, in dem alle Menschen reich und schön waren und jeder tun konnte, was er wollte. Tante Leyla schwor, nur einen Amerikaner zu heiraten, und ich unterstützte sie mit meiner Ankündigung, dass ich dann bei ihr leben wolle. Tagelang schmiedeten sie und ich Pläne, was wir alles unternehmen und welche wichtigen Persönlichkeiten wir treffen würden. Deutschland erschien mir im Vergleich dazu glanzlos und fade. Natürlich konnte ich nicht wissen, dass auch wir dort hinziehen würden. Wahrscheinlich wussten es selbst meine Eltern noch nicht.

Im Rückblick kommt es mir vor, als hätten Koray und ich die Stadt gleichzeitig verlassen, doch in Wirklichkeit dauerte es bis zu unserem Umzug noch fast ein Jahr. Diese Zeit erscheint mir in der Erinnerung wie ein luftleerer Raum, ohne Bilder und Erlebnisse, ohne Geräusche und Gerüche, obwohl alles genauso gewesen sein muss wie zuvor. Nur meine Wahrnehmung war plötzlich ausgeschaltet. Vielleicht konnte ich auch nur mich selbst nicht mehr richtig sehen. Der Kinderarzt sagte bei einer Untersuchung, dass ich eine Brille bräuchte, weil ich auf einem Auge eine Sehschwäche habe. Ein Auge versagte mir den Dienst.

Koray hatte den Teil von mir mitgenommen, der hier zu Hause gewesen war. Lange glaubte ich, ihn vergessen zu haben, wie Kinder eben ihre frühen Spielkameraden vergessen, doch es war anders.

Ich vergaß, dass ich in Istanbul eine Heimat gehabt hatte.

SECHS

Deutschland empfing mich mit einer Kälte, die nur wenig mit der Außentemperatur zu tun hatte. Ich fühlte mich vielmehr jener Wärme beraubt, die mir Großmutter, Tante Leyla, Verwandte, Freunde und all die anderen Menschen in Istanbul entgegengebracht hatten. Das herzliche, aufmerksame und zugewandte Miteinander war weg. Niemand sah uns Kinder mit dieser Mischung aus Faszination und Bewunderung an, niemand schenkte uns jene liebevolle Beachtung, niemand strich über unsere Köpfe oder lachte über unsere Bemerkungen. Mir fehlten sogar die Obst- und Gemüsehändler, die immer mit uns scherzten und uns etwas zusteckten, wenn wir auf dem Markt einkaufen gingen.

Vielleicht besaßen Kinder in Deutschland einen anderen Stellenwert, oder es lag daran, dass hier viele so aussahen wie Dalan und ich. Die Besitzerin des Hauses, in dem wir eine Dreizimmerwohnung unter dem Dach gemietet hatten, sagte, Kinder dürfe man sehen, aber nicht hören. Ich wusste erst nicht, was die alte Frau mit den schwarz gefärbten Haaren meinte. Meine Eltern schon. Die Wände und Decken im Haus waren so dünn, dass bei ihr der Kronleuchter zitterte, wenn ich ein wenig durch unser Zimmer hüpfte. Wir mussten leise sein, so leise, wie wir es noch nie hatten sein müssen. Dalan, der ohnehin meist lesend im Bett lag, blieb davon ziemlich unberührt, doch für mich bedeutete es anfangs ein unlösbares Problem, denn auch der Garten kam als Spielraum nicht infrage. Die Hausbesitzerin und ihr kleiner, dünner Mann sahen es nicht gern, wenn ich mich dort aufhielt. Sie führten im vorderen Teil des Hauses ein Geschäft für Kurzwaren, Wolle, Nadeln und Stoffe. Daneben betrieben sie in einem Anbau am Garten eine Reinigung für Federbetten, sodass sie ständig in der Nähe waren.

Ich vermisste Koray und meine Freundinnen aus dem Haus so sehr, dass ich nun sogar gern mit Jale gespielt hätte, wenn sie da gewesen wäre. Aber in unserer Nähe wohnten nur Kleinkinder, ein paar große Jungs, denen ich auswich, weil sie mir drohende Blicke zuwarfen, und ein Junge in meinem Alter, der schmutzige Kleidung trug und schlecht roch. Ich nannte ihn Stinkjunge. Erst nur heimlich, dann, als keine Zurechtweisung von meiner Mutter oder jemand anderem kam, auch vor ihr und Dalan, und am Schluss sprach ich ihn direkt mit Stinkjunge an und fragte ihn, ob er nie seine Nase putze oder sich das Gesicht wasche, weil es immer schmierig aussah. Statt einer Antwort starrte er mich nur aus seinen riesigen braunen Augen an. Kurz darauf zog er weg, und das schäbige Haus, in dem er gewohnt hatte, wurde abgerissen.

Meine erste Lehrerin in der Schule war eine fröhliche junge Frau mit langen braunen Haaren und sehr ansteckendem Lachen. Wenn wir unsere Aufgaben gut gemacht hatten, klebte sie Sticker mit Blumen, Autos oder Teddybären in unsere Hefte. Jeden Tag konnte ich es kaum erwarten, mein Heft zurückzubekommen, die Seite aufzuschlagen und die bunten Bilder zu entdecken. Als sie nach einem halben Jahr die Schule verließ, bekam ich eine Herpesinfektion am Mund, die sich bis zum Kinn ausbreitete. Wegen der Ansteckungsgefahr musste ich eine Weile zu Hause bleiben.

Im Gegensatz zu mir glitt Dalan wie ein fehlendes Puzzlestück in seine Klasse. Er suchte weder Freundschaften, noch schien er Anerkennung zu brauchen, und dennoch strahlte er etwas aus, dem sich gerade die Mädchen nicht entziehen konnten. Es verging kaum eine Woche, in der nicht eine anrief und sich mit Dalan verabreden wollte. Er sagte immer Nein. Wahrscheinlich war es die Mischung aus Distanziertheit und Attraktivität, die seine Anziehungskraft ausmachte, denn trotz unserer Ähnlichkeit, hatte sich meine in Luft aufgelöst. Ich war viel zu sehr darauf aus, von allen gemocht zu werden, und meine Bemühungen darum bewirkten das Gegenteil. Vielleicht lag es auch an der Brille, die ich verabscheute, weil ich mich damit schrecklich fühlte, und die ich nur trug, wenn meine Eltern mich zwangen.

Dieses neue Leben weckte in mir ein Gefühl, das mich in der Türkei immer nur kurz gestreift hatte: Angst. Erst waren es nur Momente, die mich verwirrten und die ich sofort abschüttelte, um mein gewohntes Verhalten wieder aufzunehmen, in der Gewissheit, dass es sich um etwas Vorübergehendes handeln müsse. Doch je mehr Zeit verging, desto häufiger traten diese Momente auf, bis sie die Waagschale zu ihren Gunsten beschwerten.

Ich hatte mein Selbstvertrauen in Istanbul zurückgelassen, wusste nicht mehr, wer ich war. In dieser Welt wurde ich mir fremd wie in einem Karnevalskostüm, das jemanden darstellte, der ich nicht sein konnte, selbst wenn ich mich noch so anstrengte. Ich schnurrte zu einem winzigen, bewegungsunfähigen Bündel zusammen, und ohne dass es jemand bemerkte, bekam ich mehrmals am Tag Atemnot.

Mein Vater hatte eine Stelle als Lehrer an einer Grundschule bekommen, die etwas außerhalb lag und eine längere Anfahrt erforderte, sodass er morgens sehr früh das Haus verließ. Weil er in unserer kleinen Wohnung kein Arbeitszimmer hatte, blieb er oft bis zum Abend in der Schule, um den Unterricht vorzubereiten und Hefte durchzusehen. Ich wusste nicht, dass er statt der Erstklässler viel lieber Studenten unterrichtet hätte, die ihn mit ihrem mathematischen Verständnis herausfordern konnten. Ich wusste nicht, dass er vom ersten Tag an unglücklich war in Hannover, der Geburtsstadt meiner Mutter, und dass er sofort nach Istanbul zurückgekehrt wäre, wenn er dort an der Universität eine Anstellung bekommen hätte.

Ich wusste vieles nicht, aber ich merkte, dass meine Mutter aufblühte und selbstbewusster wurde. Insbesondere, als sie in einer Buchhandlung im Stadtzentrum zu arbeiten begann. Sie las so viel wie nie zuvor und versuchte anfangs noch, mit meinem Vater darüber ins Gespräch zu kommen, doch ihn interessierten weder die Romane noch ihre Geschichten aus der Buchhandlung. Es interessierte ihn ebenfalls nicht, dass meine Mutter hin und wieder für Fortbildungen in eine Filiale nach Hamburg geschickt wurde. Sie schien nur noch für ihren Beruf zu leben, es war völlig klar, dass sie ihn für nichts in der Welt aufgeben und in die Türkei zurückkehren würde. Und für meinen Vater wiederum war völlig klar, dass Hannover nur eine Durchgangsstation sein würde.

SIEBEN

Das nächste Mal sah ich Koray vier Jahre später. Meine Eltern hatten einen Sommerurlaub in der Nähe von Izmir geplant, wo wir Korays Familie besuchen wollten, denn seine Verwandten besaßen dort ein Haus. Wir fuhren mit dem Auto ins italienische Brindisi und setzten mit einer Fähre erst nach Griechenland und dann in die Türkei über. Meine Eltern stritten auf der Fahrt ständig, weil meine Mutter der Meinung war, mein Vater steuere das Auto zu aggressiv, und er sie im Gegenzug aufforderte, doch selbst zu fahren, was sie nicht konnte, weil sie keinen Führerschein besaß. Und auch wenn nach ihren Streitereien die Stimmung angespannt war, genoss ich das darauffolgende Schweigen. Damit konnte ich mich besser in das vertiefen, was draußen an uns vorbeizog.

Izmir kam mir im Vergleich zu Istanbul sehr hässlich vor, mit seinen klotzigen Apartments, den abgebröckelten Fassaden, schäbigen Markisen und Reklameschildern über jedem Eingang. Mit seinen Fabrikhallen, qualmenden Schloten und halbfertigen Neubauten, für die man Teile der umliegenden Berge abgetragen hatte und die nun wie angeklebte Legosteine wirkten. An den Abfallhaufen streunten Katzen herum, Lkws pusteten ihre dicken grauen Abgase dazu, und in stinkenden Tümpeln trieb Unrat zwischen Schaumschlieren.

Wir umrundeten das Atatürk-Denkmal, um die Hauptstraße nach Süden in Richtung Kuşadası zu nehmen, einem kleinen Urlaubsort an der Westküste. Gegen die Sonne klemmten Dalan und ich Handtücher in die Autofenster, nur war es auch im Schatten so unerträglich heiß und stickig, dass wir die Fenster wieder herunterkurbelten und unsere Hände in den Fahrtwind hielten. Das war angenehmer, auch wenn wir die Arme nicht hinausstrecken durften, weil mein Vater befürchtete, sie könnten von einem entgegenkommenden Fahrzeug abgerissen werden. Dafür legte ich meinen Arm längs in die Fensteröffnung und stützte mein Gesicht darauf, um es zu kühlen. So hätte ich ewig weiterfahren mögen, mir war nicht nach Ankommen, mir war nicht danach, Koray zu sehen und Jale und ihre Eltern und Großeltern. Ich schämte mich, noch bevor ich ihnen überhaupt begegnet war.

Die nächsten zwei Stunden folgten wir dem Schnellweg, der aus Izmir hinaus in eine ländliche Gegend führte. Es ging an kleinen Dörfern und Feldern mit Baumwolle vorbei, deren Ende kilometerweit nicht abzusehen war. Auf manchen ernteten Frauen in Kopftüchern und weiten Blusen und Röcken die Baumwolle in große Säcke, und Männer stiegen hinein, um die Pflanzen flach zu treten, damit man den Sack noch weiter füllen konnte. Weil ich zu gern einen der Stängel mit den hübschen Wattebäuschen haben wollte, hielt mein Vater an. Trotz seiner Erlaubnis wollte ich nicht erwischt werden, das Feld gehörte ja einem Bauern, der sicher böse geworden wäre, und so sprang ich aus dem Wagen, riss einen Ast mit mehreren Dolden vom Strauch und hastete zurück auf meinen Sitz.

Aber dann strich ich immer wieder glücklich über die weichen Pompons, die aus ihren festen Kapseln herausdrängten, und schnupperte. Sie rochen nach wilden Kräutern, nach Sonne und frischer Wäsche.

Kurz darauf bogen wir in die Küstenstraße ein, und das Meer breitete sich tiefblau leuchtend vor uns aus.

»Ich glaube, wir sind gleich da.« Meine Mutter faltete die Karte zusammen, um nur noch den Ausschnitt vor sich zu haben, den sie zur Orientierung brauchte. Ihre blonden Haare waren zerzaust, und aus ihrem Dutt rutschten feuchte Haarsträhnen, die sich im Nacken zu Löckchen kringelten.

Mein Vater warf einen Blick auf die Karte. »Da vorne müssen wir irgendwo abbiegen.«

Die Straße wand sich eine Anhöhe hinauf, und tatsächlich lag links davon ein unscheinbarer Weg, der weiter in die karg bewachsenen Berge führte. Ein Schild und eine lose eingelegte Holzschranke wiesen darauf hin, dass es sich um ein Privatgrundstück handelte. Dalan wurde losgeschickt, die Schranke zu öffnen. Überall standen Feigenbäume voll praller violetter Früchte, deren Süße Schwärme von Bienen und Wespen anlockte. Wir konnten ihr tiefes Summen hören, denn mein Vater fuhr wegen des staubigen Wegs sehr langsam. In dunklen Wölkchen schwebten die Insekten über den Bäumen, und ich überlegte, ob ich die weichen Früchte mit den winzigen Kernen darin eigentlich mochte, die beim Zerkauen knackten und immer einen leicht pelzigen Belag auf der Zunge hinterließen. Ich wusste es nicht mehr, ich würde sie wieder probieren müssen.

Wir sahen uns schon von Weitem. Koray und ich. Er kletterte in der Krone eines niedrigen Olivenbaums herum und blickte zur Schotterpiste, auf der wir ihm entgegenkamen. Trotz der Entfernung zwischen uns wandten er und ich uns sofort ab, als hätten wir den anderen nicht bemerkt. Ich sah es, weil ich noch einmal kurz hinschauen musste, bevor ich mich tief in meinen Sitz sinken ließ.

Wie sollte ich ihn begrüßen? Ernst und eher gleichgültig? Sollte ich lächeln? Ihm die Hand geben? Was sollte ich sagen? Vielleicht hatte ich Glück und er würde im Baum bleiben, sodass ich ihn erst einmal gar nicht begrüßen musste. Zumindest hatte ich es geschafft, meine Brille zu Hause zu vergessen. Mit dem Gestell auf der Nase hätte ich ihm gar nicht begegnen wollen.

Als mein Vater hupte, winkte Koray und grinste. Und als er hinabkletterte und neben uns herlaufen wollte, gab mein Vater Gas. Er, Koray und Dalan lachten. Auch ich musste schmunzeln, weil Koray sich so anstrengte, den Wagen einzuholen, und es meinem Vater sichtlich Spaß machte, ihn immer wieder nahe herankommen zu lassen, um ihn dann kurz darauf erneut abzuhängen.

»Nun lass doch den Blödsinn, Senol!«, sagte meine Mutter. »Der Junge kriegt den ganzen Dreck ins Gesicht!«

»Das macht nichts.« Ruckartig gab mein Vater Gas und lachte in den Rückspiegel. »Er kann sich ja waschen.«

Ich drehte mich um und sah durch die Heckscheibe, dass Koray außer Atem stehen blieb. Er stützte die Hände auf die Knie, hob den Kopf und lächelte, und ich lächelte zurück.

Am Haus angekommen, parkte mein Vater den Wagen im Schatten einer von Wein umrankten Pergola. Kleine grüne Beeren hingen in üppigen Trauben herab, sicher ebenso süß wie die Feigen. Das Grundstück musste riesig sein, nirgendwo war ein Zaun oder eine andere Begrenzung zu sehen. Nur Bäume, hauptsächlich Oliven und Feigen, aber auch Zitronen und Orangen, Kiefern, Zypressen und ein paar Palmen.

Meine Eltern stiegen als Erste aus, dann Dalan und ich.

Wir standen vor einer zweistöckigen Villa aus dem neunzehnten Jahrhundert. Drei Stufen führten zu einer Holzveranda mit einer Brüstung aus geschnitzten orientalischen Ornamenten, deren linke Seite von einer mächtigen purpurfarbenen Bougainvillea eingenommen wurde. In der oberen Etage befand sich ein ebenso kunstvoll gestalteter Balkon, und auch das Dach hatte hölzerne Verzierungen. Die Fenster waren tief, oben abgerundet und mit hellen Fensterläden versehen. Wegen der Hitze hatte man sie geschlossen, nur einer stand einen Spaltbreit offen. Eine vorwitzige Rose rankte dazwischen an der Hauswand und zauberte mit ihren rosaroten Blüten ein verwunschenes Bild.

In der Haustür erschien nun eine ältere Dame, die das Fliegengitter aufstieß und lächelnd heraustrat. Mit ihrer schlanken Figur, den halblangen weißen Haaren und dem cremefarbenen Sommerkleid sah sie aus, wie ich mir eine alte Gräfin vorstellte. Korays Vater folgte ihr, und die Ähnlichkeit zwischen den beiden war verblüffend.

»Herzlich willkommen!«, rief sie, kam die Stufen herab und strich als Erstes über Dalans und meinen Kopf. »Du lieber Gott, was seid ihr für schöne Kinder! Lasst euch ansehen!«

Dalan hielt den Blick gesenkt, und Korays Großmutter, die sein Unbehagen bemerkte, kniff nur mich zärtlich in die Wange, nannte mich Fıstık, Erdnuss, was man in der

Türkei gern zu Kindern sagt, und fragte, ob es mir gut gehe.

Ihre warmen dunklen Augen, ihr offenes Lächeln, die Perlen in ihren Ohrläppchen und der zarte Lippenstift ließen sie sehr modern und viel jünger aussehen, als sie wahrscheinlich war. Mit offenen Armen ging sie auf meine Mutter zu und gab ihr rechts und links einen Kuss auf die Wange. »Sie müssen Marlene sein!«

Am Lächeln der beiden konnte ich erkennen, dass sie sich auf Anhieb sympathisch waren. Mein Vater nahm die Hand von Korays Großmutter, küsste sie und wollte sie an seine Stirn führen, doch sie zog sie ihm sofort weg und sagte, dafür fühle sie sich nicht alt genug. Mein Vater lachte und schüttelte ihre Hand stattdessen auf deutsche Art. Korays Vater und meine Mutter küssten sich flüchtig rechts und links auf die Wangen, und unsere Väter umarmten sich und klopften sich auf die Schulter.

Und dann stand plötzlich Koray vor mir. »Hallo, Alev«, sagte er und irritierte mich, indem er deutsch sprach. Mit einem kleinen Schmunzeln blinzelte er ins Sonnenlicht. »Wie geht's?«

»Gut«, gab ich ebenfalls auf Deutsch zurück. Eigentlich wollte ich ihn nicht anstarren, um ihm nicht zu zeigen, dass ich neugierig war, aber wegsehen konnte ich ebenso wenig. Koray war schon immer größer gewesen als ich, doch nun hatte er eine Größe erreicht, die ich nicht mehr aufholen würde. Sein schwarzes Haar trug er so lang wie früher, aber das Gesicht sah verändert aus, es war eine Spur breiter und damit dem seines Vaters ähnlicher geworden. Seine Augenbrauen hatten sich verdichtet, und während die dunklen Augen noch immer etwas zu eng beieinanderstanden, hatte sich der Abstand zwischen seinem Mund und seiner Nase leicht vergrößert. Als ich noch überlegte, wie alt er nun sein mochte, fragte er auch schon nach meinem Alter.

»Neun«, sagte ich, und er grinste. »Ich fast zwölf.«

Beinahe wäre mir ein ›Na und?‹ herausgerutscht, weil es mich daran erinnerte, dass er mir früher schon in allem voraus gewesen war. Ich zuckte jedoch nur die Schultern und wandte mich Jale zu, die aus dem Haus auf mich zugestürmt kam.

»Alev, endlich!«, rief sie aufgeregt. Auch sie sprach deutsch mit mir. »Endlich seid ihr da! Es war ja so langweilig hier, und Koray ist immer so gemein. Ist Dalan auch so?«

Von dem einstigen Pummelchen war nichts mehr zu erkennen. Jale hatte die gleiche Körpergröße wie ich und war schlank geworden. Sie sah so anders aus, dass ich sie fast nicht erkannt hätte. Ihr dichter dunkler Pferdeschwanz wippte bei jeder Bewegung. Munter schwatzend zog sie mich hinter sich her ins Haus, und ich hatte das Gefühl, in einem Nebengebäude des Topkapi-Palastes zu sein. Boden und Wände der Eingangshalle waren mit türkisblauen Fayencen belegt und zum Teil mit Teppichen bedeckt, zwei Marmorsäulen rahmten den Zugang zum Wohnzimmer, und seitlich führte eine geschwungene Holztreppe ins Obergeschoss. Überall standen Antiquitäten, Skulpturen und exotische Kunstobjekte.

»Gehört das Haus wirklich euch?«, fragte ich beeindruckt.

»Nein«, lachte Jale. »Es gehört meinen Großeltern, aber dies ist nur ihr Ferienhaus. Das richtige Wohnhaus in Istanbul ist viel schöner. Da haben wir zwölf Zimmer und hier nur acht. Außerdem müssen wir hier mit dem

Auto zum Meer fahren, in Istanbul liegt es direkt am Haus.«

»Nur acht?«, wiederholte ich ungläubig und dachte an unsere Vierzimmerwohnung in Hannover, in die wir vor einem Jahr gezogen waren und die mir bisher so großzügig vorgekommen war.

»Ja«, sagte Jale, »du schläfst bei mir und Dalan bei Koray. Aber es ist ganz gemütlich, wirst sehen.«

»Wohnen deine Großeltern zu zweit in acht Zimmern, wenn ihr nicht da seid?«

»Aber nein!«, lachte Jale wieder, als hätte ich etwas Dummes gefragt. »Die Köchin und die Haushälterin brauchen ja auch einen Raum. Nur übernachtet die Köchin im Moment nicht im Haus, weil nichts mehr frei ist.«

Die beiden Frauen stammten aus einem der Dörfer in der Umgebung und arbeiteten bei Jales Großeltern, wenn diese in Kuşadası Urlaub machten. In der übrigen Zeit bewirtschafteten sie ihre Felder und kümmerten sich um ihre Familien.

Ich merkte, wie Bedrückung in mir aufkam. Sie verstärkte sich noch, als Jale erzählte, dass manchmal auch ihre Tante mit ihrer Familie zu Besuch sei, allerdings nur sehr selten, weil sie in Amerika lebe und nicht mehr so gern in die Türkei komme. Natürlich dachte ich, natürlich ist sie lieber in Amerika. Da wäre meine Tante jetzt auch, wenn sie ihr Versprechen gehalten und einen Amerikaner geheiratet hätte. Doch Tante Leyla hatte sich zu meiner großen Enttäuschung für einen Türken entschieden und zwei Töchter bekommen. Damit waren unsere gemeinsamen Pläne geplatzt.

Auf meine Frage, wo denn die anderen seien, erklärte Jale, ihre Mutter habe in der Stadt noch Besorgungen zu machen und ihr Großvater sei zum Angeln draußen. Er habe ein paar Freunde, die ihn mit aufs Meer nähmen, und so gebe es bei ihnen ständig gegrillten Fisch, den sie nicht möge.

Dann fasste sie mich wie eine Freundin bei der Hand, und wir liefen die Treppe hinauf, in einen Flur mit bunt gemusterten Kelims auf dem Fußboden und jeweils drei Türen auf der rechten und linken Seite. In der Wand neben jeder Tür befand sich eine kleine Nische, in der eine Lampe leuchtete. Vielleicht lag es an diesen Nischen, die wie Schattenrisse von Zwiebeltürmen aussahen und gleichzeitig wie dreidimensionale Bilderrahmen, vielleicht auch an den kegelförmigen Lampen aus gelochtem Metall, durch die das Licht unzählige Pünktchen in den Flur streute. Vielleicht war es aber auch die Atmosphäre des Hauses an sich, dass ich an die Märchen aus Tausendundeiner Nacht denken musste, die mir Großmutter erzählt hatte, als ich klein war. An den fliegenden Teppich, an Ali Baba und die vierzig Räuber.

Jales Zimmer schien auf den ersten Blick nicht zum Rest des Hauses zu passen, denn es war in schlichtem Weiß gehalten. Alles, einfach alles war weiß. Der Dielenboden, die Wände, die Fensterrahmen, die Gardinen, das riesige Himmelbett mit den transparenten Stoffbahnen, die bestickten Kissen, der Wandschrank, die verzierte Wäschetruhe, der Spiegel, der geschnitzte Paravent, alles. Sogar ein Strauß getrockneter Rosen auf dem marokkanischen Beistelltisch war so ausgeblichen, dass er nahezu weiß war. Jedes Detail war liebevoll ausgewählt und auf die anderen abgestimmt und arrangiert worden.

An den bodentiefen Fenstern bauschten sich seidige Vorhänge, und davor auf dem Balkon stand ein gusseiserner Gartenstuhl mit passendem Tischchen, von dem ein wenig Farbe abblätterte.

So einen Raum hatte ich noch nie gesehen, bei niemandem, den ich kannte. Er wirkte auf eine zurückhaltende Weise mondän und behaglich zugleich, und so völlig anders als unsere Wohnung in Hannover. Dort bestand der Fußboden aus tannengrünen Filzplatten, auch die Wohnungstür hatte mein Vater von innen damit beklebt. Das Schlafzimmer meiner Eltern war in einem dunklen Petrolblau gestrichen, die Türen glänzend rot und Dalans und mein Bett mattgelb. In der Küche lag graumeliertes Linoleum, an unserem furnierten Schrank klebten Pril-Blumen, und das lange schmale Bad hatte olivgrüne Schmuckelemente und ockerfarbene Wandfliesen.

Und nun wanderte ich durch dieses Weiß wie durch einen Traum, in eine andere Zeit, in eine andere Welt. Damit passte es sogar sehr gut zu meinem Tausendundeine-Nacht-Gefühl. Etwas, das ich schon lange nicht mehr gespürt hatte.

Jale sagte, es sei eigentlich das Zimmer ihrer Großmutter, aber weil Jale es so gern mochte, durfte sie es bewohnen, wenn sie in Kuşadası war. Ich verstand sie gut, auch ich hätte nur hier sein wollen.

Noch bevor ich den Rest des Hauses gesehen hatte, wusste ich schon, dass dies der schönste Raum war und ich schlafen würde wie auf einer Wolke, selbst wenn das Himmelbett nur halb so groß gewesen wäre, das ich mit Jale teilen musste.

Der Balkon mit den geöffneten Fensterläden wies zur Hinterseite des Hauses, und als ich hinaustrat, zeigte sich erst, wie hoch oben am Berg es lag. Die Aussicht umfasste einen großen Teil der Bucht und des Ortes. Unter mir, auf der überdachten Terrasse, sprachen unsere Eltern miteinander, und links davon funkelte das Wasser eines Swimmingpools im Sonnenlicht.

Ich weiß noch, dass mir der Neid ins Herz stach, weil Koray und Jale all das hatten und wir nicht. Ihr Wohlstand machte mich wütend, ließ mich und meine Familie so klein, unbedeutend und so entsetzlich arm erscheinen. Das wollte ich nicht sein. Ich wollte auch diese Großeltern haben, in diesem Haus, in diesem Raum meiner Großmutter Urlaub machen und durch die zwölf Zimmer in Istanbul laufen. Ich wollte auch lachen und sagen, dass das alles nicht uns, sondern meinen Großeltern gehörte.

Am unerträglichsten fand ich jedoch die Tatsache, dass es weder Jale noch Koray sonderlich wichtig zu sein schien. Es schien ihnen sogar gleichgültig, weil sie es gewohnt waren, weil es für sie normal war, reich zu sein.

Als die Stimmen unten lauter wurden, stieß Jale mich an. Offensichtlich war ihr Großvater eingetroffen, denn ich hörte, wie mein Vater die Besonderheiten eines Fisches lobte.

Wenn ich gedacht hatte, Korays Vater sähe seiner Mutter ähnlich, musste ich beim Essen feststellen, dass er seinem Vater noch viel ähnlicher war. Die beiden unterschieden sich nur im Alter. Korays Großvater war genauso groß, genauso schlank und hatte die gleichen Gesichtszüge wie sein Sohn. Selbst die ruhige und bedächtige Art zu sprechen einte sie.

Korays Großmutter machte aus ihrer Begeisterung für uns Kinder keinen Hehl. Verschwörerisch beugte sie sich zu ihrem Mann hinüber und schwärmte, dass es doch ein einziger Traum wäre, wenn Koray mich und Dalan Jale heiraten würde, nicht wahr? Und als Korays Großvater abwinkte, Korays Vater seine Mutter bat, damit aufzuhören, und wir Kinder verlegen auf unsere Teller starrten, lachte sie auf und sagte, sie wisse selbst, wie dumm es sei, Menschen nach ihrem Äußeren zu beurteilen, doch gegen goldenes Haar in Verbindung mit hellen Augen sei sie nun einmal machtlos. Wir sollten es ihr nicht übel nehmen, falls sie einen von uns auffräße. Dalan und ich kannten diese Redensart; in der Türkei hatten uns bereits viele fressen wollen, sehr viele. Auch wenn ich sonst nichts darauf gab, mochte ich es, von dieser vornehmen Dame bewundert zu werden, als kleine Entschädigung dafür, dass ich mich zuvor so erbärmlich gefühlt hatte.

Am Tisch herrschte dann ein lebhaftes Durcheinander, denn die Erwachsenen sprachen türkisch, damit Korays Großeltern einbezogen waren; Koray, Jale, Dalan und ich hingegen wechselten untereinander ins Deutsche. Ich dachte nicht darüber nach, die anderen wahrscheinlich auch nicht, es geschah einfach so. Vielleicht lag der Grund darin, dass uns Türkisch zu sehr an die Vergangenheit erinnert hätte und wir nicht daran denken wollten. Auf der deutschen Ebene gab es keine Gemeinsamkeiten, und wir konnten uns besser voneinander abgrenzen. Hinzu kam wohl auch, dass wir uns verändert hatten und die türkische Sprache, abgesehen von Urlaubsreisen oder Besuchen bei Verwandten, weder für Koray noch für uns eine Rolle spielte. Selbst mein Vater sprach zu Hause fast ausschließlich deutsch.

Während wir die gefüllten Teller herumreichten, Wasser und Säfte einschenkten, während wir aßen, tranken, lachten und redeten, beobachtete ich Koray heimlich und merkte, dass auch er mir immer wieder verstohlene Blicke zuwarf. Hier mit ihm am Tisch zu sitzen war vertraut und fremd zugleich. Wer war dieser Junge, mit dem ich früher rund um die Uhr gespielt, mit dem ich so viel erlebt hatte? Tag um Tag, Jahr um Jahr? Mit dem ich aufs Heftigste gestritten, den ich manchmal gehasst und meistens gemocht hatte? Der in ein Leben gehörte, das ich nach dem Umzug vergessen hatte, obwohl es meine glücklichste Zeit gewesen war? Hatte er mir damals auch schon gefallen, so wie er mir jetzt gefiel? Jale plapperte ungerührt über all das hinweg, und zum Nachtisch, der aus wundervoll zähem und zuckersüßem Sahneeis bestand, bekamen wir Kinder zum ersten Mal eine Ahnung davon, wie viel wir eigentlich gemeinsam hatten.

ACHT

Die ersten Tage in Kuşadası verstrichen mit Schwimmen, Essen und Nichtstun. Während Korays Großeltern häufig in die nahe gelegenen Orte fuhren, um Besuche zu machen, einzukaufen und andere Dinge zu erledigen, dehnten unsere Eltern das Frühstück vom Vormittag bis in den Nachmittag aus. Insbesondere meine Mutter und Korays Vater, die nach einer Weile allein am Tisch zurückblieben, schienen ihre ausführlichen Gespräche über Bücher und Literatur zu genießen. Mein Vater schlief dann meist im Liegestuhl daneben ein, und Korays Mutter sah der Köchin über die Schulter, um von ihr neue Rezepte zu lernen, die sie in Deutschland nachkochen wollte.

Jeden Nachmittag, wenn die größte Hitze nachgelassen hatte, fuhren wir mit dem Auto in die Bucht hinunter, um im seichten Wasser zu baden und uns um die einzige noch intakte Luftmatratze zu balgen. Der feinsandige Strand befand sich gegenüber der griechischen Insel Samos und bot den Jungs aus den umliegenden Ferienhäusern die Gelegenheit zum Fußballspielen. Alle machten mit, außer Dalan, der im Schatten lag und las.

Und doch überraschte uns mein Bruder, indem er morgens als Erster schwimmen ging. Weil mein Vater ihm verboten hatte, den langen Weg zum Strand allein zu gehen, schwamm er im Pool unzählige Bahnen. Ich vermutete zwar, dass er es nur deshalb tat, weil er hier kein eigenes Zimmer hatte und zumindest ein wenig Zeit für sich allein haben wollte, bis wir aufstanden. Vielleicht wollte er aber auch beweisen, dass er ebenso sportlich war wie Koray.

An einem Vormittag schickte uns Korays Mutter Weintrauben und Feigen pflücken, die sie mit der Köchin zu Pestil, einer süßen Spezialität, verarbeiten wollte. Unsere Väter hatten es sich gewünscht. Da alles in der Nähe des Hauses wuchs, brauchten wir mit unseren Körben nur ein paar Schritte zu gehen. Jale brachte die Trauben in die Küche und half den Frauen, sie durch ein Sieb zu pressen. Ich ging mit Koray zur Rückseite des Hauses, an Terrasse und Pool vorbei, wo am abschüssigen Hang Feigenbäume standen. Nicht so viele wie in der Auffahrt, dafür aber im Wuchs niedriger, was das Pflücken leichter machte. Die reifen Früchte waren bereits sehr weich, und manche lagen aufgeplatzt und von Wespen belagert am Boden, sodass ich mit meinen offenen Sandalen aufpassen musste. Koray lief, dessen ungeachtet, barfuß. Auch die Feigen, die am Baum hingen, waren umschwärmt und ließen sich nicht so leicht pflücken. Der Strunk saß erstaunlich fest, zumindest bei denen, die noch keine faulen Stellen hatten.

Mit dem gefüllten Korb ging ich voran, und weil die Luft so drückend war, atmete ich durch den Mund. Plötzlich stach etwas hinten auf meiner Zunge, es fühlte sich an wie ein Dorn. Ich ließ den Korb fallen, fasste in meinen Mund, und es stach wieder, diesmal an der Lippe. Eine endlose Sekunde lang starrte ich auf die sich windende Wespe zwischen meinen Fingern. Dann brach sich die Panik Bahn, ich schleuderte die Wespe von mir und schrie und schrie, vor Angst, vor Schmerz und Entsetzen, dieses Tier in meinem Mund gehabt zu haben. Und als mich Koray zum Pool zog und hineinschubste, platzte in mir noch grelle Wut.

Schluckend, hustend und keuchend hing ich am Rand des Beckens, unfähig, auch nur annähernd das auszudrücken, was ich empfand. Mein ganzer Mund brannte wie Feuer, das Wasser war kalt und salzig, und Koray ragte vor mir auf und fragte, ob es mir besser gehe. Ich hätte ihn umbringen können.

Durch mein Geschrei alarmiert, kamen natürlich alle herbeigelaufen. Mein Vater war als Erster bei mir und zog mich aus dem Wasser, während die anderen aufgeregt durcheinanderredeten. Mit einem misstrauischen Blick auf Koray fragte mein Vater, was geschehen sei, und weil ich zu heftig weinte, antwortete Koray. Als er sagte, er habe mich in den Pool gestoßen, damit ich Meerwasser schluckte, was die Stiche kühlen und den Schmerz nehmen sollte, dachte ich zwar, dass er das auch anders hätte bewerkstelligen können, aber mein Groll legte sich trotzdem etwas. Auch mein Vater begriff, dass Koray nicht der Verursacher des Dilemmas war. Er besah sich meine Lippe und ließ mich den Mund öffnen. Danach klopfte er Koray auf die Schulter und lobte ihn für seine schnelle Reaktion. Er schöpfte noch eine Handvoll Wasser, mit dem ich den Mund ausspülen und gurgeln sollte. Es schmeckte ekelhaft, und ich tat es nur, weil alle um mich herumstanden. Dann gab mir meine Mutter Eiswürfel, die die Köchin aus der Küche gebracht hatte. Einen ließ ich wegen der Kälte nur ein wenig auf der Zunge hin und her gleiten, den anderen hielt ich an meine Lippe, bis diese taub war.

»Großer Gott, was für eine Aufregung«, stöhnte die dicke Bäuerin und wischte sich den Schweiß von der Stirn. »Das Mädchen hätte sterben können!«

»Allerdings!«, bekräftigte mein Vater. »Deshalb fahren wir auch jetzt sofort zum Arzt!«

Meine Mutter verdrehte die Augen und sagte, dass das wohl nicht nötig sei, die Stiche seien kaum angeschwollen, das gehe von selbst vorbei. Auch Korays Vater war der Meinung, dass ein Arzt nichts ausrichten könne, und Korays Großmutter brachte mir ein Medikament gegen Insektenstiche, das sie in ihrer Hausapotheke gefunden hatte. Korays Großvater erzählte, dass manche Bauern absichtlich barfuß liefen, um gestochen zu werden, weil das Gift der Bienen und Wespen gesund sei.

Und Dalan sagte, ich hätte Glück gehabt, dass es keine Biene gewesen sei, weil sonst der Stachel in meiner Zunge zurückgeblieben wäre. Da bekam mein Vater wieder seinen sorgenvollen Blick und prüfte noch einmal ganz genau, ob nicht doch irgendwo ein Stachel saß. Er konnte aber nichts finden. Ich war nur froh, als er mich endlich, ohne vorher zum Arzt zu fahren, mit Jale aufs Zimmer gehen ließ. Die Köchin hatte noch weitere Eiswürfel in ein Tuch gewickelt, und alle ermahnten mich, unbedingt weiter zu kühlen.

Jale und ich warfen uns aufs Bett und starrten schweigend an den weißen Stoffhimmel, bis ich tief und fest eingeschlafen war.

Am Nachmittag erwachte ich allein im Zimmer. Ich stand auf und schob die Fensterläden am Balkon zur Seite, um hinauszutreten. Die Sonne stand nicht mehr ganz so hoch, war aber noch immer stark und blendete mich nach dem gedämpften Licht im Raum. Mit der Hand beschirmte ich meine Augen und sah hinab. Glitzernde Lichtfunken stoben aus dem blauen Schwimmbecken. Von hier oben fiel mir nun auch das Ende des Rohres auf, das in der Erde verschwand und dann unterirdisch bis an den Strand weiterführte. Korays Großvater hatte auf die Frage meiner Mutter, warum sie Meerwasser für den Pool verwendeten, erklärt, dass es vernünftiger sei, als Trinkwasser dafür zu vergeuden, weil die Region gerade im Sommer viel Wasser verbrauche.

In der Nähe des Pools lagen große weiße Leinentücher auf dem Boden, darauf ausgebreitet eine grünlich-gelbliche Masse und daneben eine bräunlich violette. Ich kannte Pestil zwar, es war ein süßes Fruchtleder, das es je nach Art der verwendeten Früchte in den unterschiedlichsten Varianten gab, doch die Herstellung selbst hatte ich noch nicht gesehen. Sie mussten die Früchte zu Mus verarbeitet und dann zum Trocknen ausgelegt haben.

Als ich herunterkam, stellte ich fest, dass niemand zum Strand gefahren war. Nicht nur meine, sondern auch Korays Familie hielt sich in der Nähe des Hauses auf. Mein Vater war allen Argumenten zum Trotz in die Apotheke gefahren und hatte noch ein weiteres Mittel für mich besorgt. Dabei sahen Zunge und Lippe normal aus, und es brannte auch nicht mehr.

Zu viert spielten wir Kinder Federball, und als Dalan mit Jale an der Reihe war, setzte sich Koray zu mir an den Beckenrand und strampelte mit den Beinen. Natürlich spritzte er mich nass, und obwohl ich ihm einen Stoß versetzte, mochte ich es. Ein sanfter Hauch seines Geruchs hatte mich erreicht, von seiner warmen, braunen Haut aufsteigend, vertraut und schön. Er fischte mit den Zehen ein welkes Blatt aus dem Wasser und sagte: »Jetzt bist du für immer mit mir verbunden.«

Der Satz brachte mich derart durcheinander, dass ich mich hinter einer gereizten Antwort verstecken musste. »So ein Quatsch! Warum das denn?«

»Weil ich dir das Leben gerettet habe. Das ist dann so.«

»Quatsch!«, wiederholte ich. »Davon habe ich noch nie gehört!«

»Das heißt ja nicht, dass es falsch ist«, erklärte Koray. »Du kennst meine Freunde auch nicht, und es gibt sie trotzdem.«

»Außerdem wäre ich nicht gestorben!« Trotzig verschränkte ich die Arme vor der Brust, das schöne Gefühl war verschwunden.

»Es hätte aber sein können, wenn die Stiche angeschwollen wären.«

»Sind sie aber nicht!«

»Ja, weil ich dafür gesorgt habe.«

»Nein, hast du nicht!«, schrie ich, sprang auf und lief ins Haus. Mein Herz raste vor Ärger über seine Anmaßung und seine Wichtigtuerei. Ich wollte nicht mit ihm verbunden sein, und ich wollte schon gar nicht, dass er so etwas Großes getan hatte, wie mir das Leben zu retten. Ich wollte diesen dummen Zwischenfall einfach nur vergessen.

Aber genau das gelang nicht. Immer wenn später von jenem Urlaub die Rede war oder wir Korays Familie trafen, fing irgendjemand von der Wespe in meinem Mund an, und wie gut es gewesen sei, dass Koray mich geistesgegenwärtig ins kalte Wasser gestoßen hatte.

Auch Tante Leyla und Großmutter erreichte diese Anekdote in Istanbul, und Großmutter war voll des Lobes für Koray.

Ich wäre danach am liebsten abgereist, aber unsere Eltern wollten noch ein paar gemeinsame Fahrten unternehmen, denen ich mich nicht entziehen konnte, weil selbst Dalan mitkam. Ihn hätten sie vielleicht sogar zu Hause gelassen, wenn er darauf bestanden hätte, mich nicht.

So besuchten wir die historischen Ausgrabungsstätten in Ephesos und Pergamon, bestaunten die monumentale Größe der Amphitheater und deren Akustik und tranken bei vierzig Grad im Schatten großer Pinien eiskalten Ayran[8]. Ich hielt dabei so viel Abstand zu Koray wie möglich. Gerade in dem riesigen, steil abfallenden Theater wollte ich kein weiteres Missgeschick riskieren, aber mein Vater ließ Dalan und mich ohnehin nicht aus den Augen und ging neben mir, als wir die hohen Stufen hinabstiegen.

Mit Jale hätte ich gern mehr Zeit verbracht und hätte mich gefreut, wenn sie uns auf unserer weiteren Reise begleitet hätte, denn trotz des Altersunterschieds waren wir Freundinnen geworden. Beim Abschied weinte sie, mit dem Krug voll Wasser in der Hand, das sie uns hinterherschütten würde.

Der Letzte, den ich von der Familie sah, war jedoch Koray, der wieder im Olivenbaum saß und mir von dort oben nachblickte.

---

8 *Ayran* = Joghurtgetränk

NEUN

Als Dalan fünfzehn Jahre alt war, wurde bei ihm eine Hochbegabung festgestellt, die niemanden mehr verwunderte als ihn selbst. Meine Eltern gerieten völlig außer sich vor Freude und Stolz, und Dalan sagte, dass er eigentlich nur so viel gelesen habe, weil er sich bislang dumm vorgekommen sei. Nun sollte er zwei Klassen überspringen und die Schule zügig beenden, um das Stipendium einer englischen Universität anzunehmen, das man ihm angeboten hatte.

Mir wurde kein besonderes Talent bescheinigt, man sagte meinen Eltern zum Trost, dass zwei hochbegabte Kinder in einer Familie eher selten seien. Dalans neue Stellung bei uns zu Hause und in der Schule, die Art, wie andere ihn plötzlich wahrnahmen und hofierten, seine darauffolgende Wandlung und die vielen Dinge, die um ihn herum organisiert und geplant wurden, stürzten mich in tiefe Melancholie.

Es verstärkte das seit unserem Umzug aus der Türkei anhaltende Gefühl der Bedeutungslosigkeit und der Leere in mir. Dem musste ich etwas entgegensetzen, und so beschloss ich mit dreizehn Jahren, kein Fleisch mehr zu essen. Anfangs dachte mein Vater noch, er könne mich dazu zwingen, doch als ich mir nach jedem Essen den Finger in den Hals steckte, ließ er es bald sein. Er versuchte mich zu bestrafen, indem er mein Taschengeld strich und Süßigkeiten verbot, die ich immer gern gegessen hatte. Das führte allerdings nur dazu, dass ich mich an den Verzicht gewöhnte und noch dünner wurde, als ich ohnehin schon war.

Mit Großmutters alter *Singer*-Nähmaschine änderte ich meine zu weit gewordenen Hosen und Oberteile ab, sodass sie hauteng anlagen, und begann mich heimlich zu schminken. Erst nur dezent, aber als ich feststellte, dass es mehr brauchte, um wirklich aus der Masse hervorzustechen, begann ein anstrengendes Versteckspiel zwischen meinen Eltern und mir. Natürlich trug ich auch meine Brille nicht mehr, doch das war das geringste Problem. Wenn mich mein Vater mit Schminke erwischte, bekam er Tobsuchtsanfälle, zerrte mich zum nächsten Waschbecken, um mein Gesicht zu waschen, und fragte, ob ich im horizontalen Gewerbe arbeiten wolle.

Meine Mutter war zwar nicht ganz so hart, verbot mir aber, in die Buchhandlung zu kommen, weil sie sich für mich in Grund und Boden schämen müsse. Mit meinen pechschwarzen Augen und den Streichholzbeinen sähe ich aus wie eine Heroinsüchtige.

In der Schule fielen meine Leistungen ab, ich tat nur das Nötigste, um gerade so durchzukommen, und hatte keine Motivation, daran etwas zu ändern. Vielleicht auch keine Kraft. Ein paar Monate zuvor war meine Freundin Karin weggezogen, meine einzige Vertraute. Mit den anderen in der Klasse verbanden mich lediglich der gemeinsame Unterricht und belangloses Gerede in den Pausen. Meist saß ich nachmittags in meinem Zimmer, und statt Hausaufgaben zu machen, malte ich kleine Bilder mit Wasserfarben und flüssigem Klebstoff, weil mir der Geruch gefiel und weil beim Trocknen interessante Oberflächen entstanden.

So begeistert meine Eltern von Dalans Entwicklung waren, so entsetzt waren sie von meiner. Es konnte zwischen uns keine Übereinkunft geben, denn weder verstanden sie meine Not, noch verstand ich ihre Sorge. Ich merkte nur, dass sie nach und nach ihre Zuneigung auf Dalan verlagerten. Aus ihm war das Wunderkind geworden, das sie aufwertete und ihnen das Gefühl gab, groß zu sein, größer, als sie selbst sich je gesehen hatten. Ich hingegen zeigte ihnen nur, dass sie versagt hatten, dass mit mir kein Blumentopf zu gewinnen war. Ein geflügelter Satz meiner Mutter: *Mit dir ist doch kein Blumentopf zu gewinnen.*

Mein Vater drohte, wenn ich so weitermachte, würde ich unweigerlich auf der Straße landen und bräuchte bei ihm nie wieder anzukommen. Ich versicherte ihm, dass er der Letzte wäre, bei dem ich jemals ankommen würde. Eines Tages, als der Kampf zwischen uns erneut eskalierte, brüllte ich, dass ich ihn für seine Grausamkeiten anzeigen würde, rannte in mein Zimmer, knallte die Tür zu und schlug mit beiden Fäusten auf meinen Plattenspieler ein. Der Kunststoffdeckel zerbarst und verletzte meine rechte Hand. Obwohl ich wusste, dass ich keine neue Anlage bekommen würde, schlug ich immer wieder zu, bis es nicht mehr ging. Blutergüsse und Schnitte überzogen meine Hände, wimmernd brach ich neben dem zerstörten Gerät zusammen, in der Gewissheit, vor Zorn und Hass und Ohnmacht wahnsinnig zu werden.

Meine Mutter war damals nicht da, sie verbrachte zwei Tage in Hamburg, weil sie in der Filiale ihrer Buchhandlung zu tun hatte. Und Dalan war bei einem Treffen mit anderen hochbegabten Schülern, um Unterrichtsstoff für das vorgezogene Abitur zu erarbeiten.

Ich dachte, dass ich etwas tun müsse, irgendetwas, das mich aus dieser Zwangsjacke befreien und mir Erleichterung verschaffen würde. Ich dachte, dass ich rausmüsse, weg von meinem Vater und dem unerträglichen Druck.

Am nächsten Morgen stand ich sehr früh auf, schlich im Flur an die Jacke meines Vaters und nahm hundert Mark aus seiner Geldbörse, die restlichen fünfzig ließ ich stecken. Danach bereitete ich das Frühstück und betete, dass er nicht an seine Jacke gehen würde, bevor er aus dem Haus war. Falls sich mein Vater wunderte, dass ich bereits fertig war, obwohl sonst er zuerst aufstand, ließ er es sich nicht anmerken. Wie immer nach einem großen Krach ignorierte er mich und richtete seine gesamte Aufmerksamkeit auf Dalan. Dann nahm er ohne ein weiteres Wort seine Jacke und die lederne Schultasche und verließ die Wohnung.

Ich wartete, bis Dalan in seinem Zimmer war, bevor ich mit dem Rucksack, den ich am Vorabend gepackt hatte, aus der Tür schlüpfte. Es war ein kalter, diesiger Morgen Ende Oktober, und für einen Moment bedauerte ich, keine warme Jacke zu besitzen, auch warme Schuhe hatte ich nicht, weil mir keine gefielen. In der Nacht hatte es geregnet, und nasse Blätter sammelten sich in matschigen Haufen auf den Bürgersteigen. Am Bahnhof kaufte ich eine Fahrkarte nach Soltau, wo Karin wohnte, und stieg in den Zug. Niemand hatte nach meinem Alter gefragt oder nach dem Grund meiner Reise. Ich wusste, dass ich mit den geschminkten Augen älter aussah, das kam mir jetzt zugute.

Die gesamte Fahrt über sah ich nur aus dem Fenster, folgte dem wellenartigen Auf und Ab der Stromkabel an der Bahntrasse und ließ Wiesen, Felder und Baumgruppen im Frühnebel an mir vorüberziehen. Es schien keinen Wechsel in der Landschaft zu geben und auch keine Grenze zwischen Himmel und Erde. Am Ende war alles grau.

Ich genoss das stetige Rattern des Zuges, das Halten an den Stationen, das angenehme Gefühl, sitzen bleiben zu können, während andere aussteigen, einsteigen und Plätze suchen mussten. Und kurz vor Soltau fiel mir ein, dass ich zwar Karins Adresse hatte, sie jedoch um diese Zeit in der Schule sein würde. Was sollte ich ihrer Mutter sagen, falls überhaupt jemand zu Hause war?

Der Zug fuhr bis Hamburg, und meine Fahrkarte war bereits kontrolliert. Wenn ich Glück hatte, würde keine zweite Kontrolle stattfinden, ich konnte also weiterfahren und zu meiner Mutter in die Buchhandlung gehen. Sie würde böse sein, sich aber vor ihren Kolleginnen beherrschen. Obwohl ich weder wusste, wie ich ihr begegnen, noch was ich dort tun sollte, erschien es mir sinnvoller, als zu Karin zu fahren, die ich seit ihrem Umzug nicht gesehen hatte.

Der Hamburger Hauptbahnhof war so viel größer und unübersichtlicher als unserer in Hannover, dass ich in den ersten Minuten nur dem Strom der Menschen folgte. Die Buchhandlung befinde sich in der Nähe des Bahnhofs, hatte meine Mutter gesagt, ich würde jemanden fragen, wenn ich am Ausgang angelangt war.

Doch dann wurde mein Blick auf ein S-Bahn-Schild mit dem Ziel Bergedorf gelenkt. Es dauerte eine Sekunde, bis ich begriff, warum mir das Wort bekannt vorkam. Koray wohnte in Bergedorf.

ZEHN

Sein Gesicht war mir ebenso zugewandt wie seine Schritte, zwischen ihm und mir lagen noch etwa zwanzig Meter, er kam auf mich zu, bemerkte mich aber nicht, sodass ich Zeit hatte, ihn zu betrachten. Mit seinen nun schulterlangen Haaren und der leicht gebräunten Haut setzte er sich von den zwei blonden Mitschülern ab, die neben ihm gingen. Sein Gang hatte sich verändert, seine Statur auch. Er war größer und kräftiger geworden. Natürlich, seit unserer letzten Begegnung waren schließlich über drei Jahre vergangen. Dennoch hätte ich ihn unter Hunderten sofort entdeckt. Ohne es zu wissen, besaß ich einen seismografischen Radar für Koray, der ihn aus der Menge hervorhob.

Dann sah er mich an und sah wieder weg. Ich bemerkte ein Zucken in seinem Gesicht, nur den Bruchteil einer Sekunde lang, wie ein unsichtbarer Blitz huschte das Erkennen von den Augen zu seinen Mundwinkeln, die sich hoben, noch bevor er den Blick wieder auf mich richtete. Koray lächelte auf eine Weise, die sich mir ins Gedächtnis brannte wie das erste Foto von uns beiden im Topkapi-Palast. Er lächelte, und mein Gefühl sagte mir, dass er sich freute, dass er an mich gedacht hatte, nicht jetzt in diesem Moment, aber in der Zeit, in der wir uns nicht gesehen hatten. Und mein Verstand sagte mir, dass das nicht sein konnte, dass es so etwas nicht gab. Koray trennte sich von seinen Freunden und legte die letzten Meter bis zu mir allein zurück.

»Alev«, sagte er mit seinem Willkommensgruß in den Augen und einem weichen, kaum hörbaren W am Ende meines Namens. »Was machst du hier?«

»Ich weiß nicht«, sagte ich und begann zu weinen.

Nachdem ich am Bahnhof das Schild mit dem Ortsteil Bergedorf gesehen hatte, war ich wie von unsichtbaren Fäden gezogen losgelaufen. Ich kaufte eine Fahrkarte, wartete am S-Bahn-Gleis, stieg ein und in Bergedorf wieder aus. Am dortigen Informationsschalter fragte ich nach Korays Schule, deren Namen ich mir gemerkt hatte, setzte mich in einen Bus, fuhr bis zu der genannten Haltestelle und folgte zwei Schülerinnen, die mit mir ausgestiegen waren.

Mittlerweile war es später Vormittag geworden, der Himmel zeigte sich immer noch grau und wolkenverhangen, und ich wartete im Schulhof auf die große Pause. Kurz setzte ich mich auf eine Steinbank, doch weil das mein Frieren nur verstärkte, lief ich lieber herum. Meine Füße waren in den dünnen Turnschuhen kaum noch zu spüren, und an meinen Händen traten die Adern bläulich hervor. In Verbindung mit den Prellungen, Rötungen und Schnitten sah es besonders hässlich aus.

Ich hatte gerade meine Finger nach dem Spiegel in meiner Hosentasche ausgestreckt, um zu prüfen, ob meine Schminke verwischt war, da öffnete sich das Portal, und junge und ältere Schüler, gefolgt von mehreren Lehrern, strömten in den Hof. Koray und seine Freunde gehörten zu den Letzten, die herauskamen.

Als er mich umarmte – es war das erste Mal, an das ich mich erinnere –, schien alles plötzlich völlig absurd zu sein, die ganze Situation war idiotisch. Was hatte ich hier zu suchen, bei einem Jungen aus meiner Kindheit? Von dem ich kaum noch etwas wusste? Der mir in Gedanken zwar durchaus vertraut, aber als reales Gegenüber doch sehr fremd war? Er musste mich für verrückt halten, dass ich nach einer Ewigkeit ohne Ankündigung hier aufkreuzte, nur um vor ihm in Tränen auszubrechen.

Koray zerstreute diese Gedanken, indem er mich in die Schulbücherei führte, wo wir allein in einem wohlig geheizten Aufenthaltsraum sitzen konnten. Die Mensa sei jetzt zu voll, sagte er und lächelte wieder sein offenes, schönes Lächeln. Seine gesamte Erscheinung schüchterte mich ein, er wirkte so erwachsen, so souverän und gelassen, als sei es selbstverständlich für ihn, sich mit mir zu unterhalten.

Wie schon in Kuşadası sprachen wir deutsch miteinander, und es wunderte mich, mit welcher Leichtigkeit ich Koray von dem Streit mit meinem Vater, von Dalan und unserer häuslichen Situation erzählen konnte. Geduldig hörte er zu, nickte hin und wieder oder stellte eine Frage. Während ich redete, erforschte ich sein Gesicht, prüfte es auf Veränderungen, auf unbekannte Details, wie das Ohrloch, in dem er einen kleinen Silberring trug. Das war neu. An seinen Wangen und auf der Oberlippe deutete sich Bartwuchs an. Seine Stimme war tiefer geworden, und ein kleiner Wulst entstand zwischen seinen schwarzen Augenbrauen, wenn ich von meinem Vater sprach und er dabei auf meine Hände sah.

Nach einer Dreiviertelstunde, als Koray wieder in den Unterricht musste, versuchte er mich zu überreden, mit in die Klasse zu kommen. An der Schule sei das kein Problem, versicherte er, ständig habe irgendwer einen Gast dabei, doch das wollte ich nicht. Ich versprach, in der Mensa auf ihn zu warten, bis er Schulschluss hatte. So ganz schien Koray mir nicht zu trauen, denn nachdem er mich hingebracht hatte, drehte er sich noch zweimal um und sagte, ich solle nicht wieder weglaufen. Ich wusste nicht, aus welchem Grund das für ihn von Bedeutung war, aber es tat gut.

Nach einer Stunde, die ich damit verbrachte, die anderen Schüler zu beobachten, kam Koray zurück, mit zwei Helmen und einer Jacke, die ich anziehen sollte, weil wir mit seinem Mofa zu ihm nach Hause fahren würden. Sie roch nach Zigaretten und war zu groß, aber warm gefüttert. Koray hatte sie von einem Klassenkameraden geliehen, der in der Nähe der Schule wohnte. Gleich darauf stieg ich auf ein motorisiertes Zweirad, auch das zum ersten Mal. Weil die Sitzfläche ziemlich kurz war, saßen Koray und ich eng beieinander. Er sagte, ich solle mich an ihm festhalten. Zaghaft schlang ich meine Arme um seinen Bauch und versuchte ihn dabei so wenig wie möglich zu berühren. Aber als er losfuhr, bekam ich Angst und klammerte mich dann doch an seine Jacke. Der Helm hatte kein Visier, sodass mir der eisige Wind ins Gesicht fuhr. Ich kauerte mich hinter Korays Rücken, lauschte dem Knattern der Maschine und ließ die unbekannte Stadt an mir vorbeirauschen. Mit jeder Kurve fragte ich mich, in welchen Traum ich hier geraten war. Allmählich wurde die Bebauung niedriger, die Häuser größer und die Straßen ruhiger. Koray hielt vor einem schmiedeeisernen Zaun, hinter dem eine imposante Villa aufragte. Der Garten mit einigen alten Bäumen war parkähnlich angelegt und sehr gepflegt. Buchsbaumpflanzen säumten die Beete, weißer Kies lag in sanften Rundungen dazwischen ausgestreut, und Efeu rankte an beiden Seiten empor.

Koray sagte, ich solle mich von dem alten Kasten bloß nicht blenden lassen, er sehe nur von außen schick aus. Wenn es nach ihm ginge, wären sie längst in einen einfachen Neubau gezogen, ohne den ganzen Schnickschnack und die vielen Zimmer, die keiner nutze.

Als wir eintraten, sah ich, dass die gesamte Ausstattung, die Materialien und Möbel ebenso gediegen waren, wie ich es aus ihrem Ferienhaus in Kuşadası kannte.

Während wir die Holztreppe zu seinem Zimmer hinaufstiegen, erzählte Koray, dass seine Mutter gerade eine Woche auf Mallorca und Jale auf Klassenfahrt sei, und weil sein Vater vermutlich wieder spät aus der Redaktion komme, müssten wir allein überlegen, was nun zu tun sei. Ich sagte, wenn wir meinen Vater anriefen, würde er sich ins Auto setzen, und ich sei in zwei Stunden weg. Wenn wir in der Buchhandlung anriefen, würde es vermutlich schneller gehen, denn meine Mutter wollte einen Zug nehmen, der am Nachmittag zurück nach Hannover fuhr. Koray sagte, dass das schade wäre, immerhin hätten wir uns lange nicht gesehen. Ich war erstaunt über seine Worte, denn obwohl ich eine kleine freudige Aufregung verspürte, hätte ich es niemals so offen gezeigt.

In Korays Zimmer erwartete ich insgeheim Antiquitäten oder teure moderne Designerstücke, denn ich kannte keinen Raum von ihm, wusste nichts von seinem Geschmack. An Korays Wohnung in Istanbul hatte ich nur eine vage Erinnerung, an sein dortiges Zimmer gar keine.

Auch wenn sie nach wie vor seiner Familie gehörte, war ich nach ihrem Umzug nie wieder darin gewesen. Und nach unserem Umzug war ich nicht einmal mehr in den dritten Stock hochgegangen. Das Haus endete seitdem für mich im Hochparterre.

Umso verblüffender war es nun für mich zu sehen, wie sich Koray eingerichtet hatte. Die Wände bestanden aus rohem Ziegelmauerwerk ohne Putz, und von einem der mächtigen Deckenbalken hing ein Boxsack. Der Fußboden war mit unzähligen Baumscheiben belegt, die man geschliffen und mit einem transparenten Harz versiegelt hatte. Da sie unterschiedlich breit waren und man jeden Jahresring sehen konnte, beherrschte ein einzigartiges Muster aus kleinen und großen Kreisen den Boden. Korays Bett war eine Matratze auf einem alten Türblatt, mit Ketten an der Decke befestigt, sodass man wie in einer Hängematte schaukeln konnte. Eine Musikanlage, zu der übergroße Boxen gehörten, eine Reihe Schallplatten von einer Wand zur anderen, zwei Sitzkissen, ein Football und ein chromglänzender amerikanischer Kühlschrank, den Koray mit seiner Kleidung gefüllt hatte, mehr gab es nicht.

Wieder einmal wurde mir der Unterschied zwischen ihm und mir bewusst. Selbst wenn meine Eltern die Möglichkeiten gehabt hätten, hätten sie mir so etwas nicht erlaubt: Wände, aus denen jahrhundertealter Mörtel rieselte, ein Bett, in dem man seekrank werden konnte, oder Anziehsachen in einem Kühlschrank. Ich sah geradezu vor mir, wie sich mein Vater an die Stirn tippte und meine Mutter nach dem Schreibtisch und den Schulbüchern fragte. Und dann hörte ich mich selbst fragen, wo er denn Hausaufgaben mache und wo seine Bücher seien. Koray antwortete, er habe keine. Alles, was sie an Material bräuchten, würden sie in der Schule erarbeiten, und weil es eine Ganztagsschule sei, habe er zu Hause nichts mehr zu tun. Auch dass er heute früher gegangen war, sei in Ordnung, dafür würde er am nächsten Tag länger bleiben.

Koray lebte in einer anderen Welt als ich. Er konfrontierte mich mit Dingen, von denen ich dachte, dass sie unmöglich seien, weil ich sie mir nicht vorstellen konnte und weil sie in meinem Leben nicht vorkamen. In Korays Leben schien jedoch alles leicht und frei und machbar zu sein.

Ich ging zur Tür hinüber, an der ein Foto von einem Mädchen angepinnt war. Sie hatte blondes langes Haar, grüne Augen und lachte in die Kamera, mit einem Tennisschläger in der Hand.

»Deine Freundin?«, fragte ich.

»Ja«, sagte er.

»Sehr hübsch«, sagte ich und suchte in seinem Gesicht nach einer Beschreibung der Beziehung, nach dem emotionalen Gerüst, auf das sie gebaut war, doch an dieser Stelle blieb seine Mimik verschlossen.

»Ja«, wiederholte er nur.

Koray legte eine Platte von Carlos Santana auf, regelte die Lautstärke herunter und fragte, ob ich auch eine Tasse Sahlep wolle. Ich nickte.

Als er mit den Getränken zurückkam und diese neben den Sitzkissen abstellte, stöberte ich gerade in seiner Plattensammlung. Die meisten Bands kannte ich nur durch Dalan, und es war mir peinlich, auf Korays Frage zu antworten, welche ich mochte, weil sie so gewöhnlich waren. ABBA, Blondie, Boney M. und all die anderen, die für die breite Masse spielten. Doch nachdem ich es gesagt hatte, zog er schmunzelnd die Rolling Stones heraus und legte sie auf.

In Verbindung mit dem Sahlep hatte das eine sehr eigenartige Wirkung auf mich. Im Ohr etwas Aktuelles, auf der Zunge etwas Vergangenes. Die Musik war von heute, ein Teil meines Alltags. Das warme Sahlep, das ich so lange nicht mehr getrunken hatte und das genau wie in Istanbul schmeckte, brachte mich zurück zu unserer Bosporus-Fahrt, als wir klein gewesen waren. Und vor mir saß Koray und machte aus der Vergangenheit die Gegenwart. Er war Teil des einen wie des anderen. Ich schalt mich der konfusen Bilder in meinem Kopf, mit denen ich mich immer wieder irritierte. Aber ich wusste auch, dass ich sie nicht verhindern konnte. Schon oft hatte ich bemerkt, dass meine Sinne bei verschiedenen gleichzeitig auftretenden Reizen miteinander in Kontakt traten und damit etwas auslösten.

Koray erzählte, seine Eltern hätten die Sahlepwurzel und das Rezept von ihrer letzten Türkeireise mitgebracht, weil er und Jale es sich gewünscht hätten, und ich war froh, dass er mich damit aus dem Gedankenkarussell befreite.

Viel wichtiger war nun, was ich tun sollte. Koray sagte zwar, dass ich natürlich heute und auch die nächsten Tage bei ihnen schlafen könne, doch spätestens wenn sein Vater nach Hause käme, wüsste mein Vater, wo ich sei, und würde sofort kommen. Es sei denn, ich bliebe unentdeckt, was auch kein Problem sei. Die Vorstellung, neben meinem aufgebrachten Vater im Auto zu sitzen, bedrückte mich, aber in Korays Haus Verstecken zu spielen, traute ich mich auch nicht.

Vielleicht war es das Beste, meine Mutter anzurufen

und mit ihr gemeinsam zurückzufahren, damit ich meinem Vater nicht allein gegenübertreten musste. Heute war noch die Gelegenheit, morgen nicht mehr. Nach kurzer Überlegung ging ich mit Koray in die untere Diele zum Telefon, ließ mir von ihm das Telefonbuch geben, suchte die Buchhandlung heraus und wählte die Nummer. Meine Mutter sei zum Mittagessen gegangen, erfuhr ich von einer Mitarbeiterin, sie komme aber noch einmal ins Geschäft zurück, um ihre Sachen zu holen. Sie notierte sich Korays Rufnummer und versprach, meiner Mutter auszurichten, dass sie sich melden solle.

Danach bat ich Koray, mir das Haus zu zeigen, doch wir kamen nur bis zum Bücherregal, das zwei volle Wände des Wohnzimmers und zwei weitere im Esszimmer einnahm. Es mussten Tausende sein! Mit zur Seite geneigtem Kopf las ich die Buchrücken und fand deutsche, türkische und englische Titel. An jeder Wand lehnte eine schmale Trittleiter, damit man auch an die oberen Bücherreihen herankam. Ich dachte, dass meine Mutter an dieser Bibliothek ihre helle Freude gehabt hätte.

»Sieh mal.« Koray zog ein mit rot-grün kariertem Stoff bezogenes Fotoalbum hervor und schlug es auf. »Da bist du.«

Auf dem Bild war ich etwa drei Jahre alt und trug eine Katze etwas ungeschickt im Arm, sodass ihr Körper mit den Hinterbeinen herabhing. Sie war fast so lang wie ich.

»Und du hast gesagt, Kemal würde sie ertränken.« Aufmerksam betrachtete ich das unbekannte Bild von mir. Ich sah zufrieden aus und hübsch. Kein Vergleich mit heutigen Fotos, auf denen ich mich nicht schön fand.

»Das hat er auch«, gab Koray zurück, »weil es einfach zu viele waren.«

»Damals wollte ich das aber nicht hören«, sagte ich und blätterte weiter. Koray als kleiner Junge in unserem Vorgarten auf der Schaukel, Jale als Baby auf dem Schoß ihrer Mutter, Koray und Jale bei ihren Großeltern, Korays Eltern mit Freunden auf einem Fest, Korays Eltern mit meinen Eltern in ihrem Wohnzimmer, das den gleichen Schnitt hatte wie unseres. Und dann Koray und ich im ausgehöhlten Baumstumpf. Zwei kecke kleine Gesichter nebeneinander, eins unter hellblonden und eins unter pechschwarzen Haaren, meins mit Blick in die Kamera, Korays im Profil, seine Augen auf mich gerichtet. Ich wusste noch genau, wie Korays Vater das Foto gemacht hatte und wie stolz ich gewesen war, doch gesehen hatte ich es nie zuvor.

»Wie alt waren wir da?« Koray beugte sich näher zu mir, die Jahreszahl stand dabei. »Einundsiebzig, vor acht Jahren, da war ich sieben und du fünf.« Er lachte über sein Matrosenhemd und meine Puppenschuhe, und mir wurde klar, dass es in meiner Erinnerung keine Zeit ohne ihn gab. Von Anfang an, seit ich denken konnte, war er da gewesen.

»Kann ich das haben?«, fragte ich. Koray sah mich kurz an, dann löste er das Foto vorsichtig aus dem Album. Er sagte, sein Vater könne es vom Negativ noch einmal abziehen, er habe eine Dunkelkammer im Haus. Dabei schien ihm eine Idee zu kommen. Er lief ins Nachbarzimmer und kehrte mit einer Sofortbildkamera zurück.

»Als Andenken«, erklärte Koray grinsend, während er die Kamera in die Höhe hielt und zwei Fotos von uns schoss. Eins für mich und eins für ihn. Sie waren zwar etwas unscharf, weil wir zu nah am Objektiv gewesen waren, dennoch steckte ich meines ein.

Ich fuhr zusammen, als das Telefon im Flur unerwartet laut schrillte. Es war meine Mutter, die wissen wollte, was in aller Welt ich in Hamburg und vor allem bei Koray täte und ob ich in der nächsten Stunde zum Bahnhof kommen könne. Dann hörte ich, wie sie gedämpft mit jemand anderem sprach. Ich solle bei Koray bleiben, korrigierte sie sich dann, sie komme mich dort abholen.

Koray wollte mit mir zusammen zu Mittag essen, doch obwohl der türkische Eintopf, den die Haushaltshilfe gekocht hatte, appetitlich roch, hatte ich keinen Hunger. Ich müsse unbedingt etwas zu mir nehmen, versuchte er mich zu überreden, es sei nicht gut, so dünn zu sein. Ich erwiderte, dass ich mir diese Vorträge schon von meinen Eltern ständig anhören müsse und dass im Eintopf Fleisch sei, das ich nicht essen wolle. Daraufhin machte mir Koray ein Brot mit Käse, schnitt Gurke und Tomaten auf, und wir aßen schließlich doch zusammen.

Er erzählte vom American Football, seinem Training und den häufigen Verletzungen der Spieler, von seinem neuen Hobby, dem Boxen, und welches Motorrad er sich kaufen wolle, wenn er älter sei. Ich betrachtete sein Gesicht, hörte seine Stimme, seine Worte und versuchte mich dahinterzuschleichen. Was dachte er? Wer war ich für ihn? Gern hätte ich mich so gesehen, wie er mich sah. Doch ich wusste ja nicht einmal, was ich selbst dachte und wen ich in ihm sah. Das Einzige, dessen ich mir bewusst war, war mein Gefühl der Unterlegenheit und der Bedrückung, wie so oft. Sie war mir sehr vertraut, diese unangenehme Empfindung, die nur wenig mit Koray, aber viel mit unserem Umzug nach Deutschland zu tun hatte, denn ich hatte sie immer wieder in den unterschiedlichsten Situationen. Koray war nur ein weiterer Auslöser.

In Istanbul war ich etwas Besonderes gewesen, und weder Korays Alter noch der Reichtum seiner Familie, noch seine Selbstsicherheit konnten mir etwas anhaben. Ich hatte diese Attribute nicht wahrgenommen, weil sie keine Bedeutung für mich hatten, weil ich damals eins mit mir selbst gewesen war. Zufrieden, wie auf dem Bild mit der Katze im Arm.

Das tiefe Blubbern eines Motors war zu hören, und noch bevor Koray seinen Vater ankündigen konnte, schlug mir das Herz bis zum Hals. Ich hatte Angst vor dieser Begegnung. Koray hingegen wunderte sich nur, dass sein Vater jetzt schon nach Hause kam, und wunderte sich noch mehr, als er ans Fenster trat und mit seinem Vater auch meine Mutter aus dem schwarzen Sportwagen steigen sah. Auch ich fand es seltsam. Unsere Eltern telefonierten vielleicht zweimal im Jahr und schrieben sich aus dem Urlaub Ansichtskarten, aber weder hatten wir sie je in Hamburg besucht noch sie uns in Hannover. Ich hatte eher den Eindruck gewonnen, dass ihre Freundschaft mittlerweile etwas versandet war, und wäre nie auf den Gedanken gekommen, dass sie sich in Hamburg treffen könnten.

»Marlene und ich waren zufällig heute Kaffee trinken«, erklärte Korays Vater, nachdem wir uns alle ein wenig befangen begrüßt hatten. Geschäftig ging meine Mutter darüber hinweg, die Zeit dränge, wir müssten gleich wieder los zum Bahnhof, Korays Vater werde uns fahren. Über den Vorfall könnten sie und ich im Zug dann in Ruhe sprechen.

Koray lief nach oben in sein Zimmer und brachte mir einen warmen Pullover. Den solle ich mitnehmen, sagte er, damit ich in der dünnen Jacke nicht fror. Ich wollte eigentlich ablehnen, doch meine Mutter dankte Koray dafür und betonte, wie nett es von ihm gewesen sei, sich um mich zu kümmern, und dass er natürlich auch bei uns jederzeit willkommen sei. Sie umarmte ihn und ging hinter Korays Vater her zum Auto.

Der Abschied zwischen Koray und mir geriet dagegen recht ungelenk. Auch wir wollten uns umarmen und mit einem Kuss rechts und links auf türkische Weise Lebewohl sagen. Aber erst stießen wir fast mit den Köpfen zusammen, weil wir uns beide zur gleichen Seite neigten, und dann hätten sich beinahe unsere Lippen berührt, weil auch dabei die Koordination nicht stimmte. Koray lachte und sagte, das müssten wir bei Gelegenheit aber noch einmal üben. Ich schämte mich so sehr, dass ich nicht lachen konnte, genauso wenig wie über seinen Satz, dass ich wiederkommen solle, sobald ich das Bedürfnis nach Weglaufen hätte. Selbst mein Versuch, freundlich zu lächeln, geriet zu einer unsicheren Grimasse, und ich war sehr erleichtert, als ich dann endlich im Auto saß.

Korays Vater erzählte meiner Mutter, dass Renate mit ein paar Freundinnen nach Mallorca geflogen sei, und meine Mutter seufzte, dass sie so eine Erholung auch gut gebrauchen könne. Daraufhin schlug Korays Vater vor, dass wir ja irgendwann noch einmal alle zusammen Urlaub machen könnten, und meiner Mutter gefiel der Vorschlag. Ja, sagte sie, darüber habe sie auch schon mit Senol gesprochen.

Ohne mich, dachte ich und schwieg, bis uns Korays Vater am Parkplatz vor dem Bahnhof absetzte.

Die Zeit war wirklich knapp, wir mussten laufen, um den Zug noch zu erreichen, doch meiner Mutter schien das nichts auszumachen. Sogar dass jemand auf ihrem reservierten Platz saß, störte sie nicht. Sie verzichtete auf die Reservierung und lief gut gelaunt mit mir durch den Zug, bis wir zwei zusammenhängende Plätze gefunden hatten. Das machte es für mich leichter, ihr von dem Streit zu erzählen und zu beichten, dass ich Geld von meinem Vater genommen hatte. Es kam nicht oft vor, dass ich meine Mutter verständnisvoll erlebte, aber jetzt war sie es in einem Maße, das ich nie erwartet hätte. Zaghaft strich sie über meine verletzten Hände und schlug vor, die ganze Geschichte einfach für uns zu behalten und meinem Vater zu sagen, dass sie selbst das Geld genommen habe, weil sie es brauchte. Irgendwie würde sie ihm das schon plausibel machen. Schließlich müsse niemand wissen, dass ich heute in Hamburg gewesen sei, und für die Schule würde sie mir eine Entschuldigung schreiben. Damit nahm sie mir eine zentnerschwere Last von den Schultern. Vor Erleichterung und Dankbarkeit kamen mir erneut die Tränen, weil meine Mutter sich für mich einsetzen wollte. Diese Empfindung war schön und schmerzlich zugleich, und ich bat sie, mich in den Arm zu nehmen, und dann drückte ich sie so fest, dass ich ihr damit wehtat. Einen Moment verharrten wir, meine Mutter wartete, bis meine Tränen versiegten, und sagte dann, jetzt solle ich mir aber das Gesicht waschen gehen, damit sich die Leute vor mir nicht erschreckten. Sie hatte recht, im Toilettenspiegel sah ich, dass mir die schwarze Augenschminke an den Wangen herabgelaufen war. Ich brauchte einige Papiertücher, um sie zu entfernen. Danach nahm ich Korays Pullover aus der Tasche. Mir war kalt, und ich freute mich jetzt doch, dass ich ihn mitgenommen hatte. Er war aus hellbrauner Baumwolle, deren weiche Fasern seinen Geruch gespeichert hatten. Kurz überlegte ich, warum er mir nicht etwas von Jale mitgegeben hatte, wir trugen sicher die gleiche Größe, aber dafür hätte er ungefragt an ihre Sachen gehen müssen, und das wäre ihr vielleicht nicht recht gewesen.

Ich zog den Pullover über meine Jacke und die langen Ärmel so über meine Handgelenke, dass noch Ärmelstoff übrig blieb, auf den ich meine Wange legen konnte, ohne die Rückenlehne zu berühren. Sanft stieg mir Korays Duft in die Nase. Es war so behaglich, dass ich auf der Stelle einschlief.

Den Duft nahm ich mit in meinen Traum, der mich durch einen langen dunklen Gang führte. Ich hatte keine Angst, im Gegenteil: Ich fühlte mich geborgen. Schritt um Schritt ging ich weiter. Eigentlich erwartete ich am Ende ein rundes Licht zu sehen wie am Ausgang eines Bergtunnels, doch stattdessen wurde die Decke immer heller und transparenter, bis sie sich in einem leuchtenden Blau auflöste. Vor mir erstreckte sich ein Schotterweg, an dem Feigenbäume wuchsen. Ich mochte ihre besondere Süße und das Platzen der kleinen Kerne zwischen meinen Zähnen, ich spürte ihren Geschmack auf der Zunge. *Alev,* sagte jemand, und ich blinzelte in die grelle Sonne, ohne etwas zu erkennen. *Alev,* sagte Koray noch einmal. Lächelnd stand er neben mir, nahm meine Hand, und gemeinsam liefen wir auf dem Pfad weiter, der weder Anfang noch Ende zu haben schien.

Ein paar Wochen später rief Koray an, um zu fragen, ob er uns besuchen könne. Er sei wegen eines Football-Spiels in Hannover. Ich war nicht zu Hause, aber Dalan, der für einige Tage aus London gekommen war, richtete es mir aus. Ich dachte an unsere einfache Wohnung, mein Jugendzimmer mit Schreibtisch, Kastenbett und Schrank. Meine selbst gemachten Kleberbildchen und die *Bravo*-Poster an der Raufasertapete. Ich rief nicht zurück, ich wollte mich nicht blamieren, nicht vor ihm. Es gab keinen Menschen, der so weit von meinem Leben entfernt war wie Koray. Wenn ich irgendwann einmal geglaubt haben sollte, dass wir Gemeinsamkeiten hätten, so hatte ich mich getäuscht. Außer einem deutsch-türkischen Elternpaar hatten wir nichts gemeinsam.

Den Zettel mit seiner Telefonnummer rollte ich auf und steckte ihn in meinen Stiftehalter auf dem Schreibtisch. Unsichtbar unter den Utensilien verborgen.

Danach meldete Koray sich nicht mehr.

ELF

Kaum hatten meine Eltern das Ferienhaus in Bodrum gekauft, begann ihre Ehe zu kriseln. Nicht, dass ich das Gefühl gehabt hätte, die beiden seien je glücklich miteinander gewesen, dafür waren wohl die Unterschiede zu groß und die gegenseitigen Erwartungen zu hoch. Aber nun wurden aus den alltäglichen Sticheleien lautstarke Auseinandersetzungen, nach denen mein Vater regelmäßig die Wohnung verließ und meine Mutter in der Küche saß, eine Zigarette zwischen den Fingern und Verwünschungen auf den bebenden Lippen.

Der Kauf war durch Korays Tante angeregt worden, die im Lauf der Jahre wieder Sehnsucht nach ihrer Heimat bekommen hatte und dort ein Ferienhaus besitzen wollte. Korays Großmutter freute sich sehr darüber, ihre Tochter nun zumindest in den Ferien sehen zu können, denn nach dem Tod ihres Mannes fühlte sie sich oft einsam. Korays Vater hatte meinen Eltern von einer schönen Anlage am Meer erzählt und sie gefragt, ob das nicht auch für uns interessant wäre. Meine Mutter sagte Ja, und nachdem unsere Väter gemeinsam nach Bodrum geflogen waren, die Häuser und die Umgebung besichtigt, mit den Inhabern gesprochen und die Kosten berechnet hatten, unterschrieben sie die Verträge.

Vielleicht wollten meine Eltern das Ausmaß ihrer Probleme nicht wahrhaben, vielleicht sahen sie in dem Kauf aber auch eine neue Chance, etwas Verbindendes zu schaffen, das sie einander wieder näherbringen würde. Und so planten sie einen Urlaub mit Korays Eltern, in Erinnerung an die guten alten Zeiten, wie sie sagten. Auch unsere Großmütter wurden eingeladen, und bis auf Dalan, der wegen wichtiger Klausuren nicht kommen konnte, würden wir vollzählig versammelt sein.

Ich war zu der Zeit sechzehn Jahre alt und alles andere als begeistert, die Ferien mit meinen Eltern verbringen zu müssen. Monatelang hatte ich an den Wochenenden in einem Eiscafé gearbeitet, mir die Finger an den scharfen Kanten der Eisbehälter zerschnitten, um Geld für ein InterRail-Ticket zu verdienen und mit Freunden aus der Klasse über mir ein paar Wochen in Europa herumzufahren. Mein Vater hielt nichts davon, aber meine Mutter hatte mir ein wenig Hoffnung gemacht, dass sie ihn noch umstimmen könnte. Da die Atmosphäre vor den Ferien jedoch zu belastet war und ich mich nach Ansicht meines Vaters bei den Themen Schminke, Kleidung und Verhalten weiterhin bockig zeigte, verbot er mir kurzerhand die Ferienreise.

Ich war am Boden zerstört und sehr böse auf ihn, zumal unter den Schulfreunden einer war, in den ich mich verliebt hatte. Das neue Haus interessierte mich nicht, die Türkei interessierte mich nicht, Koray und seine Familie wollte ich nicht sehen, und meinen Vater schon gar nicht. Nach dem ganzen Zwist wäre ich am liebsten allein zu Hause geblieben, doch das erlaubte er ebenso wenig.

Und so fand ich mich auf dem Rücksitz unseres bis zum Dachgepäckträger vollgeladenen Autos wieder, wo ich während der viertägigen Fahrt nur mit angezogenen Beinen sitzen konnte. Wegen der hohen Kosten für die Autofähre nahmen wir wieder den Landweg über Österreich, Jugoslawien und Bulgarien. Auch meine Mutter saß so beengt, jede Lücke wurde genutzt, um so viel wie möglich mitzunehmen, das wir danach im Haus lassen würden. Wenn im Wagen nur ein Koffer weniger gewesen wäre, hätten meine Eltern auf der Durchreise wahrscheinlich auch noch Großmutter aus Istanbul mitgenommen. Sie würde nun mit dem Bus nach Bodrum kommen und uns dort erwarten. Großmutter war die Einzige, auf die ich mich wirklich freute. Auch Tante Leyla und meine Cousinen hätte ich gern wiedergesehen, doch sie war zu der Zeit mit ihrer Familie auf einer Reise durch Frankreich.

Bodrum lag auf einer Halbinsel an der ägäischen Küste, wo sich das Taurusgebirge in einer romantischen Küstenlandschaft aus kleinen und größeren Inseln, felsigen Buchten und Sandstränden verlor. Bevor Istanbuler Künstler in den 1930er-Jahren den Charme des Landstrichs entdeckt hatten, war es ein abgelegenes Fischerdorf gewesen. Inzwischen hatte sich der Ort jedoch zu einer Sommerresidenz für wohlhabende Türken entwickelt.

Es gebe in dieser Region öfter Erdbeben, daher dürften Gebäude nur zweigeschossig gebaut werden, erklärte mein Vater, als wir am Parkplatz der Anlage angekommen und ausgestiegen waren. Ich streckte meine schmerzenden Glieder und sah mich um, ein wenig neugierig war ich nun doch geworden. Ich fragte mich, ob Koray schon da war und ob er sich verändert hatte. Gleichzeitig dachte ich an meine Freunde, die im Zug nach Paris saßen, ohne mich, die Jüngste in ihrem Kreis. Was der eine für mich empfand, hätte ich gern in diesem Sommer herausgefunden, doch wenn ich nicht dabei war, würde er sich vermutlich in eine andere verlieben. Diese Erfahrung hatte ich schon gemacht. Wenn die Bevorzugte nicht zur Verfügung stand, schwenkten viele einfach um. Der Gedanke versetzte mir einen schmerzhaften Stich, weil ich den Jungen tatsächlich sehr mochte.

Man hatte die Häuser den Hang hinauf gebaut, mit den für Bodrum charakteristischen Flachdächern versehen und schneeweiß gekalkt. Überall wuchsen Palmen, farbenprächtige Bougainvilleen und Glyzinien, und ich entdeckte auch ein paar vereinzelte Mandarinen- und Zitronenbäume. Im Kontrast zum Blau des Himmels und des Meeres im Hintergrund wirkte das sehr malerisch. Verbunden wurden die Häuser durch grob geebnete Wege und Steintreppen, auf deren Stufen die Besitzer bepflanzte Kübel und Blechdosen mit bunten Blumen aufgestellt hatten. Vor sämtlichen Eingängen befand sich eine Plattform, die man als Schattenplatz zum Sitzen nutzen konnte, wenn die Rückseite des Hauses in der Sonne lag.

Korays Vater und seine Schwester hatten sich für eins der größeren Häuser entschieden, um es gemeinsam zu nutzen. Mein Vater zeigte uns, welches ihnen gehörte, und sagte, sie würden am nächsten Tag eintreffen. Das kam mir gelegen, so hatte ich Zeit, mich umzusehen, ohne mich beobachtet zu fühlen.

Der Nachmittag hatte noch nichts von seiner Hitze eingebüßt, sie umschloss uns wie in einem Brutkasten, während wir den steilen Weg erklommen. Höher und höher ging es hinauf, und kleine Sterne tanzten plötzlich vor meinen Augen. Ich bat, kurz verschnaufen zu dürfen, weil mir der Schwindel, der auf die Sehstörung folgte, bereits vertraut war. Morgens in der Straßenbahn, wenn ich zur Schule fuhr, befiel er mich regelmäßig, und ich musste mich immer schnell setzen, um nicht ohnmächtig zu werden. Einige Male war es fast so weit gewesen, weil ich keinen Sitzplatz bekommen hatte. In letzter Sekunde schaffte ich es dann aus der Bahn zu den Bänken an der Haltestelle, bevor sich alles drehte und es in meinem Kopf kribbelte und blitzte und ich nichts mehr sah. So war es heute jedoch nicht. Als ich mich in den Schatten gesetzt, den Schweiß von Nase und Wangen gewischt hatte, streifte mich ein Luftzug, und es ging mir wieder besser. Meine Eltern waren vorausgegangen und warteten unterhalb des Hauses auf mich. Es stand in der obersten Reihe neben drei weiteren. Strahlend zeigte meine Mutter darauf, winkte und rief, ich solle rasch kommen. Mein Vater hatte eine Hand auf ihre Schulter gelegt, mit der anderen hielt er den Schlüssel in die Höhe. Ich konnte verstehen, dass sie stolz waren. Unser eigenes Haus. Es machte auch mich stolz.

Mit jedem Schritt, den ich darauf zu machte, gefiel es mir besser, und ich freute mich nun, es zu besichtigen und in Besitz zu nehmen. Und dann ertönte eine wohlbekannte Stimme.

»Gott sei Dank, ihr seid da!« Eilig kam Großmutter aus der Tür und stieg die Stufen vor dem Eingang hinab. Weit waren ihre Arme ausgebreitet, und ihr ganzes Gesicht leuchtete vor Freude und Erleichterung, uns wohlbehalten wiederzusehen.

»Langsam, Mutter!«, warnte mein Vater. »Pass auf, dass du nicht stolperst und dir etwas brichst!«

»Ja, mein Sohn.« Großmutter winkte ungeduldig ab. »Die kleine Treppe werde ich wohl noch schaffen, so alt bin ich ja nicht!« Sie klatschte in die Hände. »Ach Kinder, ihr seid da! Herzlich willkommen!«

Meine ohnehin kleine Großmutter schien einmal mehr geschrumpft zu sein, doch natürlich war ich es, die gewachsen war. Ich beugte mich zu ihr hinunter, und während wir uns innig umarmten, spürte ich, dass sie abgenommen hatte. An ihrem Rücken konnte ich die Knochen fühlen, das war früher nicht so gewesen.

»Mein schönes Mädchen«, flüsterte Großmutter und strich mir übers Haar. »Meine Alev, was habe ich dich vermisst!« Wie immer, wenn wir uns lange nicht gesehen hatten, traten uns Tränen in die Augen, in ihre braunen und meine grünen. Lächelnd wischten wir sie fort, nur um im nächsten Moment gleich wieder zu weinen. Meine Mutter hatte zu Tante Leyla einmal gesagt, dass die Türken wahrscheinlich das sentimentalste Volk der Welt seien, weil sie bei jeder Gelegenheit weinen könnten. In dieser Hinsicht kam ich wohl nach meinen anatolischen Vorfahren, denn meine Mutter weinte nie. Ich konnte mich nicht erinnern, sie je in Tränen gesehen zu haben.

Großmutter hatte natürlich für uns gekocht, und als wir das Haus betraten, versetzten mich die feinen Düfte unerwartet in meine Kindheit zurück. Es roch nach Istanbul. Eine Sekunde lang war ich wieder vier Jahre alt und half Großmutter beim Zubereiten, indem ich gewissenhaft probierte, ob auch alles gelungen war. Dennoch erschien es mir so weit weg, als zeigten diese Erinnerungen nicht meine Vergangenheit, sondern die eines anderen Menschen. Als wäre es die Kindheit einer Freundin und nicht meine.

Großmutter ging vor uns her. Gleich hinter dem Eingangsbereich mit der Garderobe befand sich ein großzügiges Wohn- und Esszimmer, das von der Küche nur durch einen Tresen getrennt war. Mehrere Sessel und ein Sofa gruppierten sich um einen niedrigen Couchtisch, und neben einer altmodischen Lampe hingen getrocknete Kürbisse in verschiedenen Größen von der Decke.

Am Esstisch konnte ich erkennen, wie sehnlich Großmutter uns erwartet hatte. Er war bereits gedeckt, und beim Anblick der vielen unterschiedlichen Gerichte meldete sich seit langer Zeit mein Appetit. Gebratene Zucchini und Auberginen mit Knoblauchjoghurt, eingelegter Weißkohl, Börek mit Schafskäse, Zigarrenröllchen aus Blätterteig und Spinat, gefüllte Weinblätter und allerlei Fleischgerichte für meine Eltern.

»Mutter, was hast du nur alles gekocht?« Meine Mutter seufzte verzückt. »Du sollst dir doch nicht so viel Arbeit machen!«

»Lasst mir doch die Freude«, sagte Großmutter, »solange ihr mein Essen gern mögt und ich es noch kann.«

»Ja, lass sie doch,« schmunzelte mein Vater und griff nach einem Blätterteigröllchen, um es mit zwei Bissen verschwinden zu lassen. »Köstlich, Mutter!«

»Möge es dir gut bekommen, mein Sohn«, sagte Großmutter zufrieden. »Wollt ihr erst essen oder erst das Haus besichtigen?«

Viel gab es nicht zu besichtigen. Es waren insgesamt vier Zimmer, davon drei Schlafräume in der oberen Etage, zu denen ein Bad gehörte, ein weiteres Bad im Eingangsbereich und der offene Wohnraum mit einer Terrasse zum kleinen Garten, in dem ein Zitronenbaum stand. Alles war einfach und zweckmäßig eingerichtet, mit viel Holz, Marmor und weißen Fliesen. Die Möbel hatten meine Eltern beim Kauf zum Teil übernommen, um nicht alles neu anschaffen zu müssen. Selbst eine Waschmaschine stand im Badezimmer. Es gefiel mir sehr, weil es so schlicht war, und vielleicht auch deshalb, weil es sich so deutlich von den Häusern abhob, die Korays Familie sonst besaß. Dieses war weder ein historisches Denkmal wie das in Kuşadası noch so altehrwürdig und respekteinflößend wie das in Hamburg. Ihr Haus am Bosporus und die Datscha am Schwarzen Meer konnte ich zum Vergleich nicht heranziehen, weil ich sie nicht kannte. Zumindest hier in Bodrum waren Koray und ich gleichauf.

Eine Besonderheit gab es aber doch. An zwei Schlafräumen waren Balkone, am dritten eine große Dachterrasse, die von einer üppig bewachsenen Pergola beschattet wurde. Violetter Blauregen hing darüber wie ein halb geöffneter Vorhang, hinter dem sich das Panorama der ganzen Bucht ausbreitete. Mein Vater sagte, dass er extra dieses Haus gewählt habe, weil es von denen, die zum Verkauf standen, die beste Aussicht habe. Ich trat an die Brüstung und ließ meinen Blick schweifen. Auch an die anderen Hänge ringsum schmiegten sich Gruppen von weißen Ferienhäusern. Boote schaukelten davor im glitzernden Wasser. Hier würde ich meine Hängematte anbringen, die ich von meinem selbst verdienten Geld gekauft hatte. Dies war der richtige Platz, um in die Ferne zu schauen, von hoch oben nach ganz weit weg. Weit über das Meer mit seiner kraftvollen Farbe hinaus. Wo kam dieses Aquamarin nur her? Konnte es blauer sein als anderswo?

Nach dem ausgiebigen Essen schlenderte ich allein zum Meer hinunter, um es mir aus der Nähe anzusehen. Mein Vater lud mit zwei Bediensteten, die für die Anlage zuständig waren, das Auto aus, meine Mutter hatte sich hingelegt, und Großmutter bereitete schon wieder etwas zu essen vor, obwohl der Kühlschrank zum Bersten voll war.

Es gab in der Bucht keinen Strand, lediglich großflächige Felsplateaus, die teilweise begradigt und zementiert waren, damit man sich bequem sonnen konnte. Um den Einstieg ins Meer zu erleichtern, waren wie im Schwimmbad an mehreren Stellen Leitern angebracht. Das Wasser schien tatsächlich eine andere Qualität zu besitzen, es war sehr tief und kristallklar, sodass ich die vielen Seeigel zwischen den Felsen sehen konnte. Und es war nicht so warm, wie ich es vom Mittelmeer gewöhnt war. Trotzdem tat mir das Schwimmen nach der tagelangen Reise, dem verkrampften Sitzen und der drückenden Hitze gut. Es kühlte und reinigte mich. Ich schwamm weiter hinaus, drehte mich auf den Rücken und streckte Arme und Beine von mir. Still lag ich auf dem Wasser und lauschte. Ein dumpfes Gluckern war aus der Tiefe zu hören, ein helles Sirren und das Klicken von Steinen, bewegt von einer Strömung, die mich mit unterschiedlichen Temperaturen streifte. Meine Haare trieben um mich herum und berührten sachte meine Schultern, sie waren lang geworden. Über mir kreiste ein kleiner Raubvogel, eine schwarze Silhouette am Himmel. Leicht und schwerelos und nahezu ohne Flügelschlag segelte er durch die Luft.

Als das *Allahu Akbar* des Ezans über die Bucht schallte, kam ich aus dem Meer. Es klang schön, weil er als Einziger sang und eine angenehme Stimme hatte.

Außer mir waren nur ein paar ältere Badegäste am Plateau, die mich freundlich und mit einer Spur Neugier grüßten. Um ungestört zu bleiben, nickte ich nur, damit sie denken mussten, ich sei eine Touristin, die kein Türkisch sprach. Ansonsten hätte ich eines der üblichen Gespräche zu befürchten, mit unzähligen Fragen nach meiner Herkunft, meinen Eltern und dem Standort unseres Hauses.

Es dauerte ein paar Gänsehautschauer lang, bis die Sonne zu wärmen begann. Ich legte mich mit meinem Handtuch abseits auf einen rauen Felsen und schloss die Augen. Das Sirren in den Ohren blieb, als wären sie noch immer unter Wasser. »Pass auf die Seeigel auf«, hatte Großmutter mich gewarnt, bevor ich gegangen war. »Tritt da nicht rein!«

Das Bild der kleinen schwarzen Stachelkugeln vor funkelnd blauem Hintergrund und das gedämpfte Gemurmel der Leute trugen mich davon.

»Alev?«

Die Stimme berührte einen empfindlichen Nerv; sie drang nicht nur an mein Ohr, sie wurde auch von einem Duft begleitet, der mein Herz heftig schlagen ließ, noch bevor ich aus dem Dämmerschlaf ganz erwacht war. Erst dachte ich, sie im Traum gehört zu haben, doch da war sie wieder, etwas leiser jetzt, und immer noch auf Deutsch.

»Alev, bist du wach?«

Es verwirrte mich, weil mein Vater gesagt hatte, dass sie erst am nächsten Tag kämen, und nun war er hier, und ich würde ihn sehen, wenn ich die Augen aufschlug, ganz nah bei mir. Keine Möglichkeit zur Flucht zu haben, strengte mich sehr an. Ich versteckte mich hinter meinen geschlossenen Augenlidern wie ein kleines Kind. Wenn sie zuckten, würde er wissen, dass ich nicht schlief.

Etwas raschelte und scharrte, und jemand stieß mich an. Eine Mädchenstimme rief laut: »Wach auf, Schlafmütze, wir sind da!«

ZWÖLF

Auch wenn ich schon etwas geübter im Überspielen meiner Scham geworden war, wirklich gut würde ich darin nie werden. Zu deutlich konnte ich spüren, wie starr mein Gesicht und wie fahrig meine Bewegungen wurden, mit denen ich mich aufsetzte und selbstsicher tat. In der Reaktion auf Unvorhergesehenes zeigte ich oft eine ehrliche Überforderung. Ich war zu langsam im Umschalten auf Gleichmut. Zuvor hatte ich mir ausgemalt, wie ich Korays Ankunft, hinter dem Blauregen verborgen, von unserer Dachterrasse aus beobachten würde. Ich musste ihn zuerst sehen, wenn ich ihm einigermaßen gelassen begegnen wollte. Nun saß er neben mir, und ich war allen Einzelheiten auf einmal ausgesetzt.

Durch den Sport, der Korays Körper sichtbar geformt hatte, wirkte er massiger und einnehmender als früher. Unter dem weißen T-Shirt breitete sich ein Rücken aus, dessen Muskeln sich an den Armen fortsetzten und in kräftigen Händen endeten. Ganz anders als die feingliedrigen Finger seines Vaters, auf die meine Mutter einmal hingewiesen hatte. Sehr vertraut war mir der Anblick seiner bloßen Füße, die ich früher schon unbewusst studiert haben musste. Koray hatte die eher seltene griechische Fußform, bei der der zweite Zeh länger ist als der große. Diese Füße gehörten ebenso sehr zu ihm wie das schwarze fransige Haar und die dunklen Augen, die eine Spur zu eng standen.

Ein aufmerksamer Zug lag darin, mit dem er mich ebenso musterte wie ich ihn. In Sekundenbruchteilen nur, als würden wir uns in Gefahr begeben, wenn wir ausgiebiger schauten, wenn wir uns Zeit dafür ließen und unserer Betrachtung mehr Raum gäben.

Jale war meine Rettung, weil sie fröhlich und unbefangen wieder da ansetzte, wo wir uns damals in Kuşadası verabschiedet hatten. Die vergangenen Jahre, die Veränderungen an uns vorgenommen, Befindlichkeiten und Abstand geschaffen hatten, zumindest bei mir, schienen für sie nicht zu existieren. Sie ging davon aus, dass wir Freundinnen waren, und die langen Phasen, in denen wir uns nicht sahen, spielten dabei keine Rolle.

Ich bemerkte, dass ich Jale taxierte, den Preis ihrer grasgrünen Pluderhose schätzte, des rosafarbenen Oberteils, des gelben Gürtels und der bunt gestreiften Stoffschuhe. Und ich bemerkte meinen Neid, weil sie sich kleidete wie ein Papagei und das im Kontrast zu ihren dunklen Haaren sensationell aussah.

Jale erzählte, dass sie früher eingetroffen seien, weil sie eine schnellere Fähre bekommen hatten, die nur einen kurzen Zwischenhalt in Griechenland einlegte. Auch ihr Wagen war mit allerlei Dingen für das Haus beladen gewesen, wenn auch nicht so voll wie unserer. Vieles, insbesondere Möbel und elektrische Geräte, hatte Korays Vater zuvor in einem Container verschickt, der demnächst in Izmir ankommen sollte. Koray betonte, dass er nur mitgefahren sei, weil sich ein geplanter Urlaub mit Freunden kurzfristig zerschlagen habe. Auch ich hätte Ähnliches vorgehabt, warf ich schnell ein, nur hätte ich leider die Rechnung ohne meinen Vater gemacht. Ich wollte nicht, dass Koray dachte, ich sei freiwillig oder sogar gern hier. Jale lachte und sagte, sie sei jedenfalls froh darum, denn sonst wären die kommenden Wochen sehr langweilig geworden. Mit einem Seitenblick auf die anderen Badegäste flüsterte sie, hier gebe es ja nur alte Leute.

Beide fragten nach Dalan, wie das mit seiner Hochbegabung sei und was er jetzt mache. Koray sagte, er habe immer schon so etwas geahnt, und Jale gab zu, eine Weile in Dalan verliebt gewesen zu sein, doch er habe keine Notiz von ihr genommen. Bei ihren Worten durchfuhr mich der Gedanke, dass ich meinen Bruder nie mit einer Freundin gesehen hatte oder ihn von einem Mädchen hatte reden hören. An Möglichkeiten mangelte es ihm sicher auch in England nicht, aber wenn er uns besuchte und meine Mutter danach fragte, wich er aus, die Richtige sei ihm noch nicht begegnet, und auf halbe Sachen lasse er sich nicht ein. Mein Vater lobte ihn für seine Einstellung, zumal das Studium und die großen beruflichen Aufgaben danach Priorität hätten. Die richtige Frau komme dann schon, da könne er ganz beruhigt sein.

Dalan sagte nichts dazu, und obwohl ich merkte, dass ihm nicht wohl war, ließ ich das Thema fortan unberührt.

Doch nun beschäftigte es mich plötzlich und überlagerte Jales Geplauder. Auf dem Rückweg konnte ich kaum an etwas anderes denken. Auch nicht bei unserem ersten gemeinsamen Essen, das in unserem Haus stattfand, weil Großmutter bereits alles vorbereitet hatte und Korays

Großmutter erst gegen Abend vom Flughafen abgeholt wurde. Und erst recht nicht, als sich die beiden alten Damen zu fortgeschrittener Stunde nach Rakı und Rotwein in Schwärmereien über eine Doppelhochzeit von Koray und mir und Dalan und Jale ergingen. Da nützten auch die Ermahnungen unserer Väter, die Ablenkungsversuche unserer Mütter und unsere rollenden Augen nichts. Die beiden hatten einen gemeinsamen Gesprächsstoff gefunden, und während sie Pläne schmiedeten, zogen die Rauchschwaden vieler Zigaretten in eleganten Bögen über den Esstisch und vertrieben nicht nur die Mücken. Auch ich erhob mich bald mit Kopfschmerzen von der Tafel, gefolgt von Koray und Jale, die sich ebenfalls schlafen legten. Noch bis in die frühen Morgenstunden saßen unsere Eltern zusammen, lachten und tranken, was ich von meinem Zimmer aus hören konnte, und ich bedauerte einmal mehr, mit ihnen und nicht mit den Schulfreunden im Urlaub zu sein.

Entsprechend unruhig schlief ich in dieser Nacht. Trotz tiefer Erschöpfung kam ich nicht zur Ruhe, träumte wirres Zeug von Dalan, der in Koray verliebt war und mich damit eifersüchtig machte, sodass wir in einen heftigen Streit um Koray gerieten, mein Bruder und ich.

Am nächsten Morgen war ich heiser und hatte Halsschmerzen. Großmutter sagte, dass es am kalten Wasser läge, in dem ich zu lange gebadet hätte. Sie kochte Zwiebelsaft, den sie ausgiebig mit Honig süßte und mir in kurzen Abständen zu trinken gab. Dann sollte ich mich hinlegen, zudecken und schwitzen, doch bei den Temperaturen schwitzte ich natürlich auch ohne Decke. Im Zimmer war es so heiß, dass ich kaum Luft bekam und in die Hängematte im Schatten der Dachterrasse wechselte.

Meine Eltern fuhren mit Korays Eltern zum Einkaufen in die Stadt, Jale bedauerte, dass ich nicht mit zu den Felsen ans Meer kommen konnte, und Koray sah ich von hier oben mit einem Motorroller davonfahren. Unsere Großmütter saßen zusammen auf der unteren Terrasse und schnitten Gemüse klein. Ich hörte, wie Korays Großmutter erzählte, dass sie sowohl das Haus in Istanbul als auch das in Kuşadası seit dem Tod ihres Mannes nicht mehr nutzen könne. Sie seien ihr zu groß, zu einsam und mit zu vielen Erinnerungen behaftet. Sie überlege, beide zu verkaufen und in die Wohnung über Großmutter zu ziehen, doch von einem Verkauf wollten ihre Kinder nichts wissen. Von einer Rückkehr in die Türkei allerdings auch nicht. Großmutter sagte, dass es sicher richtig sei, die Häuser zu behalten, denn man wisse ja nicht, ob vielleicht die Kinder oder Enkel im Alter dort wohnen wollten. Aber sie könne gut verstehen, dass Korays Großmutter sich nicht allein in den großen Häusern aufhalten wolle. Die Wohnung in Istanbul sei doch eine fabelhafte Alternative.

Während ich zuhörte, fragte ich mich, ob Koray wohl jemals wieder in die Türkei ziehen würde. Ich konnte es mir bei ihm genauso wenig vorstellen wie für mich selbst. Die Türkei war keine Heimat mehr, sie war ein Land, dessen Sprache wir beherrschten, dessen Gebräuche und Regeln wir kannten, in dem wir unsere Ferien verbrachten und uns in kleine Kinder zurückverwandelten, die alten Herrschaften die Hand küssten, ihren Eltern nicht widersprachen und sich weder aufmüpfig noch besonders selbstbewusst verhielten. Vielleicht hatte Koray aus diesem Grund nicht mehr mitkommen wollen. Vielleicht war er es genauso leid wie ich, sich vor Verwandten, Bekannten und Fremden für Kleinigkeiten rechtfertigen zu müssen, die zu seinem Alltag in Deutschland gehörten, hier aber nicht üblich waren, wie lange Haare, ausgefranste Hosen oder eigenwilliges Denken.

Ich merkte, dass es mich beschäftigte, wo er hinfuhr und was er vorhatte, ja warum er überhaupt weggefahren war. Es hatte die Spur einer Kränkung, die ich mir nicht eingestehen konnte. Ich wollte, dass er blieb, dass er in der Nähe blieb und Zeit mit mir verbrachte.

Im Verlauf der nächsten Stunden verschlechterte sich mein Zustand, ich bekam Fieber, fror und schwitzte gleichzeitig, alles drehte sich, und mein Vater ließ einen Arzt kommen, der mir eine Spritze gab. Es sei ein Virus, sagte er, der in der Gegend derzeit grassiere. Und obwohl meine Gedanken wie im Sog eines Strudels immer schneller zu rotieren begannen, wusste ich, dass der Arzt keine Ahnung hatte, was mir fehlte. Ich hörte mich reden, Worte und Sätze bilden, konnte aber nichts verstehen, als wäre nur ein Teil von mir dieser fremden Sprache mächtig. Ich konnte auch niemanden mehr erkennen, die Gesichter verschwammen zu einer zähen, bräunlichen Masse, die in die Breite wuchs und bei der kleinsten Bewegung zu groben Wülsten verknäulte. Hinzu kam das Sirren in meinen Ohren, das ich unter Wasser so deutlich wahrgenommen hatte. Ich versuchte stillzuhalten, alles ganz stillzuhalten, auch meine Gedanken und das Hören, um nicht diese dicken, chaotischen Knäuel zu verursachen, von deren Anblick mir übel wurde. Die zähe Masse war schon schlimm genug, das Chaos unerträglich. Doch das totale Ruhighalten war schwer, so entsetzlich schwer, es war schier unmöglich, sodass sich die

Wülste doch immer wieder zusammenballten, riesengroß aufblähten und mich mit ihrer Dichte erstickten.

Hallo Alev, ich bin da, siehst du mich? Kannst du mich hören? Hab keine Angst, ich passe auf dich auf. Du bist bald wieder gesund, sehr bald, versprochen. Ich setze mich auf den Stuhl hier an deinem Bett. Kannst du mich jetzt sehen? Warte, ich streiche dir die Haare aus dem Gesicht, dann kann ich es kühlen. Nicht erschrecken, es wird jetzt kalt. Gut so?
Was soll ich dir erzählen? Was möchtest du wissen, etwas von früher oder etwas von später? Oder etwas von beidem? Möchtest du das, Alev?

Als ich die Augen öffnete, war es bis auf eine kleine Funzel, die in der Steckdose an der Tür leuchtete, dunkel und sehr still im Zimmer. Erst wusste ich nicht, wo ich mich befand, und fuhr zusammen, weil Koray unerwartet neben mir saß und mich ansah.

»Geht es dir besser?« Seine Hand lag auf meiner. Verlegen zog ich sie weg und richtete mich ein wenig auf.

»Ja, ich glaube schon«, sagte ich, dumpf pochte es hinter meinen Schläfen. »Was machst du hier?«

»Weißt du das nicht mehr?«

Langsam schüttelte ich den Kopf, um das Pochen nicht zu verstärken, und Koray schilderte, wie meine Mutter ihn gebeten habe zu kommen, weil ich im Fieber nach ihm verlangt hätte. Meinem Vater sei es nicht recht gewesen, Koray und mich allein zu lassen, er hatte selbst bei mir bleiben wollen, doch das hätte ich rigoros abgelehnt und alle hinausgeschickt, auch Großmutter und meine Mutter. Dass sie sich schließlich meinem Wunsch gebeugt hatten, zeigte nur, wie groß ihre Sorge um mich gewesen sein musste. Der Arzt habe Koray angewiesen, mir zum Fiebersenken kalte Waschlappen auf die Stirn zu legen und meine Eltern zu rufen, falls es schlimmer werden sollte.

Einerseits konnte ich kaum glauben, in so einem Zustand gewesen zu sein, andererseits würde Koray mich nicht belügen, schon gar nicht bei so etwas. Und zu seinen Füßen stand eine Plastikschale mit Wasser und Waschlappen. Koray sagte, dass ich ihn auf Türkisch gebeten hätte, mir etwas zu erzählen. Das habe er getan, bis ich eingeschlafen sei. Und er habe viel erzählt, sehr viel. Es sei ungewohnt gewesen, von mir auf Türkisch angesprochen zu werden und auch auf Türkisch zu antworten. Ungewohnt, aber auch schön.

Ich musste völlig weggetreten gewesen sein, ich erinnerte mich an nichts. Allein die hellbraunen Wülste erschienen vor meinem inneren Auge und mit ihnen das Gefühl, mich nicht rühren zu dürfen, um sie nicht zu reizen und durcheinanderzubringen, was gründlich misslungen war. Und während ich mit dem Albtraum rang, war Koray da gewesen, hatte meine Stirn gekühlt und mit mir gesprochen. Koray, der immer wieder in Situationen auftauchte, in denen mir die Kontrolle entglitt. Nun hatte er mich erneut in einem Moment erlebt, in dem meine sorgsam festgezurrte Maske verrutscht war. Mehr noch, heute hatte ich ihn sogar hinter dem Rücken meines Verstandes für genau diesen Moment einbestellt, seine Anwesenheit eingefordert, die Fürsorge und die Stunden angenommen, die er mir geschenkt hatte, um meinen Schlaf zu bewachen, ohne selbst zu schlafen.

»Wie spät ist es?«, fragte ich.

Koray drückte einen Knopf seiner Armbanduhr, deren Anzeige aufleuchtete.

»Gleich halb fünf.«

»Gehen wir raus?« Ich schlug die Decke zurück. »Es ist so stickig.«

»Jetzt?« Zweifelnd sah Koray mich an. »Kannst du überhaupt schon aufstehen? Du hattest gerade noch hohes Fieber.«

»Nur kurz hier oben auf die Terrasse«, sagte ich und erhob mich vorsichtig. Koray streckte die Hand aus, aber ich ging, wenn auch etwas taumelnd, daran vorbei. Er kam mir nach und zog die Holztür auf.

Die Nacht war ein Stoff aus warmer Seeluft, der uns weich umhüllte. Sie brachte das Sägen der Zikaden mit und das Vanillearoma der kleinen blauen Blüten, die als Sträucher überall an den Häusern standen und sich erst in der Dämmerung für die unzähligen Falter und Motten öffneten.

Ich hielt mich an der Hängematte fest, und Koray breitete sie in der Mitte aus, sodass wir beide quer darin liegen konnten. Unsere Beine hingen über den Rand. Nah beieinander, und es machte mir nichts aus. Ich dachte nicht darüber nach, dass ich eigentlich krank war, dass ich unangenehm riechen oder nicht schön genug sein könnte in der kurzen Hose und dem Trägerhemd, in denen man meine dünnen Arme und Beine sah. Ich dachte nicht daran, dass zwischen Koray und mir wieder Jahre vergangen waren und ich seinen Besuch bei uns nicht gewollt hatte. Ich dachte nicht daran, mich für irgendetwas zu schämen, und vergaß auch, dass ich kurz zuvor noch in einen anderen verliebt gewesen war.

Vielleicht war es eine Nachwirkung des Deliriums, die

die Distanz zwischen uns verringerte? Als hätte Koray im Wald Brotkrümel ausgestreut, mit denen ich den Weg zu ihm fand. Möglicherweise fühlte ich mich in seiner Nähe auch nur deshalb so wohl, weil er mir vertraut war. Wie Hänsel und Gretel. Doch dann begann er zu sprechen, und meine Augen folgten der Linie seines Profils, das aus den Haaren hervortrat, der leichten Abwärtskurve seiner Nase mit den ausgeprägten Nasenflügeln. Ich maß den Abstand zwischen ihr und der schmaleren Oberlippe und den zwischen der volleren Unterlippe und seinem Kinn. Er hatte eine kleine Kerbe am Kiefer, unterhalb der Wange, die mit dem allzu vertrauten Anblick brach. Eine Narbe, die verheilt, aber recht tief war, die ich berühren wollte, weil sie neu war, ein Zeichen seines anderen Lebens, weit von meinem entfernt.

»Ich habe oft an dich gedacht, seit du damals in Hamburg warst«, sagte er und kreuzte die Arme unter dem Kopf.

»Ich weiß.«

»Woher?«

»Ich habe es gespürt.«

Koray nickte, als würde ihn die Antwort nicht überraschen. »Aber dann hast du auch an mich gedacht.«

Ich sagte nichts, und er richtete den Blick auf mich. Forschte in meinem Gesicht nach einem Hinweis, nach einer Bestätigung, wartete auf den Anflug eines Lächelns, vielleicht. Oder auf ein Heben meiner Augenbraue. Seine stumme Frage drängte, ob es so gewesen sei, ob auch ich an ihn gedacht hätte. Seinem Blick standzuhalten und ihn die Antwort selbst finden zu lassen fiel mir leichter als erwartet.

Mit den ersten Tönen des Ezans in der Morgendämmerung berührten Korays Lippen zum ersten Mal meine. Ein sachtes Tupfen an meinem Mundwinkel. So zart und flüchtig, dass ich es fast als Einbildung hätte abtun können, wenn er nicht gesagt hätte: »Ich glaube, jetzt bekomme ich auch Fieber.«

DREIZEHN

Nachdem ich bis zum späten Vormittag geschlafen hatte, war ich wieder gesund. Kein Fieber mehr, kein Schwindel, keine Halsschmerzen. Die Symptome waren auf einen Schlag verschwunden, und alle freuten sich über meine rasche Genesung, auch wenn sie sich wunderten. Besonders mein Vater, der nur schwer davon abzubringen war, den Arzt noch einmal zu rufen. Für ihn und die anderen Erwachsenen galt die Spritze als spontanes Heilungsmittel, von dem er mir zur Sicherheit noch eine Dosis verabreichen lassen wollte. Ob es tatsächlich an ihr gelegen hatte oder an Koray, an dem, was er mir Geheimnisvolles erzählt hatte, vielleicht gar am Kuss, der kein richtiger gewesen war, oder ob der Infekt auch ohne jedes Zutun so schnell vergangen wäre, würde ich wohl nie erfahren. Es hatte auch keine Bedeutung, ich war nur froh, wieder auf den Beinen zu sein.

Allerdings hatte die Nacht noch eine große, beinahe unangenehme Aufregung zur Folge. Ich konnte mich weder auf ein Gespräch mit Großmutter konzentrieren, noch konnte ich lesen, in der Sonne liegen oder überhaupt etwas in Ruhe tun, weil ich in jedem Schwarzhaarigen Koray zu sehen glaubte. Mein Herz begann sofort heftig zu schlagen und beruhigte sich nur sehr langsam, sobald jemand eine ähnliche Statur oder einen ähnlichen Gang hatte.

Doch er war nicht da.

Am Nachmittag wuchsen graue Wolken hinter den Bergen empor, wälzten sich darüber hinweg und verdeckten nach und nach deren Gipfel. Auch über das Meer kamen sie herangekrochen. Es würde Regen geben.

Jale brachte einen Granatapfel für mich, sorgsam zerteilt und in einer Schale angerichtet. Von ihr erfuhr ich, dass Koray in einer anderen Bucht Wasserski fuhr. Ich dachte, dass er wegen des Wetters sicher bald zurückkehren würde, doch die Stunden verstrichen, ohne dass ich den Motorroller hörte.

Es war schon spät am Abend, als ich auf die Dachterrasse trat. Einzelne Wassertropfen lösten sich von den herabhängenden violetten Blüten über mir. Der Regenguss war ausgeblieben, stattdessen nieselte es aus einem anthrazitfarbenen Himmel, und die Hängematte war nass. Unsere Großmütter hatten sich einen amerikanischen Spielfilm ansehen wollen, doch ich kannte ihn schon und zog mich zurück, nachdem unsere Eltern zu viert essen gegangen waren.

Ich konnte nicht schlafen, weil ich auf Koray wartete, auf eine Fortsetzung dessen, was in der Nacht zuvor begonnen hatte, weil jedes seiner Worte in meinem Kopf Schleifen flog und jede erinnerte Berührung Blitze über meinen Rücken jagte. Ich konnte nicht schlafen, weil ich mich nach mehr sehnte und gleichzeitig Angst davor hatte.

Eine Weile stand ich nur da und lauschte dem warmen Wind, der den Regen zischend durch die hohen Palmen trieb und verdunsten ließ. Wenige Urlauber schlenderten durch diesen Teil der Anlage, meist eng umschlungene Paare auf dem Weg zu ihrem Haus, deren heimliche Zeugin ich wurde. Ich hörte sie reden, lachen und flüstern und beneidete sie um die Selbstverständlichkeit und den Freimut, mit dem sie es taten.

Zwei Katzen stritten sich kreischend und fauchend in der Nähe, kurz darauf sprang eine über die Mauer eines Grundstücks und verschwand mit hochgerecktem Schwanz in der Dunkelheit.

Aufmerksam folgte ich jeder noch so kleinen Bewegung, bis tatsächlich die Gestalt im Licht der Laterne erschien, die ich sehen wollte. Koray hatte mich ebenfalls entdeckt und mit seiner typischen Kopfbewegung neben sich gedeutet. *Kommst du runter?*

Obwohl es aufgehört hatte zu regnen, klebten die Haare in feuchten Strähnen an seinem Gesicht, bevor er sie mit einer Hand nach hinten strich.

Wir nahmen einen dunklen Pfad hinter unserem Haus, der zur Trafostation am Hang führte. Das Dach stand recht weit vor, sodass wir darunter im Trockenen sitzen konnten. Ein paar Fledermäuse huschten auf ihrer Jagd nach Insekten lautlos um uns herum. Koray fragte, wie mein Tag gewesen sei und warum ich noch nicht schliefe nach der gestrigen Erkrankung. Auch er war erstaunt, dass ich so schnell wieder gesund geworden war.

Ich empfahl ihm im Scherz, über ein Medizinstudium nachzudenken, seine Behandlungsmethode könne die Welt revolutionieren, doch schmunzelnd behauptete er, dass seine Heilerfolge auf sehr wenige Menschen beschränkt seien, höchstwahrscheinlich nur auf einen, das sei eine schwache Quote. Ich wollte sagen, dass er sich nicht sicher sein könne, bevor er es nicht an anderen ausprobiert habe, dass ihm ein weißer Kittel sicher gut stünde und der Doktortitel auch. Doch Koray ließ mein inneres Geschwätz verstummen, indem er eine meiner Haarsträhnen nahm und zwischen seinen Fingern drehte.

»Sie sind dunkler als früher.«

»Ein bisschen.«

»Sieht schön aus«, sagte er und strich die Haare über meinem Rücken glatt. »Im Übrigen magst du keine Ärzte.«

Mir war das nicht bewusst, aber es stimmte.

In der Bucht leuchteten hier und da ein paar Laternenpunkte, und draußen auf dem Meer blinkte das Signal eines vorüberfahrenden Schiffes. Ich hätte gern den Mond gesehen, Sterne vor tief dunkelblauem Hintergrund und Sternschnuppen, von denen es hier in klaren Nächten so viele gab. Doch das Schauspiel fand in weiter Ferne hinter dem Wolkenvorhang statt, ohne dass wir uns etwas wünschen konnten.

»Bist du noch mit der Tennisspielerin zusammen?«

Koray schüttelte den Kopf, und ich fragte nicht, warum.

Wir tauschten einen schnellen Blick, lächelten nervös, und dann legte Koray seinen Arm um meine Schultern.

Der erste Kuss an diesem Abend dauerte länger als der gestern. Seine Lippen an meiner Schläfe, so zärtlich haftend, so eindringlich, dass sie Abdrücke in meiner Erinnerung hinterließen. Der letzte vor unserem Haus war schmerzhaft kurz, hastig und verstohlen, in der Angst, von meinen Eltern oder Großmutter gesehen zu werden. Die Küsse dazwischen lockten mich aus unserer Kindheit, ließen das Vergangene hinter neuen, atemberaubenden Bildern verblassen, und versengten meine Lippen mit einem lautlosen Feuerwerk.

Tagsüber versuchten wir uns aus dem Weg zu gehen. Wenn das nicht möglich war, weil alle zusammen aßen, zum Baden oder auf Besichtigungstour gingen, vermieden wir es, einander zu oft anzusehen. Wir trafen uns nur abends, und auch nur dann, wenn unsere Familien ausgingen und wir glaubhaft fernbleiben konnten. Mal hatte ich Kopfschmerzen von der Sonne, und Koray wollte sich mit den Jungs aus der benachbarten Bucht treffen, und mal taten wir so, als hätten wir etwas Falsches gegessen. Das war nicht einmal gelogen, denn abgesehen davon, dass ich ohnehin kaum essen konnte, bekam es mir wirklich nicht sonderlich gut.

Wenn wir uns nicht treffen konnten, ging es mir schlecht, und wenn Koray und ich vor den anderen Gleichgültigkeit zeigen mussten, wurde es noch schlimmer.

Zu der Zeit wussten wir nicht, dass wir auch mit der größten Mühe nicht über den verliebten Schimmer hinwegtäuschen konnten, der ihn und mich umgab. Wir merkten nur, dass unsere Großmütter selig zu lächeln begannen, wenn wir auftauchten, dass die Blicke meines Vaters misstrauischer und die unserer Mütter weicher wurden und dass Jale mich mehrmals fragte, ob wir nun ein Paar seien, was ich vehement bestritt. Ihren Bruder wollte sie nicht ansprechen, weil er sie ausgelacht hätte.

Koray nahm die ganze Sache viel gelassener als ich. Wie früher schon, ging er über die Reaktionen anderer hinweg und ließ neugierige Fragen an sich abprallen, ohne auch nur das Geringste preiszugeben. Für Korays Vater schien es entweder nicht von Bedeutung zu sein, oder er wollte uns mit seiner Zurückhaltung die Peinlichkeit ersparen. Er zeigte ähnlich wie Koray keine Regung, aus der man seine Haltung hätte ablesen können.

Mir wurde jedoch von Tag zu Tag mulmiger, ich ahnte, dass sie längst über uns Bescheid wussten. Auch die leichte Ablehnung meines Vaters machte mir zu schaffen. Obwohl er sich nicht offen äußerte, spürte ich, dass ihm unsere Verbindung nicht recht gewesen wäre.

Das Unbehagen trug ich in die wenigen Stunden, die Koray und ich miteinander hatten, und auch wenn er versicherte, dass er mit mir zusammen sein wollte, ganz gleich, was unsere Eltern sagten, konnte ich mich nicht entspannen.

An einem der letzten Urlaubstage charterten unsere Väter ein Boot, mit dem wir eine Tour durch die blauen Buchten der Umgebung machen wollten.

Die *Meryem* war ein klassisches türkisches Gulet, wie man die aus Holz gefertigten, zweimastigen Motorsegeljachten nannte. Mein Vater sagte, dass die Ursprünge der Gulets in der Antike lägen, wo man sie entlang der türkischen Küste für den Handel mit Oliven, Wein und anderen wertvollen Waren genutzt habe.

Beim Einsteigen erfuhren wir, dass die schöne *Meryem* einem Ehepaar gehörte, das seit vielen Jahren Touristen auf die zwanzig Meter lange Jacht einlud und verköstigte. Die Frau kam aus der Schweiz, ihr Mann aus der Türkei. In der Konstellation würden zumindest die Erwachsenen genügend zu besprechen haben. Ich war froh, dass wir nur einen Tag auf so engem Raum verbringen und am Abend wieder zu Hause sein würden.

Die Schweizerin fragte, ob wir auch tauchen und Miesmuscheln sammeln wollten, weil sie dann das Menü darauf abstimmen würde. Und obwohl ich weder Fisch noch Meeresfrüchte mochte, sagte ich wie die anderen ebenfalls

Ja. Während wir aus dem Jachthafen fuhren, ließen sich Koray und unsere Väter die technischen Finessen des Schiffes zeigen, die vier Frauen übernahmen die schattige Sitzgruppe im Heck, um Tee zu trinken und zu rauchen, und ich setzte mich mit Jale vorn an den Bug. Eine türkische und eine Schweizer Flagge flatterten oben an den knarzenden Masten, in den Seilen hingen Rettungsringe, und die Segel waren eingeholt. Der Skipper hatte gesagt, dass eine motorisierte Fahrt mit Gästen an Bord einfacher sei, und der Wind sei ohnehin zu schwach. Er und seine Frau wirkten einander liebevoll zugetan und auf eine Art zufrieden, die ich von Paaren nicht kannte.

Koray sah von der Brücke herunter und zwinkerte mir zu. Die Männer standen hinter ihm, sodass sie es nicht bemerkten. Auch Jale konnte es nicht sehen, weil sie mit dem Rücken zu ihm saß und den Schwarm kleiner Fische beobachtete, der uns mit silbrig blinkenden Schuppen folgte.

Gern hätte ich seine Kopfbewegung nachgeahmt. *Kommst du runter?* Gern hätte ich ihn statt Jale neben mir gehabt und mich mit geschlossenen Augen an ihn geschmiegt. Stattdessen drehte ich mein Gesicht zur Sonne, ließ das gleißende Licht durch die geschlossenen Lider in mein Herz fließen und wieder herausströmen. Beim Einatmen herein, beim Ausatmen heraus, bis Jale mich antippte, mit einer Tube Sonnenmilch in der Hand.

Die angenehme Brise an Deck war trügerisch, weil sie über die Kraft der Sonne hinwegtäuschte. Während wir die Creme auf der Haut verteilten, bedauerte Jale, dass unser Urlaub nun bald zu Ende ging und wir uns frühestens im nächsten Jahr wiedersehen würden. Ich wusste nicht, ob es mich traurig machte oder ob ich nicht auch erleichtert war, das Versteckspiel beenden zu können, nebst den durchschaubaren Absichten unserer Großmütter, die nun Jale zu sich riefen, um den Platz neben mir frei zu machen. Ich hörte Korays Mutter lachen und meine Großmutter mit gedämpfter Stimme etwas sagen, was auch die anderen zum Lachen brachte.

Koray blieb bei unseren Vätern und dem Bootsmann, der zwei Angeln und mehrere Taucherbrillen hervorgeholt hatte.

Wir bewegten uns in einer lieblichen Küstenlandschaft, fuhren in einsame Buchten, deren glasklares Wasser in allen Türkisschattierungen funkelte, sodass es aussah, als schwebte das Schiff über einem beleuchteten Meer.

An einer felsigen Stelle warfen wir den Anker, weil es dort massenhaft Miesmuscheln geben sollte. Der Bootsmann, Koray, Jale und ich setzten die Taucherbrillen auf, ließen uns von der Plattform am Heck ins Wasser gleiten und schwammen ein Stück Richtung Ufer. Nahe der Oberfläche überwucherten die Muscheln in dichten schwarzen Trauben das Gestein. Manche groß, manche noch klein, manche ließen sich leicht entfernen, andere schienen mit ihren haarigen Bärten im Felsen verwurzelt zu sein. Diese waren sehr widerstandsfähig, und es knirschte, wenn man sie löste. Dabei war eine gewisse Vorsicht geboten, denn Muschelschalen hatten scharfe Kanten. Bei jedem Tauchgang schaffte ich nur zwei oder drei Muscheln, bevor ich zum Luftholen an die Wasseroberfläche musste. Wir sammelten sie in einem Netz, das Jale für uns hielt. Sie hatte Angst vor dem Tauchen. Als das Netz voll war, brachte Koray es zum Schiff, und gemeinsam kletterten wir wieder an Bord. Unsere Mütter und Großmütter halfen bei der Zubereitung, da das Säubern und Füllen der Muscheln viel Zeit kostete.

Während die Frauen in der Kajüte beschäftigt waren, gingen wir in einer Bucht mit besonders feinem Sand vor Anker. Unsere Väter warfen die Angeln aus, um abends auch noch Fische grillen zu können, und als Jale schwimmen ging, lagen Koray und ich eine Weile allein am Strand.

»Wie geht es weiter, wenn wir zurück sind?«, fragte er. »Meinst du, wir können uns treffen?«

Ich zuckte die Schultern. »Das wird schwierig, denke ich. Du in Hamburg, ich in Hannover.«

»Muss ich dann etwa bis nächstes Jahr warten, um dich wiederzusehen?« Wie zufällig berührten seine Zehen meinen Fuß.

»Wenn es nach unseren Großmüttern ginge, könnten wir sofort heiraten«, sagte ich und verzog das Gesicht.

»So schlimm?«, fragte er.

»Nein, aber so fremdbestimmt. So will ich das nicht. Es stört mich, wenn sie uns belauern, ob etwas zwischen uns passiert. Wenn es ihr Plan ist und nicht unser eigener Wunsch.«

»Das ist mir egal«, sagte er gähnend. »Lass sie Pläne schmieden, soviel sie wollen, schließlich leben wir in Deutschland und nicht hier.«

»Es engt mich trotzdem ein.«

»Es sind unsere Großmütter, Alev. Du kennst sie, türkische Großmütter kuppeln mehr oder weniger alle. Wir können froh sein, dass sich unsere so einig sind.«

»Wie ein Kuhhandel im letzten Jahrhundert!« Ich merkte, dass der Widerstand in mir wuchs. »Fehlt nur noch, dass sie um den Brautpreis feilschen.«

»Jetzt übertreibst du aber.« Koray lachte und sah zum Boot hinüber. »Und wenn es nach ihm ginge, sollten wir uns vermutlich gar nicht mehr sehen, oder?«

Mein Vater holte gerade die Angel ein, an der ein Fisch zappelte. Stolz winkte er uns zu, ich winkte zurück.

»Das hat er nicht gesagt«, widersprach ich. »Aber es könnte schon sein.«

»Er mag mich nicht«, sagte Koray und drehte sich auf den Bauch, sodass sein Gesicht vom Meer abgewandt war. »Er mochte mich noch nie. Und selbst das ist mir egal.«

Mir war es das nicht. Ich hatte Angst vor meinem Vater, vor dem, was er sagen oder tun könnte, dass er mich wieder als leichtes Mädchen bezeichnen würde. Ich hatte auch Angst vor unseren Großmüttern, dass sie mit ihrer Meinung recht hätten und wir perfekt zusammenpassten, aber ebenso sehr davor, dass sie damit völlig falschliegen könnten. Ich hatte Angst davor, dass die Verbindung zwischen Koray und mir nicht aus uns selbst heraus entstanden war, auf eine freie und natürliche Art, sondern durch die Beeinflussung unserer Eltern und Großeltern seit jeher. Ganz gleich, ob sie es befürworteten oder ablehnten. Während Koray und ich uns ansahen, während wir uns gegenseitig dabei erwischten, nichts lieber als küssen zu wollen, wünschte ich mir, nur einen Bruchteil seiner Furchtlosigkeit zu besitzen.

Jale kam aus dem Wasser und schüttelte sich wie ein nasser Hund, sodass die Tropfen stoben.

»Warum geht ihr nicht schwimmen?«, fragte sie und presste das Wasser aus ihren Haaren. »Hier ist es warm wie in einer Badewanne.«

»Wir hatten Dinge zu besprechen, die du nicht hören solltest«, sagte Koray, verhakte seine Beine in ihren, weil Jale nach ihm treten wollte, und brachte sie zu Fall. Danach ging sie erst recht auf ihn los, doch als er ihre Handgelenke zu fassen bekam, wurde der Kampf für Jale aussichtslos. Sie schwankte zwischen Wut auf die Übermacht ihres Bruders und Spaß an der kindischen Balgerei, wobei die Wut sichtlich überwog, weil wir sie ausgeschlossen hatten.

»Dann will ich nicht länger stören!«, zischte sie, lief ins Meer und schwamm zum Boot zurück. Kurz darauf rief meine Mutter zum Essen.

Am letzten Abend regte Korays Großmutter an, dass Koray und ich ausgehen sollten, es gebe im Ort so nette Lokale für uns junge Leute, die wir noch gar nicht kennen würden.

Mein Vater fragte unwirsch, wozu es gut sein solle, eine Sechzehnjährige zum Ausgehen zu animieren, wenn sie nicht darauf aus sei. Meine Mutter stimmte Korays Großmutter zu, dass es gut sei, sich hier in diesem geschützten Rahmen zu amüsieren, statt zu Hause in der anonymen Stadt, wo es viel gefährlicher sei. Doch mein Vater entgegnete, dass er es ohnehin nicht erlauben würde, bis ich achtzehn sei, und dass er das Thema nicht vor uns Kindern diskutieren wolle.

Daraufhin wurde Korays Großmutter sehr ungehalten und sagte, dass eine solche Einstellung nur Druck und Trotz erzeuge. Koray sei ein sehr verantwortungsvoller Junge, der sehr gut auf mich achtgeben werde, und mein Vater beschwöre ernsthafte Probleme mit mir herauf, wenn er seine starre Haltung nicht überdenke.

Bei ihren harschen Worten wurden die Lippen meines Vaters vor Anspannung schmal, und ein heller Rand entstand um den Mund. Eine derart befehlsgewohnte und selbstbewusste Art konnte er nicht ertragen, schon gar nicht bei einer Frau. Korays Vater wollte sie bremsen und meinen Vater besänftigen, doch dafür war es zu spät. Beide waren schon zu aufgebracht.

Einer alten Dame zu widersprechen, kam einem Affront gleich, es gehörte sich nicht, dennoch sagte mein Vater, dass er Korays Qualitäten nicht anzweifeln wolle, ich aber immer noch seine Tochter sei, bei der er ganz besonders aufmerksam sein müsse, weil ich meine Grenzen nicht kennen würde.

Korays Großmutter brachte das Fass dann zum Überlaufen, indem sie fragte, ob vielleicht er seine eigenen Grenzen nicht kenne. Meine Großmutter hielt sichtbar die Luft an, meine Mutter warf Korays Vater hilfesuchende Blicke zu, Korays Mutter begann hektisch den Tisch abzuräumen, und Koray verließ den Raum. Ich war wie erstarrt. So hatte noch niemand mit meinem Vater gesprochen.

»Immer diese schreckliche Kontrolle!«, stöhnte Korays Großmutter zum Abschluss. »Lassen Sie doch die jungen Leute in Ruhe, *Allah Allah*[9]*!* Und gönnen Sie ihnen ein wenig Freude!« Bleich vor Zorn drehte sich mein Vater um und stürmte davon. Weder gingen Koray und ich an jenem Abend aus, noch verabschiedete sich mein Vater von Korays Familie, als diese am nächsten Tag vor uns zum Flughafen aufbrach.

In den darauffolgenden Jahren vergewisserte er sich stets, dass wir zu anderen Zeiten nach Bodrum fuhren als Korays Familie.

Die zwei Urlaube, die ich dort noch verbringen musste, bis ich achtzehn wurde, waren an Ödnis und schlechter

---

9 *Allah Allah* = Mein Gott! Du lieber Himmel!

Stimmung nicht zu überbieten. Großmutter versuchte zwischen meinen Eltern zu vermitteln, die sich nur noch stritten oder aus dem Weg gingen. Und ich konnte mich aufhalten, wo immer ich wollte, an den Felsen, auf der Dachterrasse, beim Schwimmen, wenn ich die Segler beobachtete – an jeder Stelle sah ich Koray und mich und das, was in der Zeit danach nicht geschehen war.

VIERZEHN

Die Wochen und Monate nach dem Urlaub waren eine einzige Zerreißprobe. Koray rief mehrmals an und fragte, wann er mich besuchen könne oder ich ihn. Ich sagte, ich wisse es nicht. Er schickte Fotos aus dem Urlaub, auf denen wir gemeinsam zu sehen waren, schrieb, dass er an mich denke und mich vermisse, aber mein Zögern auch verstehen könne. Für uns beide sei es eine schwierige Situation, die wir aber mit ein wenig Geduld meistern könnten. Anstatt ihm zu antworten, schrieb ich Seite um Seite in mein Tagebuch. Ich hatte nicht nur Angst vor der Reaktion meines Vaters, ich war auch unsicher. Koray war der Erste, den ich geküsst hatte, der Erste, in den ich geglaubt hatte verliebt zu sein. Aber gleichzeitig war Koray auch so sehr Teil von mir, dass ich mehr und mehr zweifelte, ob es zwischen ihm und mir überhaupt Liebe geben könnte. War es dafür nicht viel zu freundschaftlich? Zu vertraut, zu nah?

Zudem war er auch noch Zeuge all dessen, was mir im Lauf der Jahre widerfahren war, und damit wollte ich mich nicht mehr konfrontieren. Ich wollte es vergessen, hinter mir lassen, nicht mehr daran rühren.

Je mehr Zeit verstrich, je mehr ich im Alltag wieder mit meinen Freunden zusammen war, desto weiter entfernte ich mich von Koray. Nur unsere gemeinsamen Fotos blieben noch lange in meinem Portemonnaie, versteckt hinter einer Lasche, bis sie irgendwann in einer Schachtel landeten und ich sie vergaß.

Das Abitur schaffte ich gerade mal so. Wenn mein Vater nicht darauf bestanden hätte, wäre ich vielleicht vorher abgegangen. Heute vermute ich, dass ich ihm zuliebe durchhielt, um ihn nicht noch mehr zu enttäuschen. Oder um mir zumindest eine Spur seiner Anerkennung zu verdienen.

Dalan blieb in England, beendete sein Studium mit Auszeichnung und begann in einem großen internationalen Unternehmen zu arbeiten. Irgendwann teilte er meinen Eltern in einem Brief mit, dass er mit seinem Freund zusammenlebe. Und obwohl mein Vater schweigend darüber hinwegging, merkte ich doch, wie sehr es ihn schmerzte. Sein einziger Sohn, in den er so große Hoffnungen gesetzt hatte, der mit einer außergewöhnlichen Gabe beschenkt worden war, dem die ganze Welt offenstand, entschied sich für einen so unwürdigen Weg, tat seinem Vater diese Schmach an. Bei Dalans seltenen Besuchen gingen die Gespräche zwischen den beiden über einen höflichen, ja beinahe resignierten Informationsaustausch nicht mehr hinaus. Der Freund wurde mit keinem Wort erwähnt, nicht von Dalan und schon gar nicht von meinem Vater. Nach diesen Zusammenkünften war mein Vater tagelang schweigsam und reizbar.

Meine Mutter und ich sprachen manchmal über Dalan. Sie war von seiner Enthüllung zwar ebenfalls überrascht, aber nicht schockiert. Sie machte sich nur Gedanken darüber, dass sein Leben nun schwieriger verlaufen würde, dass er geächtet und benachteiligt werden könnte, wenn seine Kollegen es erfuhren. Sie machte sich Sorgen um sein Glück. Meine Mutter wollte nur, dass Dalan glücklich war, und das konnte sie sich bei einer Liebe zwischen zwei Männern nicht recht vorstellen.

Lange Zeit dachte ich, dass Dalans Neigung auch meinen Umgang mit ihm erschwert habe, bis mir klar wurde, dass mein Bruder und ich schon immer in verschiedenen Welten gelebt hatten und so gut wie nichts voneinander wussten. Auf eine Art tröstete es mich auch, weil es Dalan entthronte und ihn in meiner Wahrnehmung wieder etwas gewöhnlicher erscheinen ließ.

Ein Jahr nach dem Abitur zog ich zu Hause aus. Weil ich zunächst nicht wusste, was ich studieren sollte, arbeitete ich mehrmals in der Woche in einem Schuhgeschäft und an den Wochenenden in einer Bar. Ich hatte eine großzügige Zweizimmerwohnung mit einem zehn Meter langen Flur, in dem ich meine immer umfangreichere Schuhsammlung aufreihen konnte. Die Miete war sehr günstig, weil die Wohnung an einer stark befahrenen Straße in der Innenstadt lag. Der Verkehrslärm störte mich nicht, und wenn ich abends unterwegs war, konnte ich zu Fuß nach Hause gehen, ohne ein Taxi nehmen zu müssen.

Es ging mir gut, ich hatte zwei Freundinnen, Greta und Silvie, die ebenfalls in der Bar arbeiteten, rundherum viele nette Bekannte und einige Rendezvous. Ich wurde nicht nur in der Bar angesprochen, sondern auch im Schuhgeschäft und genoss die Freiheit, endlich tun und lassen zu können, was ich wollte.

Das Einzige, was dabei störend wirkte, waren die Vergleiche mit Koray. Obwohl er sonst nur sehr wenig in meinen Gedanken vorkam, tauchte er unweigerlich auf, sobald ich mich für jemanden interessierte. Sobald ich mich jemandem näherte, war Koray da, und niemand schien an seine Küsse heranzureichen. Es war nie ganz richtig, nie so wie mit ihm.

Und wenn ich verliebt war, drängte er sich in meine Träume, machte sich mit innigen Bildern in meinem Kopf breit, die ich den ganzen darauffolgenden Tag mit mir herumtrug. Er blieb spürbar. Er brachte mich durcheinander. Ich sah seine Kopfbewegung: *Kommst du zu mir?* Hörte ihn meinen Namen flüstern, roch seinen Duft und fragte mich immer wieder, wie es gewesen wäre mit ihm, Haut an Haut. Wie es sich angefühlt hätte, über seinen Rücken zu streichen, mich an seinen Schultern festzuhalten, während er auf mir lag. Wie es gewesen wäre, wenn wir es getan hätten. Ich meinte ihn auf der Straße gesehen zu haben, im Schuhgeschäft an der Kasse oder im flirrenden Licht einer Tanzfläche, morgens um halb fünf, die Zeit unserer Fieberküsse. Mein Hirn spielte mir Streiche und sorgte dafür, dass die wenigen längeren Beziehungen über ein, zwei Jahre nicht hinausgingen.

Ich sprach mit niemandem darüber, selbst meine Freundinnen wussten nichts von diesen Dingen. Es kam mir albern und kindisch vor und machte mich auch wütend, weil ich nichts dagegen tun konnte. Hinzu kam meine berufliche Unentschlossenheit, die mich zunehmend unruhig werden ließ.

Mehrere Jahre waren seit dem Abitur vergangen, und ich wusste immer noch nicht, was ich mit meinem Leben anfangen sollte. Da kam die Idee einer Arbeitskollegin gerade recht.

Im Schuhgeschäft war sie die Einzige in meinem Alter. Die Stammverkäuferinnen mochten uns Aushilfen nicht, und die ganz jungen Auszubildenden blieben auch eher unter sich, sodass wir zwangsläufig manche Pause zusammen verbrachten. Als sie erzählte, dass sie sich bei einer Fluggesellschaft beworben habe, um mehr Geld zu verdienen und etwas von der Welt zu sehen, war klar, dass auch ich es versuchen würde.

Zwei Monate später hatten wir die Ausbildung beendet und begannen zu fliegen. Die erste Zeit machte es großen Spaß, wir waren stolz, wir waren wichtig, wir waren beliebt. Von den Passagieren bekamen wir Komplimente, Pralinen und Telefonnummern. Wir flogen nach New York, nach Kreta und Palma de Mallorca. Wir verbrachten eine Woche in Mombasa, tanzten barfuß und mit Champagnergläsern in der Hand in den Clubs von Ibiza und lagen am karibischen Strand der Dominikanischen Republik. Wir gingen in den Shoppingmalls von Miami und in der Düsseldorfer Altstadt einkaufen. Wir verdienten tatsächlich viel Geld, und es war ein herrliches Gefühl, es auszugeben und im nächsten Monat sogar noch mehr zu verdienen. Wir fühlten uns reich, frei und sorglos.

Das alles ließ anfangs die Arbeit selbst in den Hintergrund treten, die mir nicht im Mindesten entsprach. Die Uniform, die hohen Schuhe und der rote Lippenstift, den wir verwenden mussten. Der bissige Umgang unter den Stewardessen. Die schlechte Luft in der Kabine und die körperliche Belastung, die ich bei jedem Start und jeder Landung merkte, aber verdrängte. Die unregelmäßigen Arbeitszeiten, die langen Strecken, das nächtliche Aufstehen und Heimkommen.

Das endgültige Aus für diesen Beruf begegnete mir jedoch auf einem Flug von Hamburg nach Istanbul. Es war Herbst, das Ende meiner ersten Saison, und auf manchen Hinflügen waren nur noch wenige Gäste, dafür umso mehr Heimkehrende auf dem Rückflug. Wir wussten, dass der Flieger nicht ausgebucht war, zumal er abends ging, und stellten uns auf einen geruhsamen Dienst ein. Während der ganzen Zeit hatte ich es nicht geschafft, Großmutter oder Tante Leyla und ihre Familie zu besuchen, und auch an diesem Tag würden wir nach einer Stunde Aufenthalt in Istanbul bereits wieder zurückfliegen. Die Zeit reichte gerade, um die Sitztaschen zu leeren und etwas zu essen.

Ich war mit einer Kollegin im hinteren Teil der Kabine eingeteilt und stand am Ende des Ganges, um die Gäste zu begrüßen. Als ich sah, wer mir da entgegenkam, wurden meine Knie weich, mein Herz begann wie wild zu schlagen. Koray war der erste Passagier in der Kabine. Er sah auf seine Bordkarte, auf die Sitznummerierungen, und dann sah er mich. Wie immer dauerte sein Überraschungsmoment nur einen Bruchteil von meinem. Schmunzelnd kam er auf mich zu, während ich mich am liebsten in der Toilette eingeschlossen hätte.

»Alev«, sagte er und gab mir die Hand. »Das ist ja ein Zufall, dass wir uns hier treffen!« Er hatte mir noch nie die Hand gegeben.

»Hallo Koray«, brachte ich mühsam heraus, mein Gesicht glühte, meine Hand war schlaff. »Was machst du denn hier?«

»Ich besuche meine Großmutter. Es geht ihr gerade nicht so gut, da will ich mal nach ihr sehen.«

Ich wusste, dass Korays Großmutter seit einigen Jahren in der Wohnung über meiner Großmutter lebte, so wie es die beiden in Bodrum besprochen hatten. Unsere alten Damen hatten sich miteinander angefreundet.

Hinter Koray drängten die nächsten Gäste an Bord. Da erst bemerkte ich die blonde Frau, die lächelnd hinter ihm stand. Sie war nicht nur freundlich, sie war auch noch bildhübsch, mit strahlend grünen Augen, die mit einer auffälligen Smaragdkette um die Wette funkelten. Mein Magen schnürte sich augenblicklich zu einem harten Knoten zusammen.

Ich weiß noch, wie sehr meine Hand zitterte, als ich den beiden ihre Plätze zuwies und mich dann rasch anderen Gästen zuwandte. Auch als ich Taschen, Koffer und Jacken in den Ablagen verstaute, so bezaubernd wie möglich nach links und rechts lächelte und mich dabei hundsmiserabel fühlte. Beim Service rutschte mir mehrfach etwas aus der Hand, ich klemmte meinen Finger an einem Speisetrolley ein, verschüttete heißen Kaffee – glücklicherweise über meine eigene Hand und nicht über die eines Passagiers oder, schlimmer noch, über Korays oder die seiner Freundin. Und in den Pausen redete ich mit ihr und Koray in einer überdrehten, gekünstelten Art, wie ein schnatterndes Entchen in einem Werbefilm, der ihm mein großartiges Leben verkaufen sollte. Koray war wie immer er selbst. Er erzählte, dass er sein Sportstudium abgebrochen und neben dem Footballspielen begonnen habe, Motorradrennen zu fahren. Ich erfuhr, dass Jale nach Mailand gezogen war, um Modedesign zu studieren, und dass Korays Freundin als Goldschmiedin im Juweliergeschäft ihrer Eltern arbeitete. Gemeinsam flogen sie nun schon zum zweiten Mal nach Istanbul zu Korays Großmutter, weil seine Freundin so sehr vom orientalischen Flair der Stadt fasziniert sei, wie sie sagte. Jedes Mal komme sie mit neuen Inspirationen für ihre Schmuckkollektion zurück, sie fühle sich dort so wohl und heimisch, wie noch an keinem anderen Ort außer Hamburg. Sie liebe Istanbul.

Was weißt du schon von meiner Stadt?, wollte ich ihr entgegenschleudern, von *unserer* Stadt? Von Korays und meiner? Nichts weißt du, gar nichts!

Du bist fremd, du gehörst da nicht hin. Du verstehst weder die Sprache noch die Menschen. Du kannst weder in ihrer Mimik und Gestik lesen noch all die feinen Nuancen verstehen. Du hast keine Ahnung von den Regeln, von den ungeschriebenen Gesetzen, von den Bräuchen und Traditionen. Du hast keine Erinnerung an das, was Koray und ich von der ersten Stunde unseres Daseins an aufgesogen haben. Du spürst ihren Herzschlag nicht mit jedem Atemzug, so wie Koray und ich. Und du sagst, du liebst diese Stadt?

Während ich nach außen nickte und strahlte, kochte in mir eine Eifersucht, wie ich sie noch nie erlebt hatte, zerfraß mich mit brennender Wut. Sie betraf nicht nur Koray, auf den diese Frau Anspruch erhob, sie betraf auch tatsächlich meine Stadt, die ich innerlich mit Zähnen und Klauen gegen jeden Eindringling verteidigen musste, ganz gleich, wie schwachsinnig das war. Es war nicht mein Istanbul. Wie hätte ich eine Stadt für mich beanspruchen können, oder Koray? Zumal seine Freundin schrecklich nett war, auch zu mir. Vielleicht störte mich das am meisten: dass sie mir ähnlich schien, nicht nur äußerlich, sondern auch in ihrem Wesen. Als hätte er mich durch sie ersetzt, ausgetauscht. Nun hing sie als grüner Edelstein an seinem Hals und funkelte in unserer Stadt, überstrahlte unsere vielen gemeinsamen Jahre, all die Erlebnisse und Andenken, die zuvor uns allein gehört hatten. Sie hatte sich unserer Insel bemächtigt, war über die Grenze marschiert, die ich unbewusst wohl doch um Koray und mich gezogen haben musste.

Es war der 9. November 1989, als ich mitten in der Nacht tief erschöpft zu Hause ankam und gleichzeitig ganz Deutschland kopf stand. Allein in Berlin feierten Abertausende Menschen miteinander den Fall der Mauer. Mein Freund auch, er hatte mir einen Zettel dagelassen.

Gegen Morgen träumte ich, mit Koray verabredet zu sein. Ich ging davon aus, dass wir etwas unternehmen würden, doch er erschien nur, um mir zu sagen, dass es mit uns ohnehin nichts geworden wäre. Ich in Hannover, er in Hamburg. Eine Fernbeziehung sei einfach nichts für uns gewesen, ich solle deswegen nicht traurig sein. Ich weinte nicht, aber der Schmerz über seine Worte zeichnete sich so deutlich in meinem Gesicht ab, dass er statt meiner plötzlich Tränen in den Augen hatte und sagte, das dürfe ich nicht tun. So dürfe ich ihn nicht ansehen, weil er es nicht aushalten könne. Behutsam wischte ich die Tränen von seiner Wange und ging davon.

FÜNFZEHN

Nachdem die Saison beendet war, hörte ich auf mit dem Fliegen, denn ich wusste jetzt, was ich tun wollte. Hannover hatte eine renommierte Fachhochschule mit verschiedenen künstlerischen Zweigen, an der ein paar Leute studierten, die ich kannte. Meiner alten Leidenschaft folgend, wählte ich als Studienfach die Innenarchitektur. Für die Vorauswahl musste man eine Mappe mit Zeichnungen einreichen, und wenn diese angenommen wurde, standen noch eine mündliche und eine schriftliche Prüfung an. Ich war überrascht, wie leicht mir die Aufgaben fielen und wie schnell ich plötzlich Studentin geworden war.

Um mich zu finanzieren, kehrte ich zu meinen Nebenjobs ins Schuhgeschäft und in die Bar zurück, deren Arbeitszeiten sich recht gut mit den Vorlesungsterminen vereinbaren ließen. Ich genoss das Leben mit festem Boden unter den Füßen und einem greifbaren Ziel vor Augen. Wir zeichneten Grundrisse und Ansichten, bauten Modelle, gestalteten Geschäfte, Kneipen und Privaträume, und ich gewann sogar einen Wettbewerb, in dem das innovativste Hotelzimmer gekürt wurde. Daneben konnte ich mich endlich auch wieder künstlerisch erproben. Ich belegte Kurse im Aktzeichnen, bei den Bildhauern und den freien Künstlern. Wir experimentierten mit Stein, Ton, Holz und anderen Materialien. Manche Kommilitonen begannen am Computer erste virtuelle Rundgänge durch die geplanten Räume zu erstellen. Obwohl mich das beeindruckte, reizte mich die Arbeit am Bildschirm überhaupt nicht, und ich absolvierte nur so viele Stunden, wie ich für den entsprechenden Schein benötigte.

Im ersten Jahr des Studiums trennten sich meine Eltern und verkauften das Haus in Bodrum. Meine Mutter zog aus. Eine Weile arbeitete sie in der Hamburger Filiale ihrer Buchhandlung, kam dann aber zurück nach Hannover. Während sie aufblühte, sank mein Vater in sich zusammen. Unser Verhältnis änderte sich. Ich wurde milder mit ihm. Er wirkte jetzt oft niedergeschlagen, auch die Arbeit mit den Schülern belastete ihn immer mehr, sodass er in den Ausbildungsbereich für Lehrkräfte wechselte. Wenn ich ihn besuchte, saß er über seinen Papieren am Schreibtisch und starrte aus dem Fenster. Ich wusste, dass ich ihm nicht helfen konnte, dennoch tat mir sein Zustand weh, und ich bat ihn, mehr aus dem Haus zu gehen, sich Gesellschaft zu suchen oder die Ferien in Bodrum zu verbringen, um auf andere Gedanken zu kommen. Er sagte, er habe dazu keine Lust.

Jetzt übermittelte er mir sogar Neuigkeiten von Koray. Wenn er mit Großmutter telefonierte, erzählte mein Vater hinterher, dass Koray nach Berlin gezogen oder Dritter bei einem Rennen geworden sei. Für mich spielte das keine Rolle mehr, ich war sicher, dass wir uns nicht wiedersehen würden.

Doch dann heiratete meine Cousine Manolya, Tante

Leylas ältere Tochter, und wir flogen im Frühjahr zu dritt nach Istanbul, mein Vater, meine Mutter und ich. Dalan ließ sich entschuldigen, er wolle weder meine Eltern kompromittieren noch zum Schauspieler werden und Fragen nach Ehe und Kindern beantworten. Obwohl ich meinen Bruder verstehen konnte, fand ich es schade. Ich ahnte, dass es für uns kaum noch Gelegenheiten geben würde, gemeinsam als Familie aufzutreten. Wahrscheinlich war die Zeit dafür einfach vorbei. Dennoch freute ich mich, dass uns meine Mutter begleitete und sie und mein Vater auf der Reise freundschaftlich und rücksichtsvoll miteinander umgingen.

Tante Leylas Mann Rahim erwartete uns am Flughafen. Von den Frauen sei gerade leider keine abkömmlich, schmunzelte er, die Vorbereitungen liefen auf Hochtouren, und die Stimmung schwanke stündlich von himmelhochjauchzend bis zum angedrohten Platzen der Hochzeit mit vierhundert Gästen.

Manolya war schon früher sehr zielstrebig in der Umsetzung ihrer Wünsche gewesen, und so wunderte es mich nicht, dass sie sich mit ihren knapp zwanzig Jahren einen attraktiven Fabrikantensohn geangelt hatte. Onkel Rahim erzählte, dass dessen Familie recht konservativ sei, konservativer jedenfalls als unsere, und Manolya bereits im Vorfeld lange Diskussionen mit ihrer zukünftigen Schwiegermutter über die Planung der Zeremonie geführt habe. Manolya wollte eine moderne Hochzeit mit vielen Gästen, aber weniger traditioneller Etikette. Das empfand jedoch ihre Schwiegermutter als unwürdig.

Ich war froh, dass sich mir diese Frage nie stellen würde. Konservative türkische Schwiegereltern lagen weit außerhalb meiner Wunschvorstellung. Auch mit Hochzeiten tat ich mich schwer, ganz gleich, ob in der Türkei oder in Deutschland. Sie waren mir stets zu laut, zu voll und dem Anlass nicht angemessen. Als Kind hatte ich ein paar miterlebt und später so weit es ging gemieden. Ich fand ein Zusammensein ohne Heiratspapiere viel reizvoller. Keine meiner Freundinnen verstand das, sie alle wollten *ihren Mann,* sie wollten glamouröse Kleider, in denen sie barfuß bis in die Morgenstunden tanzten, und selbst die Männer sagten, dass sie nur heiraten würden, wenn es ein ordentliches Fest gebe, sonst könne man es gleich lassen. Für mich war eine Heirat höchstens ein Bekenntnis zwischen zwei Menschen, ohne Zeugen, laute Musik und Gesellschaftsspiele. Ein bedeutsamer Moment, der Ruhe brauchte und Aufmerksamkeit, mit der man sich auf denjenigen einstimmte, mit dem man sein Leben verbringen wollte.

Manolyas Hochzeit würde jedoch alles andere als ruhig und dezent ablaufen, und ich erwartete, die kommenden drei Tage mit viel Lächeln, viel Reden und sehr vielen Menschen zu verbringen.

Schon als wir eintrafen, war die Aufregung gewaltig. Wiedersehensfreude, Nervosität, Unruhe, Euphorie und Hysterie, das alles lag sehr nah beieinander. Großmutter und ich weinten wieder ein bisschen, auch Tante Leyla und meine Cousinen lachten und weinten gleichzeitig. Ich war überrascht, in welcher Geschwindigkeit die beiden Mädchen zu hübschen jungen Frauen herangewachsen waren.

Die weitaus größere Überraschung erwartete mich jedoch am Nachmittag, als mich Großmutter beiseitenahm und sagte, Koray sei ebenfalls da und wisse, dass wir heute angekommen seien. Im ersten Impuls schüttelte ich den

Kopf. Zwei Jahre ohne ein Wort lagen zwischen uns, und ich konnte mir nicht vorstellen, ihm zu begegnen. Großmutter sagte, es sei auch nur so eine Idee gewesen, ich solle mir nichts dabei denken. Sie wolle es mir nur sagen, weil Koray morgen zurückfliegen werde.

Danach konnte ich mich auf keines der Gespräche mehr konzentrieren. Er war hier, nur noch heute Abend. Und er musste allein gekommen sein, sonst hätte Großmutter es nicht erwähnt.

Es wurde später, die Wohnung füllte sich immer mehr. Zu Manolyas zukünftigem Mann, seinem Bruder, dessen Frau und den Kindern und ihren Schwiegereltern kamen auch noch Nachbarn und Freunde mit ihren Kindern, um die letzten Stunden vor dem großen Ereignis gemeinsam zu verbringen. Meine Mutter, Tante Leyla, meine kleine Cousine, Großmutter und ich liefen ständig von der Küche ins Wohnzimmer, um Gebäck, Tee und Kaffee zu servieren, abzuräumen und nebenbei Fragen zu unserem Leben in Deutschland zu beantworten. Das Stimmengewirr, das Gelächter, das Klirren der Gläser und Teller dröhnte in meinen Ohren. Ich sagte zu Großmutter, dass ich kurz Koray und seine Großmutter begrüßen wolle, nahm die Schachtel Pralinen, die ich für diesen Anlass mitgebracht hatte, und schloss die Wohnungstür hinter mir. Meine Abwesenheit würde bei dem Trubel ohnehin kaum auffallen.

Großmutter hatte keine Miene verzogen, als ich gegangen war. Das solle ich tun, hatte sie nur gesagt, die beiden würden sich gewiss freuen.

Der Geruch im Treppenhaus war noch der gleiche wie früher. Eine leicht säuerliche Note von den vielen vergorenen Speisen, die mit einer Spur Olivenöl über Jahrzehnte in Wände und Böden gezogen war.

Koray stand sofort in der Tür, als hätte er auf mein Klingeln gewartet, darauf, dass ich zu ihm kam.

»Ich wollte euch nicht stören«, sagte er. »Sonst hätte ich auch schon Hallo gesagt.«

»Warum bist du in Istanbul?«

»Kismet nennt man das wohl.« Koray lächelte. »Oder soll ich lieber Zufall sagen?«

Es schien so natürlich, so folgerichtig, dass ich gar nicht erst in Großmutters Wohnung zurückging. Ich setzte mich über jede Gepflogenheit, über alle Regeln des guten Benehmens und des Anstands hinweg und floh mit Koray im Taxi über die Bosporusbrücke in den europäischen Teil der Stadt. Er hatte mich nicht lange überreden müssen, wie damals beim Opferfest. Wir würden uns einfach ein paar Stunden davonstehlen, lachte er, und unsere Großmütter würden uns decken. So als wären wir immer noch Kinder, die Rechenschaft ablegen müssten, als wären wir unerlaubt ausgebüxt, als hätten wir etwas zu verbergen. Aber hatten wir das nicht auch? Verbargen wir uns nicht ständig hinter irgendetwas?

Koray kannte ein gutes Restaurant mit einer Terrasse direkt über dem Wasser. An jenem frühen Aprilabend war es sogar am Bosporus warm genug, um draußen zu sitzen und der Sonne bei ihrem glitzernden Untergang zuzusehen. Es roch nach Jasmin, der in dichten Sträuchern um die Terrasse wuchs, und nach Rosen, deren Blätter auf den Tischen als Dekoration lagen. Außer uns waren nur wenige Touristen da. Die türkischen Gäste würden den Laden erst zu späterer Stunde füllen, und so konnten wir uns einen Platz aussuchen. Die Kellner begrüßten Koray mit seinem Namen und ausgesuchter Höflichkeit, und ich fragte mich, wie oft er wohl mit seiner Freundin hier gewesen sein mochte.

Wir bestellten Sekt und ein paar Vorspeisen, und als die Getränke kamen, hob Koray das Glas und sagte: »Auf uns.«

Bist du dir im Klaren, was du da sagst?, wollte ich erwidern, *auf uns?* Wie könnten wir darauf anstoßen? Es gab kein Uns. Kein Wir. Es gab ein Du und ein Ich, es gab Erinnerungen, Träume und Gedanken, es gab manchmal ein Gefühl von Nähe, doch meist ein Gefühl von Ferne und Abschied. Wenn es denn ein Uns gab, war es zersplittert, aufgespalten in unzählige Atome, die umeinanderwirbelten und nur für kurze Augenblicke zu einer erkennbaren Form zusammenfanden.

»Auf diesen Abend«, sagte ich und tippte mein Glas an seins.

Koray erzählte, dass er im Sommer zum ersten Mal mit seiner neuen Maschine an der Motorrad-Europameisterschaft teilnehmen würde, einer spritzigen Yamaha, die ihm viel Spaß machte. Er bedauerte, nicht schon viel früher damit angefangen zu haben, mit seinen siebenundzwanzig Jahren sei er bereits zu alt, um noch die Aussicht auf einen Sieg zu haben. Die Jungen würden ihm spielend den Rang abfahren, dennoch freue er sich, dabei zu sein. Wie es mir mit dem Studium ergehe, fragte er. Ob auch ich das Richtige für mich gefunden habe.

Ja, sagte ich, wenn man von Statik, Wärmebedarfsrechnungen und von der Tatsache absehe, dass ich eigentlich immer noch am liebsten frei zeichnen würde, entspreche es mir schon. Wie es seinen Eltern und Jale gehe, wollte ich wissen, und Koray zuckte die Schultern. Jale hatte einen italienischen Stofffabrikanten geheiratet, und seine

Mutter trug nun die Kleider ihrer Tochter. Sein Vater schrieb an einem Buch über seine Kindheit.

Korays Großmutter war erschreckend alt geworden, das hatte ich bei meinem Besuch gesehen. Man merkte ihr nicht nur die Erschöpfung eines langen Lebens an, sondern auch eine gewisse Unlust, sich mit neuen Dingen zu befassen. Koray sagte, sie sei am liebsten allein und rede so wenig wie möglich. Höchstens mit meiner Großmutter. Auch er fragte nach meinen Eltern und Dalan.

In konzentrischen Kreisen bewegten wir uns aufeinander zu, bis sich die Scheu vor den wesentlichen Themen verringerte. Ich sprach von den widerstreitenden Gefühlen nach unserem gemeinsamen Urlaub, von der Angst vor meinem Vater und von der Eifersucht bei unserem letzten Zusammentreffen im Flugzeug. Auch davon, dass ich danach eine Weile gebraucht hatte, um mich wieder ganz auf meinen Freund einlassen zu können. Doch es sei mir gelungen.

Koray sagte, er sei nach dem Urlaub in Bodrum damals nicht nur sehr verletzt, sondern auch sehr wütend gewesen, weil ich das mit uns so rigoros beendet hatte. Weil ich es nicht einmal versuchen wollte, sondern gleich kapituliert hatte, obwohl es sicher einen Weg gegeben hätte. Meine Verweigerung habe ihm so zugesetzt, dass er mich verdrängen musste, um nicht noch mehr zu leiden. Auf dem Flug habe er sich zwar gefreut, mich zu sehen, aber nichts empfunden, sich nur gewundert, dass danach seine Beziehung mit der Goldschmiedin zerbrach.

Nun hatte er eine neue Freundin, ebenfalls blond mit grünen Augen. Das sei meine Schuld, sagte er. Die Prägung werde er nicht mehr los. Es sei wie ein Fluch. Und jetzt säßen wir hier, und alles, was er gerade von sich gegeben habe, sei so verdammt unwichtig, weil er mich nur noch küssen wolle.

Hinter seinem Rücken am Nachbartisch glomm die Spitze einer Zigarre auf. Qualm stieg empor, und eine Frau lachte.

Ich schwieg, meinen Blick in seinen getaucht. Setzte das Glas an, trank die Komplimente aus seinen Worten heraus und ließ den Rest versickern. Unser beider Herzklopfen stand wie der Geist aus Aladins Wunderlampe an unserem Tisch und wurde mit jeder verstreichenden Minute mächtiger.

»Komm«, sagte er. Im Restaurant war es voll und laut geworden. »Ich will dir was zeigen.«

Wir gingen ein Stück an der Hauptstraße entlang, die weit oberhalb des Meeresspiegels lag, als plötzlich die Erde bebte. Nur kurz, ein winziges Schwanken des Bodens, eine lautlose Schwingung und unser taumelnder Schritt, den wir für eine Sinnestäuschung gehalten hätten, wenn es uns nicht von früher bekannt gewesen wäre. Erdbeben gab es hier oft, die meisten so unscheinbar wie dieses.

»Wenn das kein Zeichen ist«, sagte Koray.

Links leuchteten helle Villen im Schein der Straßenlaternen und vorbeifahrender Autos. Hinter manchen Vorhängen brannte Licht. Ein Sammeltaxi hupte, um uns zum Mitfahren zu ermuntern. Rechts standen Mauern in unterschiedlicher Beschaffenheit, die nur von vereinzelten Toren unterbrochen wurden. Nach ein paar Hundert Metern blieb Koray vor einem Holzportal stehen, zog einen Schlüssel aus der Tasche und schloss auf.

»Das Haus deiner Großeltern«, sagte ich.

»Ja.«

Koray nahm meine Hand. Das Grundstück fiel steil

zum Meer ab. Hohe Bäume ragten pechschwarz in den Abendhimmel. Ein Weg aus Sandsteinplatten führte abwärts zum Haus, das sich schemenhaft vor uns erhob. Es war eine jener uralten Holzvillen, ein sogenanntes Yalı, von denen es in Istanbul nur noch wenige gab. Unter einer Bank lag eine Taschenlampe, nach der Koray griff, um in ihrem Schein die Haustür zu öffnen.

Wir standen in einem Foyer, von dessen Decke ein Kristallleuchter hing. Die weißen Wände ließen die Umrisse von Möbeln erkennen, obwohl Koray kein Licht machte. Es roch nach Harz und Bohnerwachs, nach Holz und Lavendelseife. Es roch nach Koray und nach Zuhause.

»Ich rühre dich nicht an, wenn du es nicht willst«, sagte er.

»Ich weiß.«

Meine Hand unter seinem Hemd, ein Zucken, als ich eine vorstehende Stelle an seiner Schulter berührte.

»Verletzt?«

»Ja.«

»Lass mich sehen.«

Eine Stufe, die zur nächsten führte, unsere Schritte auf der Treppe zur nächsten Ebene, der Angst den Rücken gekehrt. Durch eine Tür in den Raum, der uns erwartete.

Lange schon. Das Bett, die Decke, unser weicher Kokon zum Schutz, bereit zur Verwandlung. Die ansteigende Wärme seiner Haut, die meine kühlen Zellen erhitzte, seine dichten Haare an meinem Arm kitzelnd, Beruhigung und Herausforderung zugleich. Die Küsse, die unsere Lust in Bewegung versetzten und der Zeit ihre Vergänglichkeit nahmen. Alles eins an dieser liebesumtosten

Klippe. Alles eins an diesem heiser geflüsterten Ort. Alles eins in uns.

Koray und Alev, einmal eins.

Seine Hand strich über mein Haar. Eine Kerze flackerte auf dem Nachttisch.

»Hast du gewusst, dass es heute passieren würde?«, fragte ich. »Hier?«

»Nein«, antwortete er, »aber ich habe daran gedacht.«

»Ich nicht.«

»Wie solltest du?«, fragte er. »Ich war im Vorteil. Ich wusste, wann ihr kommt.«

»Du bist meinetwegen nach Istanbul gekommen?«

»Dieses Mal schon«, sagte er.

Mein Kopf lag auf Korays Brust, sein Kinn an meiner Stirn. »Wie fühlst du dich?«

»Viel zu gut«, erwiderte ich. »Und sehr surreal.«

»Das stimmt.«

Vorsichtig berührte ich den schmalen roten Wulst, den seine noch frische Narbe bildete. »Ich will, dass du heil bist«, sagte ich. »Das macht mir Angst.«

»Muss es nicht«, gab er zurück. »Ich brauche ein wenig Gefahr zwischendurch. Es erinnert mich daran, dass auch ich verwundbar bin, verstehst du?«

»Nein.«

»Es ist der Kontrast zu meiner harmonischen Kindheit, da fehlten der Nervenkitzel und das Adrenalin.« Koray lachte. »Im Rennen kannst du jede Sekunde tot sein. Bei dem Tempo eine falsche Bewegung, eine zu langsame Reaktion, und du bekommst sofort die Folgen zu spüren. Das schärft den Blick auf das Leben.« Er stand auf. »Willst du was trinken?«

Kurz darauf kam er mit einer Flasche Wasser zurück, die er mir reichte.

»Lagert ihr Vorräte, obwohl das Haus leer steht?« Ich nahm sie und trank.

»Nein«, sagte Koray. »Meine Eltern waren gerade eine Weile hier. Deshalb ist noch was da.«

Er kam zurück ins Bett und schob zwei große Kissen an die Rückenlehne, sodass wir erhöhter liegen konnten.

»Liebst du sie?«

»Ja«, sagte er. »Liebst du ihn?«

»Ja«, sagte ich, obwohl ich mir nicht mehr sicher war.

»Vielleicht mussten wir es dann einfach mal tun, um es aus unseren Köpfen zu bekommen?«

»Ich hatte das nicht im Kopf!«, rief ich. Es kränkte mich. Es machte klein, was gerade groß gewesen war, bedeutsam und wertvoll.

»Lügnerin«, flüsterte er, beugte sich über mich und zupfte mit seinen Zähnen an meiner Lippe. »Du sagst das, und dann küsst du mich, als hättest du seit Bodrum an nichts anderes gedacht!«

»Und du?« Ich biss in seine Unterlippe.

»Au! Ich habe seit Bodrum an nichts anderes gedacht!«

»Lügner«, sagte ich. »Du Lügner!« Eigentlich sollte es unbeschwert klingen und frech, doch dann konnte ich nicht verhindern, dass das Wasser in meinen Augen überlief. Es hatte sich zu lange gestaut, es hatte zu lange zu hoch gestanden, als dass ich es noch aufhalten konnte.

»Schsch«, machte er und drückte mich fest an sich. »Bitte nicht. Nicht weinen, Alev.«

Still ließ ich die Tränen laufen, bis keine mehr kamen, bis ein Schiffshorn ertönte und Koray sich aufrichtete.

»Ich wollte dir doch noch etwas zeigen.«

Er gab mir einen Bademantel und zog selbst einen über. Unsere Augen hatten sich an die Nacht gewöhnt, sodass wir im Dunkeln die Treppe hinab in den Wohnraum gingen, wo Koray die Doppeltüren zur Veranda öffnete. Kühle Meeresluft ließ mich unter dem Bademantel frösteln. Meine nackten Füße standen auf Bodenplatten aus weißem Marmor. Bunte Lichter streiften das tiefschwarze Wasser vor uns, sprenkelten die Hügel auf der gegenüberliegenden Seite der Meerenge mit glühenden Funken und hoben die Moscheen und ihre schlanken Minarette hervor. Rechts von uns leuchtete die mächtige Bosporusbrücke, die aus dieser Entfernung wie ein Spielzeug wirkte. Ich hatte keine Ahnung, in welchem Stadtteil wir uns befanden, doch zwischen dem Haus unserer Großmütter und uns musste eine lange Strecke liegen.

»Schön, oder?«

Koray war die Stufen zur hölzernen Plattform hinabgestiegen, die unterhalb der Veranda lag und zum Haus gehörte. Früher hätten sie hier gebadet, erzählte er, Jale, er und seine Eltern, doch heute sei es zu dreckig. Auch ein Motorboot habe sein Großvater gehabt, mit dem er und sein Vater herumgefahren seien. Vierzig Kilometer pro Stunde habe es gemacht, und das sei schnell auf dem Wasser.

Obwohl auf dem Holzdeck Liegestühle standen, lief Koray ins Haus und kam mit warmen Decken zurück, von denen er eine auf dem Boden ausbreitete und die andere so um uns schlang, dass wir nah beieinanderlagen und unsere Füße rundherum geschützt waren. Er baute ein Haus für unsere Füße.

Trotz der Stadtlichter war der Sternenhimmel über uns gigantisch. In seiner Dimension, der Tiefe und Fülle erinnerte er mich wieder daran, dass weder wir Menschen noch unsere Erde das Zentrum des Universums waren. Alles, was hier unten geschah, konnte genauso gut eine Illusion sein, eine Fantasie, ein reines Traumbild. Niemand wusste, was tatsächlich real war und was nicht, ob es wichtig war und eine Bedeutung hatte oder nicht.

Sachte schwappte das Meer gegen die Plattform, und bis auf das stetige Rauschen des Verkehrs in der Ferne und das Tuten eines einsamen Schiffs war es ruhig. Von Korays Duft umhüllt, schlief ich ein. Auch Koray nickte ein, und wir erwachten beide gleichzeitig, als der Ezan sein Morgengebet über die Stadt schallen ließ.

»Koray, wir müssen zurück«, sagte ich schlaftrunken. »Heute ist die Hochzeit.«

»Ja«, murmelte er. »Das müssen wir wohl.«

Kurz darauf saßen wir schweigend in einem Taxi, das uns in unser gewohntes Leben zurückbrachte. Ungeachtet der frühen Stunde staute sich bereits der Verkehr, Autos hupten, Lkws qualmten, Arbeiter zogen schwere Lasten hinter sich her, Menschen liefen zum nächsten Schiff, winkten einem Taxi, wie wir es getan hatten, und die jungen Simit-Verkäufer priesen rufend an jeder Ecke ihre heißen Kringel an. Es war die hektische Wirklichkeit unserer Stadt, die mich traurig machte, weil sie unserem Zauber ein raues Ende setzte.

Ein letzter Kuss vor unserer Wohnungstür. Koray stieg die Treppe hinauf, wandte sich noch einmal um, ich sprang die Stufen hinter ihm her. Nur noch einen, diesen einen Kuss noch. Und erneut trennte ich mich von Koray in dem Gefühl, ihn loslassen zu müssen. Dieses Mal, weil er eine andere liebte und ich einen anderen liebte.

Oder war das nicht der Grund?

SECHZEHN

Ich vermisste Koray, still für mich und mit einer beinahe unwilligen Sehnsucht, weil ich sicher war, dass es sich nicht einmal lohnte, daran zu denken, geschweige denn, es sich zu wünschen, weil es nie eine echte Gelegenheit für uns zu geben schien, keine Zeit, in der die Bedingungen wirklich gepasst hätten, weder bei ihm noch bei mir. Vielleicht war es zu früh oder zu spät, vielleicht war es auch einfach ganz und gar unmöglich? Weil es schließlich nur noch mehr schmerzen würde, sich der Sehnsucht hinzugeben, den schönen Bildern und der winzigen Hoffnung, nur um dann doch wieder loslassen zu müssen. Sich Koray hinzugeben bedeutete, die Angst vor dem unmittelbaren Verlust im Nacken zu spüren. Aber sich Koray hinzugeben bedeutete auch die Chance auf einen Glücksmoment, ein inniges Fühlen und eine Ahnung von Ewigkeit, als sei unsere Liebe älter als wir, als überdauere sie das Leben, das wir jetzt gerade führten.

Koray war das Fenster zu unserem Garten, das ich die ganze Zeit fest verschlossen gehalten und dessen Vorhänge ich zugezogen hatte. Und dennoch flogen sie beiseite, wenn ich ihn ansah, sprang das Fenster auf und offenbarte, was ich sorgsam unter meinen Schleiern verborgen hielt.

Koray zeigte mir alles, was ich jemals aus tiefstem Herzen geliebt hatte und dessen ich beraubt worden war. Wie sollte ich den Blick auf das Verlorene aushalten? Auf den Segen, die Zufriedenheit und die Unbeschwertheit unserer ersten gemeinsamen Jahre? Wer könnte so etwas ertragen?

Ich konnte es nicht.

Zwei Tage nach meiner Rückkehr aus Istanbul erhielt ich von Koray einen kurzen Brief.

Auch wenn jetzt nicht die richtige Zeit für uns ist, auch wenn sie es nie sein wird, aber erst recht, wenn deine und meine Zeit noch kommt, sollst du es wissen, Alev. Ich liebe dich.

Koray kam mir zu nahe. Zwischen ihm und mir war kein Puffer. Vor ihm konnte ich mich nicht verstecken, und selbst wenn er nicht da war, spürte ich ihn. Ich spürte seine Gedanken an mich. Ich wollte das nicht. Ich wollte ihn loswerden, weil er alles von mir wusste, weil er der Einzige war, der mich kannte, der sehen konnte, wie ich wirklich war.

Vielleicht war ich deshalb nach meiner Rückkehr so konfus, so nervös und so dankbar, dass es neben meinem Freund noch jemanden gab, der mich auf andere Gedanken brachte, der meine Blöße bedeckte, indem er mir Hüllen zuwarf, eine nach der anderen, die ich zu einem dichten Seelenmantel verweben konnte, in dem ich dann versank, ohne erkannt zu werden.

Dieser Jemand war Laurenz, ein muskelgestählter Triathlet mit dunklen Augen und einnehmendem Lächeln, der schon vor mir in der Bar gearbeitet hatte. Er studierte immer irgendetwas und brach nach einer Weile ab, um sich dem nächsten Thema zuzuwenden. Neben dem Sport schien die Bar die einzige Konstante in seinem Leben zu sein, weil sie ihm eine willkommene Bühne bot. Ich merkte schnell, dass er gern im Mittelpunkt stand und sich nicht mit Selbstzweifeln aufhielt. Wenn wir zusammen arbeiteten, folgte er mir mit Blicken durch den Gastraum, übernahm das lästige Putzen der Küche und streute Komplimente in unsere Gespräche.

Anfangs empfand ich seine Versuche, mich zu einem Treffen außerhalb der Arbeit zu überreden, als aufdringlich. Er sagte zwar, sein Interesse sei rein freundschaftlich, wir seien schließlich beide gebunden. Aber er unterhalte sich eben gern mit mir und sei der Meinung, wir hätten uns viel zu sagen. Glauben konnte ich ihm das nicht, dafür waren seine Anspielungen zu direkt.

Dann ging es auf das Semesterende zu. Die Aufgaben häuften sich, nacheinander standen einige Klausuren und Präsentationen an, mit den Jobs im Schuhgeschäft und der Bar arbeitete ich Doppelschichten und fühlte mich überfordert. An einem besonders stressigen Tag war ich durch eine Prüfung gefallen und hatte mich später heftig mit meinem Freund gestritten, weil er wieder erst am Nachmittag aufgestanden war, wie so oft. Als ich nach Hause kam, schallten mir schon im Hausflur die Red Hot Chili Peppers entgegen, benutztes Geschirr stapelte sich in der Spüle, überall lagen Zeitungen, Kleidungsstücke und volle Aschenbecher herum. Der Einkauf, den ich am Morgen gemacht hatte, stand unberührt auf der Küchentheke. Er saß am Frühstückstisch, zog an seinem Joint und begrüßte mich mit: »Da bist du ja, Engel!«

Die Szene geriet zu einer sinnlosen und kräftezehrenden Farce, weil ihn meine Bedingungen für unser Miteinander nicht interessierten. Das brauchten sie auch nicht, denn die Wohnung gehörte ihm, ich war nur Gast. Und selbst das würde ich in Zukunft nicht mehr sein, das beschloss ich nun. Einmal mehr war ich froh, meine Wohnung nicht aufgegeben zu haben.

Fürs Erste stellte ich mich jedoch unter die Dusche, zog meine knappsten Sachen an, schminkte mich ausgiebig und ging zum Arbeiten in die Bar. Die vertrauten Gesichter taten gut, die Stammgäste und das eingespielte Team lenkten mich ab, und es gab viel zu lachen. Nach unserer Schicht wechselten wir alle in einen Club, der um ein Uhr morgens öffnete. An der Tür kam uns Laurenz entgegen, ein Mädchen rechts und ein Mädchen links im Arm und alles andere als nüchtern. Er begrüßte mich überschwänglich und verabschiedete seine Begleiterinnen mit einem Klaps aufs Hinterteil, um sich mir zuzuwenden. Er merkte sofort, dass ich aufgeschlossener war als sonst. Ein Drink jagte den nächsten, und es dauerte nicht lange, bis wir unsere Pegel angeglichen hatten. Ob es am Alkohol lag, dass Laurenz' Charme bei mir verfing, oder am Streit mit meinem Freund, den ich verlassen wollte, oder ob mir Laurenz wirklich gefiel, wusste ich hinterher nicht mehr. Zumindest an jenem Abend fand er die richtigen Worte, sodass ich bereit war, mich erneut mit ihm zu treffen.

Und obwohl er sich danach ausgiebig um mich bemühte, verliebte ich mich nicht gleich in ihn. Er hatte eine seltsam undurchsichtige Art. Manchmal kühl, überheblich und anmaßend, dann wieder differenziert, amüsant und aufmerksam. Manchmal konnte ich über seine Sprüche lachen, und manchmal ging er mir auf die Nerven, gerade wenn er behauptete, meine Suche sei beendet. Er wisse genau, dass er der einzig Richtige für mich sei.

Aber so sehr es mich erst störte – bald schon dachte ich, dass er recht haben könnte. Laurenz und ich zogen gemeinsam um die Häuser, gingen tanzen, essen oder fuhren übers Wochenende weg und stellten fest, dass wir uns tatsächlich einiges zu sagen hatten. Hinzu kam, dass er weder rauchte noch übermäßig viel Alkohol trank, was mir an Männern immer gefiel und keinesfalls selbstverständlich war. Auch mit Drogen hatte er zwar seine Erfahrungen, aber für den Sport verzichtete er lieber auf den einen oder anderen Rausch. Und selbst wenn wir eine Nacht durchfeierten, war er derjenige, der wenige Stunden später laufen ging, um dann mit frischen Brötchen zurückzukommen. Seine Selbstdisziplin imponierte mir, ebenso wie seine stets saubere und aufgeräumte Wohnung. Sogar in den Schränken lagen alle Kleidungsstücke penibel sortiert und aufeinandergestapelt. Es war ein Charakterzug, den ich von niemandem kannte, weder von Freunden noch von mir selbst. Und umso erstaunlicher, weil er in schwierigen sozialen Verhältnissen groß geworden war.

Wir hatten gerade ein paar Wochen zusammen verbracht, als Laurenz' ehemalige Freundin Anka eines Abends in die Bar kam, einen Schlüssel auf den Tresen knallte und zu mir sagte: »Hier, für dich! Du bist ja wohl die Nächste in der Reihe! Aber glaub bloß nicht, dass du die Einzige bist!«

Als ich ihn später fragte, was es mit ihrem Auftritt auf sich habe, wiegelte Laurenz ab. Anka hätte seinen Wohnungsschlüssel behalten, nachdem er sie verließ, weil sie sich immer noch Hoffnungen auf einen Neuanfang gemacht habe. Sie sei schon immer sehr eifersüchtig gewesen und nun eben sehr verletzt, weil er sich gegen sie und für mich entschieden habe.

Ich war an einem Punkt angelangt, an dem ich Anka verstehen konnte. Es musste hart für sie sein, Laurenz so verliebt zu sehen. Er und ich verbrachten nahezu jede freie Minute miteinander, waren ständig zusammen unterwegs, und wenn ich einen Abend allein zu Hause sein wollte, stand er entweder vor der Tür oder rief an, um mir zu sagen, dass er nicht schlafen könne. So anstrengend es war, so aufregend war es auch. Laurenz liebte mit der Leidenschaft eines Raubtiers, das seine Beute zur Strecke bringt und noch an Ort und Stelle verzehrt. Er verschlang mich mit Haut und Haaren, mit einer Gier, einem Verlangen und einer Unersättlichkeit, die mir neu waren und die mir gefielen. Danach tat mir zwar alles weh, und ich fühlte mich schwach und leer, wie ausgeblutet, aber ich dachte, dass echte Hingabe genau das mit sich bringen müsse. Wunden und Leere, natürlich, weil beide alles gegeben hatten. Es schien nur logisch. Bei den selten auftretenden Unstimmigkeiten nannte er mich sein kleines süßes Miststück, und ich gab nach kurzem Sträuben jeden kritischen Gedanken auf.

Mit dem Fortschreiten meines Studiums überlegte auch Laurenz, in welche Richtung er beruflich gehen wollte. Ein Freund von ihm war Immobilienmakler und bot Laurenz an, für ihn zu arbeiten. Wir dachten, dass es später vielleicht eine geschickte Kombination sein könnte, um sich selbstständig zu machen, als Makler und Innenarchitektin. Ich hatte in der Bar aufgehört, denn ich war nicht nur die Nachtarbeit leid, auch der Aufwand für das Studium war gewachsen. Dafür arbeitete ich lieber öfter im Schuhladen, dessen Inhaber eine kleine Filiale in der Altstadt von Hannover eröffnet hatte. Die Kollektion war auf ein junges Publikum ausgerichtet, sodass er hauptsächlich mich und andere Studentinnen dort einsetzte. Einmal im Jahr fuhr ich auf die Schuhmesse nach Düsseldorf und stöberte nach neuen Herstellern und Modellen. Es war ein entspanntes Arbeiten, bei dem ich viel lernte und gleichzeitig enormen Spaß hatte. Und weil ich offensichtlich eine gute Verkäuferin war und der Umsatz kontinuierlich stieg, wurde ich auch besser bezahlt. Bevor Laurenz im Immobilienbüro anfing, hatte er keine anderen Einkünfte und ging weiterhin in die Bar arbeiten. Er sagte jedoch nach jeder Schicht, dass er es auch leid sei, zumal die Nächte immer länger wurden und er an manchen Tagen erst im Morgengrauen zu mir ins Bett kroch.

Das Makeln ging Laurenz in der ersten Zeit leicht von der Hand. Er verkaufte und vermietete Wohnungen schneller als sein Freund, nur wuchs mit jedem erfolgreichen Abschluss auch seine Unzufriedenheit, weil er zwar eine Provision bekam, der Freund aber den größeren Anteil einstrich. Um das zu ändern, schlug Laurenz ihm eine Partnerschaft vor, doch der Freund wollte die weitere Entwicklung noch abwarten, bevor er sich festlegte. Das dämpfte Laurenz' Ehrgeiz empfindlich, und er verließ das Maklerbüro, um in einem Fitnessstudio als Trainer zu arbeiten. Auch hier lief es anfangs gut für ihn. Er trainierte mehr, lief häufiger und legte sich ein neues Rennrad zu. Als er für einen Marathon nach Berlin fuhr, freute ich mich. Ich musste am Samstag arbeiten, aber der Abend und der ganze Sonntag würden mir allein gehören. Laurenz war ein wenig geknickt, dass ich ihn nicht begleiten wollte, doch es war das erste Wochenende ohne ihn seit Langem, und ich wusste, dass ich es genießen würde, etwas nur für mich zu tun, ohne auf seine Bedürfnisse Rücksicht zu nehmen.

Es war ein herrlich sonniger Spätsommertag Ende September. Die Blätter der Bäume am Fluss hatten sich bereits orangegolden verfärbt, und die Luft bereitete sich auf ihre winterliche Auffrischung vor. In der Fachhochschule kam ich voran, ich hatte einen tollen Job, einen tollen Freund, und das Glück begann in mir zu schwingen. Als ich von zu Hause losging, war das Gefühl noch schwach und unauffällig, dann, je näher ich der Altstadt kam, wurde es stärker und deutlicher, bis ich tänzelnd, summend und breit grinsend die Tür zum Laden aufschloss. Es fühlte sich an, als sei es mein Laden, den ich öffnete. Weil es die schönsten Schuhe, Taschen und Accessoires waren, die es derzeit in der Stadt zu kaufen gab. Weil es meine eigenen Dekorationen waren, mit denen ich mir große Mühe gab, für die ich Bilder und Objekte herstellte, um die Ware noch besser präsentieren zu können. Weil ich diese Schuhe, diesen Laden und auch dieses Haus liebte, in dem ich arbeitete. Überhaupt, das Haus: wieder ein besonderes Gebäude nach meinem Geschmack. Es war ein vierhundert Jahre altes Fachwerkhaus in der Fußgängerzone gegenüber dem Flohmarkt, mit schiefen Wänden und Böden, schmalen Treppen und niedrigen Decken, aus denen an manchen Stellen das Stroh durch den Lehmputz schaute. Das Stroh rührte mich mit seiner Schlichtheit und seinem Alter. Vor Hunderten Jahren von Handwerkern mit schwieligen Händen zu Mauern verarbeitet, die irgendwann ein wenig abgesackt waren und dennoch hielten.

Im Geschäft konnte man durch die großen Schaufenster an beiden Seiten die flanierenden Menschen beobachten. Neben den Kunden, die samstags zum Einkaufen in die Stadt kamen, besuchten mich auch Freunde auf ein Schwätzchen oder, wenn wenig zu tun war, auch auf einen Kaffee. An diesem Tag war es allerdings sofort nach dem Öffnen ziemlich voll. Bis meine zwei Kolleginnen kamen, weil sie auch im Hauptgeschäft gebraucht wurden, lief ich mit Kartons zwischen den Kunden und dem Lager hin und her und hoffte, dass in meiner Abwesenheit kein Paar gestohlen würde. Als dann das Telefon klingelte, rechnete ich mit der Abteilungsleiterin, die mir mitteilen würde, dass die beiden Kolleginnen nun endlich unterwegs seien. Und musste mich erst einmal setzen, weil Koray am Apparat war.

Mein Vater hatte ihm die Telefonnummer gegeben, und nun fragte er, ob ich Lust hätte, mich mit ihm zu treffen. Er sei für ein Footballspiel in Hannover. Ja, sagte ich, einfach ja. Er könne mich nach der Arbeit im Geschäft abholen. Ich beschrieb ihm den Weg, legte auf, und plötzlich war es völlig gleichgültig, dass die Kolleginnen noch nicht da waren und ich alle Kunden gleichzeitig bedienen und beraten, Kartons holen und wegbringen, kassieren und einpacken musste. Ich flog mit einer Freude und Leichtigkeit durch den Laden, die ich mir selbst nicht erklären konnte. Meine Kolleginnen fragten, ob ich beim Friseur gewesen sei oder was ich sonst gemacht hätte, ich sei so anders heute, so sprühend und strahlend. Es war kein Wunder, dass der Umsatz des Tages einen neuen Rekord aufstellte.

Koray kam mit einem Motorrad vorgefahren, parkte vor dem Schaufenster, nahm den Helm ab und lächelte mit seinem braun gebrannten Gesicht zu mir herein. Er musste im Urlaub gewesen sein. Wie immer fuhr er sich durch die fransigen Haare und machte mit dem Kopf seine typische Bewegung. *Kommst du raus?* Ich war aufgeregt, aber nicht so sehr, wie ich befürchtet hatte. Schließlich waren zwei Jahre seit der Nacht in Istanbul vergangen, und ich fühlte mich durch Laurenz gefestigt. Koray war einfach mein Freund, über dessen Besuch ich mich aufrichtig freuen konnte.

Wir umarmten uns, lachten und sahen uns an. »Gut siehst du aus«, sagten wir gleichzeitig und lachten wieder.

Es war erst später Nachmittag, und weil Koray Kuchen essen wollte, gingen wir in das Café gegenüber. Ich sah, dass er ein wenig humpelte. Er war beim Motorradtraining gestürzt und hatte sich an Knie und Handgelenk verletzt, was seine Teilnahme am morgigen Footballspiel verhinderte. Er sei trotzdem mitgekommen, sagte er, um es sich anzusehen und mich zu besuchen. Motorrad fahren könne er immer.

Während wir Kaffee tranken, erzählte Koray von seiner inzwischen verstorbenen Großmutter. Ich wusste es bereits von meinem Vater und sprach ihm mein Beileid aus. Nun spielten seine Eltern mit dem Gedanken, die Hälfte des Jahres in Istanbul und die andere Hälfte in Hamburg zu verbringen. Ich war erstaunt, dass seine Eltern nach all den Jahren noch immer ein Paar waren, und Koray sagte, sie seien heute sogar glücklicher als je zuvor. Zufällig waren meine Eltern das auch, nur lag es daran, dass beide neue Partner hatten. Nachdem meine Mutter schon länger einen deutschen Freund hatte, war mein Vater nun mit einer türkischen Kollegin liiert, worüber ich mich sehr gefreut hatte.

Und dann schwenkte Koray wieder auf die Motorradrennen um, sprach von der Kraft der Maschinen und der großen Konzentration, die das Fahren erforderte. Es war ein wichtiger Teil von ihm, und seine Begeisterung war so echt und ansteckend, dass ich zumindest einen Teil der Faszination nachempfinden konnte.

Koray war sich immer treu geblieben, war seinen eigenen Weg gegangen und hatte nur Dinge getan, die ihn erfüllten. Es war ihm gleich, was andere über ihn dachten, er brauchte kein Studium, um sich oder seinen Eltern etwas zu beweisen. Er brauchte auch den Wohlstand seiner Eltern und Großeltern nicht, um sich darzustellen. Im Gegenteil. Ihr Status war ihm oft sogar unangenehm gewesen. Als ich ihn fragte, wo er in Berlin lebe, sagte er grinsend, in einem Kreuzberger Hinterhaus, um zumindest ein bisschen vom Klischee zu bedienen. Doch das ändere sich bald, Berlin sei nicht seine Stadt, er ziehe im nächsten Jahr mit seiner Freundin zurück nach Hamburg.

»Sie ist schwanger.«

Es gibt Sätze, die haben die Macht, ein Herz zu brechen, ganz gleich, wie kurz oder lang sie sind oder welche Worte benutzt werden. Ob sie das tun, hängt vom Gefühl des Empfängers ab und von der Situation, in der er sich gerade befindet.

Dies hätte so ein Satz sein können. Doch merkwürdigerweise tat es nicht weh. Es versetzte mir nicht einmal einen Stich, nichts. So ist das also, dachte ich nur. Koray wird Vater. Ja. Heute vermute ich, dass ich vielleicht deshalb so neutral blieb, weil ich die Dimension dahinter nicht annähernd erfassen konnte. Ein Kind. Was bedeutete das? Ein abstraktes kleines Wesen, zu dem ich keine Verbindung hatte.

Bisher wisse noch niemand davon, sagte Koray, nicht einmal seine Eltern. Ich folgte der Spur des schlechten Gewissens in seinen Augen, erfreute mich gleichzeitig an seinem Bedürfnis, es mir selbst mitzuteilen, und merkte aber auch meine Erleichterung darüber, dass es mich nicht schmerzte. Es war nur ein weiterer Beweis dafür, dass ich darüber hinweg war, über ihn, über uns. Es war unwichtig geworden, und das hatte etwas Beruhigendes.

Ich lachte und beglückwünschte ihn, sagte, dass ich mich für ihn freute, und fragte, wie es ihm damit gehe.

Die Vorstellung sei eigenartig, gab er zu, dass jetzt ein Teil von ihm im Bauch seiner Freundin wachse. Ziemlich verwirrend und auch beängstigend. Schließlich sei er dann bald für ein ganzes Menschenleben verantwortlich, das sei schon eine Herausforderung.

»Du wirst ein wunderbarer Vater sein«, sagte ich. »Da bin ich mir sicher.«

Koray warf mir einen Blick zu. »Früher dachte ich, wir zwei würden Kinder bekommen.« Er gab der Bedienung ein Zeichen, um zu zahlen. Ich lächelte.

»Glaubst du mir nicht?«, fragte er. »Es ist die Wahrheit.«

Es war nicht so, dass ich nie darüber nachgedacht hätte, natürlich war auch mir dieser Gedanke mehr als einmal gekommen. Und doch, wenn ich es mir vorstellen wollte, schob sich immer ein anderes Bild dazwischen. Ich hatte Koray und mich nur als Liebende gesehen, nie als Eltern mit Kindern an der Hand. Und auch nie beides gleichzeitig. Liebende *und* Eltern. Ich überlegte, ihm davon zu erzählen, ließ es dann aber sein. Es war belanglos. Wir würden weder Liebende noch Eltern sein.

Koray fragte, wo man denn in Hannover hinfahren

könne, wo es nett sei, und ob ich noch Zeit hätte. Vorsorglich hatte er sogar einen zweiten Helm für mich mitgebracht.

Da das Wetter warm war, schlug ich den Maschsee vor. Die Fahrt würde nur wenige Minuten dauern, und wir könnten uns ans Wasser setzen und die letzten Sonnenstrahlen genießen.

Es dauerte länger, sehr viel länger, weil wir den See einmal ganz umrundeten und nicht anhielten. Wir fuhren einfach weiter, hinaus aus der Stadt, über die Landstraße in die nächsten Orte, durch kleine Dörfer und rostrote Alleen, immer weiter und weiter, ohne Ziel, ohne Worte. Wir sahen die Sonne, die sich hinter Baumkronen und violetten Wolkenschlieren davonmachte. Ich fühlte meine Hände in Korays Jackentaschen und seine verletzte Hand an meinem Bein. Es gab nur das Fahren, das Röhren des Motors, den Gegenwind und das Wohlgefühl, das sich zwischen uns ausbreitete. Nichts anderes zählte.

Als Koray am Abend vor meiner Haustür hielt, war ich ein wenig benommen. Mein Gesicht kribbelte, und meine Hände und Füße waren kalt. Ich wollte nicht auf die Uhr sehen, weil sie sich dieses Moments bemächtigen würde, ihn in eine Zeit pressen, die ihm nicht gerecht werden konnte. Wir waren eine Ewigkeit zusammen gewesen oder nur einen Wimpernschlag lang, ganz gleich, die Uhr würde das Ende markieren.

»Ich weiß nicht, was es ist«, sagte Koray. »Aber bei dir komme ich zur Ruhe.«

»Das geht mir genauso.«

»Wir sind eben gute Freunde.«

»Das wird es sein.«

Koray gab mir einen Kuss auf die Wange. »Ich rufe dich

wieder an.« Es war kein Versprechen, kein Trost für die Zukunft, es war eine Tatsache. Das wussten wir beide.

»Ja.«

Langsam stieg ich die Stufen zu meiner Wohnung hinauf, hörte das Telefon klingeln und wusste, dass ich es nicht schaffen würde, bis ich aufgeschlossen hatte. Es war mir recht, ich hätte ohnehin mit niemandem sprechen wollen.

Nachdem ich ein heißes Bad genommen hatte, legte ich mich ins Bett und schlief augenblicklich ein.

Ich träumte, dass Koray und ich auf einem Floß über das offene Meer trieben. Er saß hinter mir und umfing mich mit seinen Armen und Beinen. Wir schaukelten im Einklang mit den Wellen auf und ab.

»Sieh mal«, sagte er und gab mir das kleine Foto von uns in dem alten Baumstumpf. »Du und ich.«

Die Wellen wurden größer, wir mussten uns loslassen, um das Gleichgewicht zu halten, und das Floß teilte sich in der Mitte. Koray blieb auf einem Teil, ich auf dem anderen. Weder hielt er mich fest noch ich ihn. Wir trieben auseinander, ich rutschte vom Floß ins Wasser und schnappte nach Luft. Dabei war ich nur aus meinem niedrigen Bett auf den Holzboden gerollt.

SIEBZEHN

Beim Aufwachen tat mein Herz weh, als hätte es zu lange zu heftig geschlagen und sich dabei verausgabt. Stumm fühlte ich das Pochen, lauschte auf meinen Atem und das Sirren in meinem Ohr, das ich lange nicht mehr gehört hatte. Der Sonntagmorgen war die einzige Zeit, in der es in der Wohnung relativ leise war. Ich stand auf, ging zu meinem Schreibtisch und begann zu suchen. Jede Schublade öffnete ich, wühlte in Mappen, Schachteln, Zeichenutensilien und Krimskrams. Ich überlegte, wo ich es zuletzt gesehen haben könnte, und vor allem, wann? Hatte ich es beim Auszug von meinen Eltern überhaupt mitgenommen? Nachdem ich alles durchgesehen hatte, fiel mir die Holzkiste in meinem Bücherschrank ein. Darin lagen ein paar Briefe von Verehrern aus der Schulzeit und sämtliche Briefe von Koray, und dort waren auch die Fotos von Koray und mir, die ich seit Jahren nicht mehr hervorgeholt hatte. Bis jetzt.

Ich sah den Anrufbeantworter blinken, als ich daran vorbeiging. Das Telefon hatte in der Nacht noch mehrmals geklingelt, doch ich hatte nicht abgenommen. Ich griff mir einen Klebestift, mein Tagebuch und legte mich wieder ins Bett. Das Polaroid war inzwischen genauso verblichen wie das alte Foto, nur weniger ausgefranst an den Rändern. Ob Koray wohl einen Sohn bekam, der so aussehen würde wie er damals? Mit seinen schwarzen Haaren und den dunklen Augen? Der ebenso mutig und selbstbewusst war? Ob sein zweiter Zeh auch länger sein würde als der große? Ich strich über die Fotos, Sehnsucht schwamm hinter meinen Augen. Sehnsucht nach der Unbeschwertheit jener Tage, in der nur der eine Moment gezählt hatte, so wie gestern auf dem Motorrad. Und Sehnsucht nach ihm und mir.

Ich wusste, dass Koray an mich dachte, ich spürte es ganz deutlich, in genau diesem Augenblick. Fast erwartete ich das Klingeln an der Haustür und Koray, der mich an sich ziehen und nie wieder loslassen würde.

Die Fotos klebte ich in mein Tagebuch und schrieb über das Phänomen dieser Sehnsucht und über die Erkenntnis, dass Koray nahezu jede meiner Erinnerungen besetzte, dass er überall war, wo ich in der Vergangenheit hinsah. Ganz gleich, aus welchem Winkel ich es betrachtete und auf welches Ereignis ich auch blickte, er war ein selbstverständlicher Teil dessen.

Drei Anrufe auf dem Band waren von Laurenz. Der erste noch recht fröhlich, in dem er mich fragte, ob meine Überstunden wenigstens attraktiv seien. Der zweite schon ungehaltener, wo ich mich herumtriebe, es sei nun wirklich schon ziemlich spät. Und der dritte, bei dem er seinen Ärger nicht mehr verbergen konnte, dass ich wohl die erstbeste Gelegenheit genutzt hätte, um feiern zu gehen, und er mir noch recht viel Spaß wünsche.

Der letzte Anruf war von Koray. Er bedankte sich für die

schönen Stunden und hinterließ seine Telefonnummer, für den Fall, dass ich mal nach Berlin abhauen wollte.

Am Abend kam Laurenz zerknirscht bei mir an und entschuldigte sich für seinen gereizten Ton auf dem Anrufbeantworter. Es tue ihm leid, er hätte nur so gern mit mir reden wollen und sei enttäuscht gewesen, dass ich nicht da war.

Ich hatte ihm gegenüber ebenfalls ein schlechtes Gewissen, weil mich das Treffen mit Koray doch mehr beschäftigte als gedacht. Laurenz erzählte ich, dass mich mein Freund aus Kindertagen in Istanbul besucht habe und wir über alte Zeiten geplaudert hätten, sehr nett und harmlos. Ich sagte nichts von der Überlandfahrt, ich verschwieg unsere Küsse in Bodrum, die Nacht in Istanbul und natürlich auch alles andere, was Laurenz' Misstrauen hätte schüren können. Das hatte er nicht verdient, und es wäre sinnlos gewesen, ihn auf eine Fährte zu locken, die ohnehin im Sand verlief. Koray wurde Vater und würde seine Freundin sicher auch bald heiraten. Ich liebte Laurenz und wollte mit ihm zusammen sein. Koray war meine Vergangenheit, Laurenz meine Gegenwart und meine Zukunft.

Ganz so einfach war es dann aber doch nicht, denn ein paar Tage später empfing mich Laurenz mit ernster Miene bei mir zu Hause und bat um ein Gespräch. Er hatte den Schlüssel zu meiner Wohnung, und ich hatte seinen von Anka übernommen.

Er habe noch einmal über den Besuch meines Jugendfreundes nachgedacht, sagte er, und irgendetwas an der Sache mache ihn extrem misstrauisch. Ob ich ihm sagen könne, was das sei?

Derart überrumpelt, wurde ich blass. Unvorbereitet

über Koray zu sprechen war, als müsste ich nackt durch eine Menschenmenge laufen. Koray war mein ureigenes Geheimnis, ein sensibles Etwas, das ich manchmal betrachtete wie einen schönen Stein und wieder in seine Schachtel zurücklegte, ohne seinen Code entschlüsselt zu haben. Natürlich konnte ich meine Nervosität nicht verbergen. Natürlich wertete Laurenz diese sofort als Indiz für mein schlechtes Gewissen und fragte geradeheraus, ob ich ihm nichts zu sagen hätte? Dabei glühte ein Fieber in seinen Augen, hatte ihn eine Aufregung erfasst, die sich in dunklen Schweißflecken unter seinen Armen zeigte. Er roch auch anders als sonst. Doch ich war so sehr mit meinem eigenen Schuldgefühl beschäftigt, dass ich es überging. Wenn mich ein Thema entlarven konnte, dann war es Koray, und Laurenz hatte meinen wunden Punkt gefunden, ohne dass mir bewusst gewesen wäre, dass es einer war.

Laurenz nahm mich in den Arm. Es sei ja alles gar nicht so dramatisch, beruhigte er mich. Er wolle doch nur wissen, was dieser Koray mir bedeute und ob er unsere Beziehung gefährde. Er habe mir einfach angemerkt, dass da mehr sei, als ich preisgegeben hätte.

Und jetzt würden wir erst einmal einen Kaffee trinken, ich solle mir dabei alles von der Seele sprechen, und dann sei er der Letzte, der mir einen Vorwurf machen würde. Laurenz küsste mich, schließlich hätte er so lange um mich gekämpft, da würde er mich doch nicht so schnell wieder gehen lassen.

Mein Redefluss war stockend, spiegelte das Unbehagen und den Widerwillen, über Koray und mich zu sprechen. Dennoch fühlte ich mich verpflichtet, Laurenz ein paar ehrliche Sätze zu sagen.

Es sei eine alte Freundschaft zwischen uns, erklärte ich, weil wir uns seit unserer Kindheit kannten. Und ja, es habe auch Momente gegeben, in denen ich mir mit Koray mehr hätte vorstellen können, doch das sei vorbei.

»Aber das stimmt doch wieder nicht«, mahnte Laurenz sanft. »Ich spüre doch, dass er dir noch wichtig ist. Sag mir einfach nur die Wahrheit.«

Mein Puls raste. Wie kam er darauf? Waren meine Gedanken so klar zu sehen? Meine Gefühle wie ein aufgeschlagenes Buch, in dem er lesen konnte? Laurenz saß mit starrem Blick und einer Mischung aus Eifersucht und Wissbegierde vor mir, als könnte er die nächsten Worte kaum erwarten. Und auf einmal war mir alles egal.

»Koray wird immer einen Platz in meinem Herzen haben«, sagte ich. »Damit musst du leben, wenn du mit mir zusammen sein willst.«

Laurenz' Lippen wurden schmal, und um den Mund bildete sich ein heller Rand. Seltsam, dachte ich, wie bei meinem Vater damals. Sein Gesicht verzog sich zu einer schmerzlichen Grimasse.

»Gut«, presste er mühsam hervor. »Dann …«

Er zog seinen Schlüsselbund aus der Hosentasche, löste meinen Hausschlüssel, legte ihn auf den Tisch und ging. Und auch wenn mein Herz zum Zerspringen schlug, fühlte ich mich befreit. Ich hatte die Wahrheit gesagt. Das, worum Laurenz mich gebeten hatte und worauf er auch ein Anrecht hatte. Nun war es ausgesprochen, ganz gleich, wo Koray und ich jetzt standen. Ob Koray Vater wurde oder Laurenz sich von mir trennte. Ich hatte das Richtige getan.

Die Trennung dauerte acht Tage. Laurenz sagte später, dass er mich eigentlich bereits am nächsten Tag anrufen und um ein Treffen bitten wollte und dass er sehr gehofft hatte, ich würde mich melden. Doch ich wollte mich sortieren und Abstand zu den Geschehnissen der vergangenen Wochen gewinnen. Ich konzentrierte mich auf meine Vorlesungen und Hausarbeiten, die ich für das Studium anfertigen musste, und ging an drei Nachmittagen ins Schuhgeschäft. Und am letzten Abend stand Laurenz vor dem Laden.

Danach war klar, dass wir es ernsthaft miteinander versuchen würden. Laurenz machte allerdings zur Bedingung, dass wir dann auch eine gemeinsame Wohnung nehmen sollten. Und als wir diese gefunden hatten, war ich neunundzwanzig Jahre alt und schwanger.

Im Gegensatz zu Laurenz fiel meine Begeisterung etwas verhaltener aus, denn zum errechneten Geburtstermin hätte ich gerade das Studium beendet. Es war sicher nicht ganz einfach, als Berufsanfängerin mit Baby eine Stelle zu finden. Obwohl auch ich freudige Aufregung verspürte, wäre mir die Schwangerschaft zwei oder drei Jahre später lieber gewesen. Doch dafür hätte ich die Pille nicht durch ein Gerät ersetzen dürfen, das die fruchtbaren Tage ermitteln sollte, wohl aber noch zu neu war, um ausgereift zu sein. Laurenz war jedenfalls außer sich, begleitete mich zu jedem Arzttermin und hätte gern sofort das Geschlecht des Kindes erfahren. Er wünschte sich einen Sohn. Erst einen Sohn, dann eine Tochter. Gleich zu Beginn machte er mich mit seiner Überängstlichkeit verrückt. Er achtete auf jeden Bissen, den ich zu mir nahm, ob dieser auch genügend Nährstoffe und nicht zu viel Zucker oder andere schädliche Substanzen enthielt. Über meine Süßigkeiten, die ich seit jeher gern gegessen hatte, dozierte er so ausführlich, dass ich sie nur noch hinter seinem Rücken aß. Als meine langen Haare wegen der Hormonumstellung an den Spitzen spröde wurden, kaufte er Vitaminpräparate und versuchte mich wochenlang zu einem Kurzhaarschnitt zu überreden, weil mir der seiner Meinung nach viel besser stehe. Ihm zuliebe ging ich zum Friseur, ließ jedoch nur wenig abschneiden. Wenn jemand in meiner Gegenwart rauchte, verließen wir den Raum. Obwohl ich gar kein Verlangen danach hatte, verbannte Laurenz jeglichen Alkohol aus unserer Wohnung. Jeden Tag nahm er Staubsauger und Putzlappen zur Hand, damit alles sauber war. Und weil ihm die Arbeit im Fitnessstudio weder passend erschien für einen zukünftigen Familienvater noch der Verdienst seinen Ansprüchen genügte, wechselte er in die Kundenbetreuung einer Werbeagentur, die zwei Freunden gehörte. Kurze Zeit später wurde er ihr Partner.

Bei unserem Umzug gaben Laurenz und ich den Großteil unserer alten Sachen weg, und er kaufte die neue Einrichtung, weil er der Meinung war, wir müssten in jeder Hinsicht gemeinsam neu starten, die Vergangenheit und ihre Überreste hinter uns lassen. Dazu gehörten eben auch Erinnerungsstücke von früher, die nichts mit unserer Beziehung zu tun hatten und uns nicht mehr belasten sollten. Ich vertraute Laurenz und seinem guten Geschmack, obwohl ich manches nur schweren Herzens verkaufte oder verschenkte.

Einerseits gefiel mir sein Bedürfnis, es für uns schön zu machen und auf mein Wohlbefinden zu achten. Ich fühlte mich wertgeschätzt, wenn er mich in die Auswahl der Möbel einbezog, wenn er Vorschläge machte und dann auf meine Wünsche einging. Manchmal wurde mir aber auch alles zu eng. Dann freute ich mich, dass er an den Wochenenden joggen oder ins Fitnessstudio ging, Marathon in einer anderen Stadt lief oder ausgedehnte Radtouren machte. Ich merkte, dass ich bald lieber in der Schule oder im Geschäft war, weil mich die vielen gemeinsamen Stunden erschöpften. Gerade wenn unsere Gespräche immer wieder um Koray und mein Verhältnis zu ihm kreisten. Es ließ Laurenz einfach keine Ruhe. Nächtelang konnte er mich darüber ausfragen, spekulieren und sehr ungehalten werden, wenn er glaubte, mich der Lüge überführen zu können. Wenn er sich an einzelnen Sätzen festbiss, die ihm zu bestätigen schienen, dass ich nicht ihn, sondern eigentlich Koray wollte, und ihn nur genommen hätte, weil Koray nicht zur Verfügung stand.

Seine Vorwürfe trafen mich, schürten mein Schuldgefühl, und immer wieder fragte ich mich, ob Laurenz recht hatte mit seinen Unterstellungen. Doch wenn meine Beziehung zu Laurenz tatsächlich auf einer Lüge aufgebaut wäre, warum hatte ich mich dann damals nicht für Koray entschieden, als wir noch frei gewesen waren? Warum war aus uns nie ein Paar geworden, aus Laurenz und mir aber sehr wohl? War es möglich, mehrere Menschen zu lieben? Auf unterschiedliche Art und Weise? Traf dies auf mich zu, oder machte ich mir etwas vor?

Während ich früher nach intensiven Gesprächen das Alleinsein genutzt hatte, um mich wieder aufzutanken, war dies jetzt kaum noch möglich, und die Schwangerschaft tat ihr Übriges. Oft wollte ich nur schlafen und in Ruhe gelassen werden.

Andererseits wusste ich, wie sehr Laurenz mich brauchte, meine Aufmerksamkeit, meine liebevolle Bestätigung und vor allem meine körperliche Nähe, den Sex. Er hatte als Einzelkind bei seiner Mutter eine traumatische Kindheit erlebt und seit seiner Jugend keinen Kontakt mehr zu seinen Eltern gehabt. Vielleicht sah ich ihm deshalb vieles nach. Und vielleicht freute ich mich auch deshalb so sehr, dass er sich mit meinem Vater verstand. Es passte von der ersten Begegnung an, und dass mein Vater Laurenz so vorbehaltlos akzeptierte, tat mir gut.

Auch meine Mutter mochte Laurenz, stellte jedoch fest, dass er mitunter einen stechenden Blick habe und zu inquisitorischen Fragen neige. Darüber musste ich lachen, weil meine Freundinnen Greta und Silvie nahezu das Gleiche gesagt hatten, nachdem ich ihnen Laurenz vorgestellt hatte. Während Greta ihn recht sympathisch fand, gestand Silvie, dass er ihr ein wenig unheimlich sei. Laurenz behauptete, dass solche Aussagen nur von Frauen mit sehr geringem Selbstbewusstsein kommen könnten, und bat mich, ihn zukünftig damit zu verschonen.

Auch wenn es schade war, stellte das kein Problem dar, weil wir ohnehin nur etwas mit seinen Freunden unternahmen. Anders verhielt es sich mit dem Heiraten.

Laurenz hatte mir nach einem schönen Miteinander im Bett einen Antrag gemacht. Er wolle, dass ich seine Frau sei, hatte er gesagt, seine richtige Frau, mit allem, was dazugehörte.

Er versicherte mich nicht nur seiner Liebe, er betonte auch, eine solche Intensität bisher bei keiner anderen empfunden zu haben, deshalb sei er auch so eifersüchtig. Vom ersten gemeinsamen Arbeiten in der Bar an habe er diese enorme Anziehung gespürt, und der sollten wir nun auch mit einer Hochzeit Ausdruck verleihen. Zumal uns das Kind ohnehin für alle Zeiten aneinanderschweißen würde.

Natürlich fühlte ich mich geschmeichelt, dennoch war

da etwas, das mich zaudern ließ. Ich schob es darauf, dass ich grundsätzlich keinen Wert aufs Heiraten legte. Vermutlich traute ich der Institution Ehe einfach nicht, die meiner Eltern war schließlich auch gescheitert. Vielleicht war ich aber auch für feste Beziehungen nicht gemacht. Diese Frage hatte ich mir oft genug gestellt, ohne eine Antwort darauf zu finden. Und was sollte ich Laurenz nun sagen, der erwartungsvoll lächelnd neben mir lag?

Ich sagte Ja, aber die Hochzeit solle erst stattfinden, wenn die Schwangerschaft vorbei sei und ich wieder in meine Sachen passte. Ich sei zu eitel, um mit dickem Bauch zu heiraten. Laurenz lachte und sagte, dass er das verstehen könne und dass er sich auch auf die Zeit freue, wenn ich nicht mehr schwanger sei.

Die Abschlussprüfungen für das Diplom im Frühjahr standen an. Der Einfachheit halber wählte ich den Umbau meines Schuhgeschäfts als Prüfungsthema, sodass ich parallel zum Verkauf gleich das Aufmaß machen und vor Ort über verschiedene Gestaltungsmöglichkeiten nachdenken konnte. Außerdem machte es Spaß, mir auszumalen, den Laden zu übernehmen und ihn nach meinen Plänen zu verändern. Vielleicht hätte ich es tatsächlich in Erwägung gezogen, wenn ich nicht schwanger geworden wäre, so sehr war ich schon mit dem Geschäft verschmolzen.

Laurenz wusste, dass ich nur wenig mit ihm unternehmen konnte, und war für eine Woche mit Freunden nach Frankreich gefahren, um dort ausgedehnte Radtouren zu machen.

Das verschaffte mir einen willkommenen Freiraum, den ich bis auf einen Arztbesuch zum Zeichnen nutzte. Ein wenig schade war es dann zwar schon, dass ich Laurenz nicht gleich das Ergebnis der Ultraschalluntersuchung mitteilen konnte, aber dafür würde er sich bei seiner Rückkehr umso mehr freuen. Wir erwarteten einen Sohn, so wie er es sich gewünscht hatte. Ein Mobiltelefon besaß zu der Zeit kaum jemand.

Jale hatte eins. Damit rief sie mich am Vormittag aus Mailand an, um zu fragen, ob ich bitte Koray besuchen könne. Er habe einen Motorradunfall in der Nähe von Hamburg gehabt, sein Zustand sei aber relativ stabil, soweit sie wisse. Seine Freundin war mit dem Kind im Urlaub und nicht erreichbar und ihre Eltern in der Türkei ebenso wenig. Jale entschuldigte sich, mich damit zu behelligen, außer mir fiele ihr jedoch niemand ein, der nach ihm sehen könne. Und sie selbst würde einige Stunden länger brauchen als ich. Bei ihren letzten Sätzen hatte ich bereits den Autoschlüssel in der Hand und einen Arm in der Jacke.

ACHTZEHN

Ich fuhr mit zitternden Knien, an zwei Ampeln würgte ich den Motor ab und nahm dann eine falsche Abzweigung aus der Stadt. Das Radio, mit dem ich mich ablenken und beruhigen wollte, sendete nur Lärm. Ich schaltete es aus und versuchte mich aufs Fahren zu konzentrieren. Doch die ganze Zeit fragte ich mich, was ich machen würde, wenn das einträte, woran ich nicht denken wollte. Eine meiner Freundinnen war Krankenschwester in der Notaufnahme eines Krankenhauses, und was sie über Motorradunfälle zu berichten hatte, konnte ich jetzt nicht gebrauchen.

Stattdessen rief ich mir unser Bild ins Gedächtnis, das nun in meinem Tagebuch klebte. Das der zwei kleinen Menschen, die wir gewesen waren. Ich erinnerte mich an seine Worte in Kuşadası, als er gesagt hatte, wir seien nun für immer verbunden. Ich dachte an unseren Abend am Bosporus, an den Geruch im Haus seiner Großeltern. War das nicht neulich erst gewesen? Das war doch nicht lange her. Das konnte nicht lange her sein! Ich versuchte mich zu erinnern, wie sich seine Haut an meiner angefühlt hatte, die Narbe unter meinen Fingern. Ich versuchte den

Ezan zu hören, dessen Stimme sich immer besänftigend über mich gelegt hatte. Ich versuchte mir vorzustellen, dass er heil und unversehrt war, so wie ich ihn kannte. Und wie ich ihn wollte.

Die Fahrt zog sich endlos in die Länge. Zwischendurch musste ich anhalten und auf der Straßenkarte die Route markieren, weil ich mir keine Ortschaft merken konnte.

Es dauerte alles zu lange. Selbst das Tanken, weil sämtliche Zapfsäulen besetzt waren und ich warten musste. Genauso wie beim Bezahlen. Es schien eine Ewigkeit zu dauern, bis ich an der Reihe war und weiterfahren konnte, bis ich den Ort erreicht und mich zum Krankenhaus durchgefragt hatte. Und dann noch einmal, bis ich im richtigen Stockwerk angelangt war und die Stationen durchquert hatte, bis ich endlich vor der Tür zu seinem Krankenzimmer stand. Ich klopfte, trat ein und brach in Tränen aus.

Koray war wach und drehte seinen Kopf langsam zu mir. Unter den roten und bläulichen Schwellungen konnte ich sein Gesicht kaum erkennen. Seine Augen waren nur schmale Schlitze, aber ich sah, dass er zu lächeln versuchte. Rührend und entsetzlich zugleich, weil er so zerbrechlich und hilflos wirkte. Mein starker Koray. Der Junge, der immer auf der Sonnenseite des Lebens gestanden und dabei den Nervenkitzel vermisst hatte. Seine von tiefen Kratzern übersäten Hände lagen auf der weißen Decke, das Blut hatte man nur notdürftig abgewischt. Bis auf einen Schlauch in der Nase konnte ich keine weiteren Geräte sehen, an denen er angeschlossen war. Auch lag er nicht auf der Intensivstation, was hoffentlich ein gutes Zeichen war.

»Koray.«

Meine Tränen liefen ungehindert, ich setzte mich an sein Bett, aber konnte nichts sagen, wollte ihn berühren und tat es doch nicht, um ihm nicht noch mehr wehzutun, und mir selbst auch nicht. Um den Schmerz nicht noch zu verstärken, der gerade so unerbittlich war, der so schonungslos Besitz von uns ergriffen hatte.

Die Liebe zu Koray war schmerzhaft. Immer wieder. Für ihn und für mich. Mal auf die eine, mal auf die andere Weise. Sie kehrte mein Innerstes nach außen, legte meine Ängste und Geheimnisse bloß, erschien ungefragt in meinen Träumen, ging meinem Herzen auf den Grund und breitete dort die Decke für uns beide aus. Baute ein Haus für unsere Füße.

Während wir uns stumm ansahen, wusste ich plötzlich, dass es die Sorte Liebe war, die bleibt, ganz gleich, was um sie herum geschieht, ganz gleich, ob es einem gerade passt oder nicht, ob man sie tagtäglich lebt oder nur irgendwo in der Ferne schimmern sieht. Und auch ganz gleich, ob man noch jemand anderen liebt oder nicht. Allen Widrigkeiten zum Trotz bleibt sie bestehen. Ohne jeden Zweifel und ohne jede Eile. Sie ruht, sie harrt aus, mit aller Macht, die ihr zur Verfügung steht, weil diese Sorte Liebe immer bleibt, wenn sie ihre Heimat gefunden hat, den Ort, wo sie hingehört. Diesen Ort hatte die Liebe in Koray und mir gefunden. Und ich würde das nicht mehr infrage stellen.

Die Tür ging auf.

»Ach, da sind Sie ja«, sagte die Stationsschwester. »Ihrem Mann geht es schon viel besser, machen Sie sich bitte keine Sorgen, er hatte großes Glück und wird bald wieder ganz der Alte sein.«

Ich musste den Raum verlassen, solange sie mit ihm beschäftigt war. Danach erklärte sie mir kurz, dass die gefährlichste Verletzung der Milzriss gewesen sei, den sie in einer Notoperation behandelt hätten. Die Rippenbrüche seien schmerzhaft, aber in seinem Fall nicht bedrohlich. Sonst habe er nur heftige Prellungen und ein paar Kratzer abbekommen. Bei dem Unfall hätten ihn seine Erfahrung als professioneller Fahrer und seine gute Kondition vor Schlimmerem bewahrt. Dennoch habe sein Schutzengel ganze Arbeit geleistet, sagte die Schwester und tätschelte aufmunternd meine Schulter.

»Gehen Sie zu ihm, das ist jetzt die wirksamste Medizin.«

Ich saß da, während er schlief, betrachtete sein verändertes Gesicht, seine zerzausten Haare, die Hände und den Fuß, der unter der Decke hervorlugte. Ihm war immer warm. Ich blieb, bis es draußen dunkel wurde und ich Koray kaum noch erkennen konnte. Bis die Tür aufging, die Schwester Licht machte und mit Jale und einer blonden Frau, die ein kleines Mädchen auf dem Arm trug, hereinkam. Wir nickten uns zu, ohne uns wahrzunehmen. Ich musste gehen. Er war ihr Mann, der Vater ihres Kindes. Er gehörte zu ihr, nicht zu mir. Auch das Kind gehörte zu ihm und seinem Leben, das mit meinem nichts zu tun hatte. Er war nun weit weg von mir.

Jale begleitete mich noch zum Auto. Sie bedankte sich, dass ich nach ihrem Bruder gesehen habe und geblieben sei, bis sie kommen konnten. Ihre Eltern seien nun auch unterwegs und würden am Morgen eintreffen. Wir nahmen uns in die Arme, Jale und ich, versprachen uns, bald wieder unter angenehmeren Umständen zu telefonieren, und ich konnte während der Rückfahrt kaum etwas sehen, weil ich ständig über meine Augen wischen musste.

Es hatte keinen Sinn, am nächsten Tag im Krankenhaus

anzurufen, weil Koray sicher noch nicht sprechen konnte. Ich tat es dennoch, um zu hören, wie es ihm ging, doch es war eine andere Stationsschwester am Telefon, die mich fragte, in welchem Verhältnis ich zu dem Patienten stünde. Ob ich seine Frau oder eine nahe Verwandte sei, denn andernfalls dürfe sie mir keine Auskunft geben. Als ich auch am darauffolgenden Tag nichts erfuhr, rief ich Korays Eltern an, konnte aber weder sie noch Jale erreichen. Und erneut hinfahren wollte ich nicht, zumal Laurenz einen Tag früher zurückgekommen war als geplant. Natürlich passte es ihm nicht, dass ich Koray besucht hatte, er konnte nur angesichts der Situation nicht viel sagen. Und die Freude darüber, dass wir tatsächlich einen Sohn bekamen, ging in meiner Sorge unter, die ich nicht verbergen konnte.

Umso erleichterter war ich, als etwa eine Woche nach dem Unfall das Telefon im Schuhgeschäft klingelte und ich Korays Stimme hörte.

»Ach, wieder recht gut«, sagte er lachend auf meine Frage nach seinem Befinden. »Du weißt doch: Unkraut vergeht nicht!«

Ein paar Tage würde er noch im Krankenhaus bleiben, sei aber auf dem Weg der Besserung. Ich bat ihn, den Unfall als Warnung anzuerkennen und ab jetzt weniger rasant zu fahren. Koray gab zu, auch ihm sei bewusst geworden, dass es dieses Mal knapp gewesen sei. Er hatte Freunde besuchen wollen, und weil auf der Strecke Berlin–Hamburg Staus angesagt waren, habe er sich für das Motorrad entschieden. Kurz vor Hamburg war er an einem unübersichtlichen Teil der Landstraße ziemlich schnell gefahren, und obwohl er Vorfahrt gehabt hatte, konnte der andere Fahrer nicht mehr bremsen. Koray beschrieb in allen Einzelheiten, wie er die Unausweichlichkeit des Aufpralls gesehen habe, und ja, auch seinen Tod. Es sei interessant gewesen, genau zu wissen, dass es gleich krachen und er es nicht überleben würde. Diese eine Sekunde zwischen Zusammenstoß und Landung sei endlos gewesen. Er wisse, dass es sich makaber anhöre, aber die Erfahrung habe etwas absolut Einmaliges gehabt. Ein Flug außerhalb von Zeit und Raum. Es habe sich eine bislang unbekannte Sphäre vor ihm aufgetan, eine unbegrenzte Form seiner Person. Er habe alle Zeit der Welt gehabt, um nachzudenken, über sich, seine Freundin und seine kleine Tochter, über uns und die wichtigen Dinge in seinem Leben. Im vollen Bewusstsein darüber, dass es nun zu Ende sei. Er sei ehrlich überrascht gewesen, im Krankenhaus zu erwachen, damit habe er nicht gerechnet, sei aber nun doch ganz froh darüber.

Mir versagte an dieser Stelle der Humor. Seine Worte ließen einen Film vor meinem inneren Auge ablaufen, der mir auch im Nachhinein noch Magenschmerzen bereitete. Dennoch folgte ich seiner Schilderung, spürte, dass er etwas erlebt hatte, was ihn verändern würde. Vor allem aber hoffte ich, dass es seine Risikobereitschaft reduzieren würde.

Nachdem wir aufgelegt hatten, weil Kunden im Geschäft waren, überkam mich eine bleierne Müdigkeit. Es fiel mir schwer, auf die Leiter zu steigen und Karton um Karton aus dem Regal zu ziehen, überall schien mein Bauch im Weg zu sein. Ich verkaufte noch ein Paar Schuhe und rief dann im Haupthaus an, um zu fragen, ob mich jemand ablösen könne. Die Abteilungsleiterin versprach, eine Aushilfe zu schicken.

Im Bus schlief ich beinahe ein und schimpfte, als auf der

Baustelle vor unserem Haus ein Presslufthammer dröhnte. Wie sollte ich mich dabei ausruhen? Ich schloss die Wohnungstür auf, und selbst hier war der Lärm noch unerträglich. Er schallte durch das offene Schlafzimmerfenster herein. Rasch ging ich hinüber, um es zu schließen, und bemerkte dabei Laurenz, der auf unserem Bett saß und mich erschrocken ansah. In der Hand hielt er mein Tagebuch.

Ich wusste nicht, was ich sagen sollte. Ich wusste auch nicht, wie ich reagieren sollte. Ich starrte nur auf ihn und mein Buch und wartete darauf, dass mir der Anblick irgendetwas signalisieren würde. Doch es geschah nichts.

Laurenz klappte das Buch zusammen, legte es in meinen Nachttisch zurück und verließ den Raum. Ich folgte ihm in die Küche, wo er begann, Kaffee zu kochen.

»Willst du auch einen?« Er häufte Pulver in den Filter.

»Warum tust du das?«, fragte ich.

»Weil du mich belügst«, antwortete er. »Und ich mich nicht belügen lasse.«

»Ich belüge dich nicht«, sagte ich. »Ich bin dir gegenüber immer aufrichtig und treu.«

»Das sagst *du*.«

Die Kaffeemaschine gurgelte hinter seinen Worten her, die mich ärgerten.

»Es steht dir nicht zu, mich zu kontrollieren. Ich gehe schließlich auch nicht an deine Sachen.«

»Ich habe jedenfalls niemanden, von dem ich alte Fotos einklebe und an ihn denke.«

»Wie oft müssen wir dieses Thema eigentlich noch besprechen?«, fragte ich. »Wie oft soll ich mich noch rechtfertigen und erklären? Du weißt, dass er mein ältester Freund ist, der mir etwas bedeutet, und dazu stehe ich.

Das heißt aber noch lange nicht, dass ich mir eine Beziehung mit ihm wünsche. Schließlich sind du und ich zusammen, schließlich bekommen du und ich ein Kind. Laurenz, du und ich!«

»Ganz ehrlich«, Laurenz hielt mir eine Tasse Kaffee hin und fixierte mich mit seinem Blick, »ich glaube dir nicht.«

»Ganz ehrlich«, erwiderte ich, »es ist mir egal, was du glaubst oder nicht. Lies die Tagebücher, lies die Briefe, durchwühle meinetwegen all meine Sachen, und dann triff die Entscheidung, die du für richtig hältst. Ich habe deine Eifersucht derartig satt!«

Ich ließ ihn mit der Kaffeetasse stehen, zog Schuhe und Jacke wieder an und verließ die Wohnung. Mit jedem Schritt auf der Treppe wurden meine Beine schwerer. Es waren noch knappe zwei Monate bis zur Entbindung, und ich hatte keine Ahnung, was ich nun tun sollte. Von einer Telefonzelle aus rief ich Silvie an und fragte, ob ich zu ihr kommen könne. Im Gegensatz zu Greta hatte sie gerade keinen Freund. Silvie freute sich, auch wenn der Anlass meines Besuchs nicht besonders fröhlich war.

Als wir bei einer großen Tafel Schokolade zusammensaßen und ich erzählte, was vorgefallen war, schüttelte sie ungläubig den Kopf und fragte, ob ich denn gar nicht wütend sei, für so einen Vertrauensbruch wirke ich ziemlich unbeteiligt. Ich verstand selbst nicht, warum ich weder tobte noch weinte, warum mich tatsächlich eine gewisse Gleichgültigkeit erfasst hatte. Ich sagte, dass er sich damit selbst am meisten wehtäte, weil er mit dem Gelesenen leben müsse. Abgesehen davon, dass im Tagebuch harmlose Sätze standen, bei denen ich mir nichts vorzuwerfen hatte. Die meisten Einträge handelten ohnehin von Laurenz, in denen ich beschrieb, wie zufrieden wir seien, wie sehr wir uns auf das Kind freuten und auf alles, was die Zukunft noch für uns bereithielt. Doch darüber hatte er kein Wort verloren.

Auch wenn das nicht so sei, gehe es ihn nichts an, gab Silvie zurück. Es seien meine eigenen Gedanken, die ich mit ihm teilen könne oder auch nicht. Das sei einzig und allein meine Entscheidung, und er dürfe sich nicht eigenmächtig Zutritt zu meiner Intimsphäre verschaffen. Natürlich würde man immer etwas finden, wenn man nur lange genug suchte. Und selbst wenn da Eindeutiges zu lesen wäre, dürfe er nicht in meinen Papieren herumspionieren. Was sei das bitte für eine Beziehung, ohne jegliches Vertrauen? Und was werde er als Nächstes machen, meine Post öffnen? Mich beim Arbeiten überwachen? Silvie sagte, so hart sich das anhöre, an meiner Stelle könnte sie Laurenz jedenfalls nicht mehr vertrauen. Für sie sei das ein Grund zur Trennung.

Mit jedem ihrer Sätze wuchsen mein Unbehagen und meine Erschöpfung. Alles war durcheinander, ich wusste weder, was ich fühlen, noch, was ich denken sollte, was richtig war oder falsch. Wenn ich die Zeit bis zu der Stunde im Laden hätte zurückdrehen können, in der ich entschied, früher nach Hause zu gehen, hätte ich es getan. Das Ertappen von Laurenz damit ungeschehen gemacht. Nicht gewusst, was er hinter meinem Rücken tat. Ich wollte es nicht wissen. Ich hatte keine Kraft für die Konsequenzen, keine Kraft zu handeln. Wie müsste ich mich vernünftigerweise verhalten? Welche Reaktion wäre jetzt angebracht? Ich konnte es nicht sagen, Leere in meinem Kopf. Ich wollte nur unsere schöne Beziehung wiederhaben, das Unkomplizierte, das Freudige, Lustige und Mitreißende, ohne seine Eifersucht und das, was damit einherging. Ich wollte die Zeit zurückdrehen und noch einmal neu starten, unter anderen Bedingungen. Oder am besten gar nicht neu starten, Laurenz da lassen, wo er stand, mich abwenden und weggehen, ohne schwanger von ihm zu sein.

Als hätte der Kleine im Bauch meine Gedanken gespürt, begann er sich zu bewegen, und damit rollten dann doch die Tränen. Bei jedem kleinen Fußtritt ein wenig mehr. Silvie wiegte mich wie ein Kind in ihren Armen, tröstete mich und sagte, irgendwie werde es schon zu schaffen sein. Sie und Greta und meine Eltern seien schließlich auch noch da. Und dann wollte sie wissen, wer Koray sei.

Die nächsten Tage verstrichen in einem Gefühl der Starre.

Ich hatte meine Tagebücher, die Kiste mit Briefen und ein paar andere Dinge aus der Wohnung geholt, als Laurenz in der Agentur war, und zu Silvie gebracht, weil ich nicht zu Hause sein wollte. Ich war in die Fachhochschule gefahren, hatte mich mit meinem Professor beraten und mit Kommilitonen in der Cafeteria gesessen. Ich hatte es sogar geschafft, mit meinem Vater zu telefonieren, ohne etwas über Laurenz zu erzählen. Ich funktionierte, arbeitete an meinem Diplom, war freundlich zu den Kunden im Schuhladen und saß an den Abenden mit Silvie und Greta zusammen. Auch Greta sagte, dass Laurenz damit übergriffig geworden sei, war jedoch in ihrem Urteil nicht ganz so kategorisch. Wenn wir es ernst miteinander meinten, und danach sehe es aus, müssten wir manches einfach hinnehmen. So wie Laurenz mit Koray leben müsse, müsse ich eben mit seiner Eifersucht leben. In jeder Beziehung gebe es Dinge, die man am anderen nicht mögen, aber auch nicht ändern könne. Irgendwann werde sich das einpendeln, und die Ausschläge seien nicht mehr ganz so stark. Außerdem brauche jede Beziehung auch ein gewisses Spannungsfeld, um interessant zu bleiben, und das hätten wir allemal. Greta riet mir, nichts zu unternehmen, abzuwarten und mir keine Sorgen zu machen. Das sei schlecht fürs Baby.

Mit ihren Argumenten ging es mir besser, und auch wenn ich zwischenzeitlich das Ende zwischen Laurenz und mir gesehen hatte, war es nicht das, was ich wollte. Laurenz fehlte mir. Seine Anwesenheit, sein Zuspruch, seine Aufmerksamkeit, die kleinen schönen Augenblicke, wenn er mir ins Ohr flüsterte, dass ich die aufregendste Schwangere der Welt sei, wenn er mit seinen Händen meinen Bauch umfasste, sein Ohr daranhielt und mit unserem Sohn sprach. Das wog schwer. Ich hatte mich für eine Familie mit ihm entschieden, ich hatte mich für eine Zukunft mit ihm entschieden. Auf eine Art war er schon mein Mann geworden. Das konnte ich nicht so einfach vergessen.

Er auch nicht. Als Laurenz dieses Mal vor dem Laden stand, hatte er einen Strauß Blumen dabei, zwei goldene Ringe und seine Bitte um Verzeihung.

NEUNZEHN

Vielleicht brauchten Laurenz und ich so eine Erfahrung, um uns über unsere Gefühle klar zu werden. Und darüber, was wir wollten.

Wir besprachen es sehr ausführlich und, wie mir schien, auch sehr ehrlich. Laurenz sagte, er sei seiner Eifersucht oft hilflos ausgeliefert und wünsche sich, dass ich ihm ein wenig dabei helfen würde, sie zu überwinden. Es sei nicht meine Schuld, er habe schon immer darunter gelitten und schäme sich für seine Indiskretion. Und auch wenn es mit der Hochzeit noch ein wenig dauern würde, so wolle er mir mit den Ringen zeigen, dass ich nach seinem Empfinden bereits seine Frau sei.

Vielleicht waren es diese Sätze, die mich nun ganz für ihn einnahmen, der kritische Blick auf sich selbst mit der Bereitschaft, etwas zu ändern. Und gleichzeitig sein starkes Bedürfnis, mich an seiner Seite zu haben. Vielleicht bewirkten sie meine innere Abkehr von Koray, die nötig war, um mit Laurenz leben zu können.

Vermutlich ging es Koray ähnlich, denn er kam weniger in meinen Gedanken vor. Und das auf eine angenehme und friedliche Weise. Er meldete sich, als meine Großmutter starb, und schickte später, als wir Mobiltelefone hatten, hin und wieder ein paar Zeilen, um zu fragen, wie es mir gehe. In meinen Träumen erschien er seltener, und wenn doch, dann hatte es meist eine freundschaftliche Anmutung. Es war einfach alles gut, so wie es war.

Meine Zweifel hatten sich in Luft aufgelöst, was Laurenz' Eifersucht deutlich abschwächte und dazu führte, dass die nächsten Jahre zu den bisher glücklichsten meines Lebens wurden. Allein die Geburt unseres Sohnes Elias und zwei Jahre später die unserer Tochter Linn waren Ereignisse mit einem Tiefgang, der alles in den Schatten stellte, was ich zuvor erlebt hatte. Und auch wenn Laurenz und mir die Anstrengungen und der Schlafmangel deutlich ins Gesicht geschrieben standen, so hätten wir doch immer wieder die gleiche Entscheidung getroffen.

Wir mieteten ein Haus mit Garten am Stadtrand von Hannover. Ein süßer Hund zog bei uns ein. Laurenz war mit seinen Partnern und der Agentur erfolgreich, und ich genoss den Zustand, mich um Kinder und Hund kümmern zu können und nicht arbeiten zu müssen. An den Wochenenden leisteten wir uns einen Babysitter und verbrachten ungestörte Stunden nur zu zweit.

Kurz nach der Geburt von Linn beeindruckte mich Laurenz noch einmal sehr, indem er sich sterilisieren ließ. Er sagte, er wolle nicht, dass ich zur Verhütung Hormone schluckte, und so sei alles viel leichter. Greta und Silvie beneideten mich darum. Keiner ihrer Männer hätte so eine Operation je vornehmen lassen, weil sie zu große Angst vor Impotenz hatten. Da konnte es noch so viele Gegenbeweise geben.

Als unsere Kinder in den Kindergarten gingen, begann ich wieder zu arbeiten, jedoch nicht als Innenarchitektin.

Das Sprengel Museum am Maschsee suchte für die Wochenenden Betreuer, die Kunstkurse für Kinder und Erwachsene leiten sollten, und ich wurde mit drei anderen Bewerbern auf freier Basis beschäftigt. Obwohl ich wegen der wenigen Stunden nur ein Taschengeld verdiente, bestärkte mich Laurenz darin, weil er wusste, dass es mir Spaß machte. Es war fast wie eine Fortführung des Studiums, in dem wir in allen Bereichen experimentieren und uns parallel von den Ausstellungen inspirieren lassen konnten. Ich hatte das Gefühl, angekommen zu sein, ein erfülltes Leben und eine bereichernde Beziehung zu führen, und wäre damit wahrscheinlich noch länger als die sieben Jahre zufrieden gewesen, die es dauerte, bis sich der Wind drehte.

Die ersten Anzeichen bemerkte ich an Laurenz, der zunehmend angespannt aus der Agentur kam. Er geriet mit seinen Partnern immer häufiger in Streit, weil die beiden Laurenz vorwarfen, nicht genügend Umsatz zu bringen und sich auf ihre Kosten zu bereichern. Eine Weile versuchten sie noch, eine neue Einigung zu finden, doch da sich nichts änderte, trennten sie sich von Laurenz. Ich war darüber nicht nur genauso empört wie er, sondern ärgerte mich noch mehr, als ich einen seiner ehemaligen Partner zufällig in der Stadt traf, der mir riet, wachsam zu sein, Laurenz nehme es mit der Wahrheit nicht so genau. Laurenz wurde sehr zornig, als ich ihm davon erzählte, und sagte, die Agentur werde ohnehin insolvent werden, wenn er nicht mehr dabei sei. Doch das nützte uns nichts.

Ich begann mir große Sorgen zu machen, denn wir besaßen weder Rücklagen, noch verdiente ich ausreichend. Inzwischen arbeitete ich als freie Texterin in einem Unternehmen, das Spenden für soziale Projekte sammelte. Laurenz beschloss nun, die Situation zu nutzen und sich als Marketingberater selbstständig zu machen. Und obwohl ihm ein paar Kunden aus der Werbeagentur folgten, wurde es finanziell sehr eng für uns. Ein Tag ist mir dabei noch in besonders lebhafter Erinnerung, als Laurenz und ich in einem Akt der Verzweiflung alles irgendwie Verzichtbare zusammenpackten und damit zu einem Flohmarkt fuhren. Der Erlös war beschämend, und hinterher ärgerte ich mich maßlos, dass ich manch altes Erbstück meiner Großmutter für wenig Geld weggeben hatte, denn besser ging es uns danach natürlich nicht.

Ich versuchte, mehr Textaufträge zu bekommen, doch je nötiger wir sie brauchten, umso weniger wurden es. Die Rechnungen und Mahnungen häuften sich, ich bekam Magenkrämpfe und konnte kaum noch eine Nacht schlafen. Dann gab mein wichtigstes Arbeitsgerät, der Laptop, seinen Geist auf, und mit bangem Zaudern ging ich in ein Geschäft, um nach einem Ratenkredit für einen neuen zu fragen. Zumindest der wurde mir eingeräumt, sodass ich weiterhin arbeitsfähig war. Laurenz dehnte seine Aktivitäten über die Grenzen Hannovers aus und bekam einen kleinen Auftrag in Berlin, sodass er nun tageweise dort arbeitete.

Die Talfahrt dauerte zwei bis drei Jahre, in denen wir uns hier und da Geld liehen und von Auftrag zu Auftrag hangelten, immer mit der Frage, wie es nächsten Monat weitergehen sollte. Unsere Kinder, die noch keinen Engpass erlebt hatten, reagierten entsprechend unzufrieden, und das setzte uns zusätzlich unter Druck, weil wir ihnen derartige Zustände natürlich ersparen wollten.

Wenn es auch nie wieder so unbeschwert und angenehm wurde wie in den Zeiten, als Laurenz Partner in der

Agentur gewesen war, besserte sich die Situation doch schrittweise. Allerdings war das an eine neue Herausforderung gebunden. Laurenz hatte nun mehr Aufträge in Berlin als in Hannover, und mit jedem Termin zog es ihn stärker in die pulsierende Hauptstadt.

Als er von Umzug zu sprechen begann, sagte ich erst Nein. Ich wollte nicht in eine andere Stadt. Doch nach einer Weile dachte ich, dass uns allen eine Veränderung vielleicht sogar guttäte und für frischen Wind sorgen würde, auch zwischen Laurenz und mir. Die Anspannung hatte sich auf unsere Beziehung ausgewirkt, und wenn wir auch nicht stritten, weil Laurenz der Meinung war, dass man sich vernünftig auseinandersetzen könne, so war die Atmosphäre zwischen uns doch mittlerweile ziemlich belastet.

Schließlich stimmte ich zu, und wir suchten nach einer Wohnung in Berlin. Elias und Linn waren alles andere als einverstanden und sehr böse, dass ihr Vater und ich den Umzug allein entschieden hatten und sie ihre Freunde in Hannover zurücklassen mussten.

Im Nachhinein fragte ich mich auch, ob dieser Schritt mutig gewesen war oder einfach nur töricht, unser Haus zu kündigen, ohne in Berlin eine Bleibe zu haben. Doch genau das taten wir, in der Überzeugung, sofort etwas Passendes zu finden.

Das erwies sich allerdings als Trugschluss, und so landeten wir vier und der Hund Anfang Dezember bei Schnee und Eisregen in einer sehr eleganten und ebenso teuren Wohnung im Zentrum der Stadt.

Die erste Zeit war ein Albtraum. Im Gegensatz zu den Kindern, die sich verhältnismäßig gut in ihrer neuen Schule einlebten, fühlte ich mich deprimiert. Ich schob es auf den Winter, den ich nie gemocht hatte, auf die Kälte, die hier besonders beißend zu sein schien, auf das verlorene Haus, die fremde Umgebung, das Fehlen meiner ohnehin wenigen Freunde, die ich nun nicht mehr so einfach treffen konnte.

Mit dem Hund, der ebenso durcheinander schien wie ich, lief ich die trostlosen Grünflächen ab und ekelte mich vor dem vielen Müll und Dreck ringsum.

Ich ging nur ungern aus dem Haus, ich wusste einfach nicht, wohin mit meinem Papierstadtplan. Trotz fest vereinbarter Termine funktionierte nichts, nicht einmal der Fernseher. Wir hatten kein Internet, kein Telefon, ich besaß nur ein einfaches Mobilgerät, und selbst das versagte. Ich kam mir vor wie im Dschungel ausgesetzt. Ohne Verbindung, ohne Kontakt zur Außenwelt. Bis mir einfiel, dass es Internetcafés gab, vergingen Tage in einer gespenstischen Blockade.

Alles war unübersichtlich, verwirrend, hochkompliziert und so voll. Natürlich, wie immer vor Weihnachten. Die Geschäftigkeit der anderen verlangsamte mein Tempo zusätzlich. Ich war auch nicht neugierig, wollte nichts besichtigen. Im Gegenteil. Ich wollte mir nur die Decke über den Kopf ziehen, nur zurück in mein altes Leben, in unser Haus. Alles ungeschehen machen.

Verständnislos sahen Laurenz und ich uns an, wenn er abends aus dem Büro kam. Er mit leuchtenden Augen, ich mit roten. Er war begeistert von der Vielfalt, der Freundlichkeit und Offenheit seiner Kollegen. Vom lässigen Schick der Frauen, die so selbstbewusst und stark wirkten. Von den unterschiedlichen Nationalitäten, die so viel Kreativität und Lebendigkeit einbrächten. Von den monumentalen Bauten und der historischen Bedeutung dieser Stadt. Von den unendlichen Chancen, die sich ihm böten, über die er sich so freue, die er erst jetzt richtig genießen könne, weil wir, seine Familie, ebenfalls hier seien und er nicht mehr hin und her pendeln müsse.

Laurenz, der als Kind ständig umgezogen war, konnte nicht verstehen, dass ich wegen eines banalen Ortswechsels so verzweifelt war. Ich solle doch das Aufregende daran sehen, riet er, das Bereichernde, das Abenteuer. Ich solle endlich lockerer werden, mit ihm ausgehen, die Stadt in all ihren Facetten entdecken und erobern. Je freier ihn die neue Umgebung machte, umso gelähmter wurde ich. Ich fühlte mich entwurzelt und wusste nicht, warum. Immer wieder fragte ich mich, was genau mich so aus der Bahn warf. Vielleicht war es der Wechsel in die Großstadt, in das lärmende Gewühl von Menschen, Fahrzeugen und nicht endender Häuserblocks. Vielleicht war es die Veränderung an sich, die meine Stabilität ins Wanken brachte. Das Fremde schüchterte mich ein, machte mir Angst. Das ungeliebte und allzu gern vermiedene Gefühl der Angst. Meine treue, langjährige Gefährtin. Da war sie wieder.

Möglicherweise war es die schlichte Notwendigkeit, alles Vertraute hinter mir zu lassen, um ihr aufs Neue begegnen zu können, eine alte Erfahrung neu zu beleben. Denn je mehr Zeit verging, umso deutlicher sah ich, was mit mir geschehen war.

Ich hatte meinen Wechsel von der Türkei nach Deutschland wiederholt. Den Umzug von meinem Istanbul voller Wärme, Sonne und Liebe ins kalte, fremde Hannover. Sogar die Außentemperatur spiegelte sich in dieser Erkenntnis. Nachdem ich mir selbst auf die Spur gekommen war, ging es mir besser.

Weil meine Eltern um unsere Nöte wussten, hatten sie

Laurenz und mir etwas Startkapital geschenkt, das wir für die Kaution einer neuen Bleibe und andere Dinge nutzen konnten. Das war eine große Hilfe, denn ich wollte aus der Innenstadt fort, wollte ruhiger und ländlicher wohnen. Mich störten nicht nur die Menschenströme und der Verkehrslärm, sondern auch die feierwütigen Betrunkenen, die vielen Obdachlosen und die Frauen des horizontalen Gewerbes, die Laurenz auf seinen abendlichen Spaziergängen mit dem Hund ansprachen. Nach kürzester Zeit kannte er jede mit Namen und erzählte mir Geschichten aus deren Leben. Der Ort war weder für die Kinder noch für mich der richtige.

Nachdem Elias und Linn in den ersten Wochen noch einigermaßen zufrieden gewesen waren, machten sich auch bei ihnen Frustration und Heimweh breit. Was ihnen zunächst wie ein langer Urlaub vorgekommen war, bedeutete nun die neue Realität, und gerade Linn, die mir mit ihren zehn Jahren in vielem ähnlich war, konnte abends nicht mehr einschlafen. Sie plagte sich mit Kopfschmerzen und brach häufig in Tränen aus. Elias hatte zwar gleich einen Fußballverein gefunden, wo er einige Nachmittage in der Woche verbrachte, aber auch er vermisste seine Freunde und äußerte das in Form von schlechter Laune und ständigen Erkältungen. Ich war dafür allein zuständig, denn Laurenz war zu beschäftigt.

Und ich war froh, dass er beschäftigt war, denn unsere Finanzen hatten sich noch nicht erholt. Laurenz arbeitete in einer Bürogemeinschaft und hatte dort jemanden kennengelernt, mit dem er eine Partnerschaft eingehen wollte, um auch größere Aufträge abwickeln zu können. Laurenz' Geschäftsidee hörte sich vielversprechend an, und Marc schien die entsprechenden Kontakte in der Branche zu haben, sodass sich die beiden schnell zusammenschlossen. Das hieß aber auch, dass er nur wenig zu Hause war, Seminare besuchte und mit Marc über Strategien und Möglichkeiten brütete. Zwischendurch betreute er noch seine Stammunternehmen in Hannover und blieb dort dann auch über Nacht.

Ich suchte derweil nach einer Wohnung oder einem Haus für uns, fuhr mit Bus und Bahn durch ganz Berlin und kam meist desillusioniert zurück. Die Kinder sprachen davon, zurück nach Hannover zu gehen, und auch ich spielte nicht nur einmal mit dem Gedanken. Doch so früh aufzugeben, passte mir nicht. Und dann hätten wir die gleiche Situation wie zuvor: Laurenz in Berlin, wir in Hannover.

Das sei für die Kinder gar nicht gut, sagte meine Mutter, mit der ich lange telefonierte. Noch ein Wechsel würde alles vollends durcheinanderbringen. Ich solle ein wenig abwarten und mir lieber sobald wie möglich eine Beschäftigung suchen, um Geld zu verdienen und neue Leute zu treffen. Ich gestand, dass ich daran überhaupt kein Interesse hätte, die Gespräche auf den Elternabenden an der Schule reichten mir schon. Ich wollte niemanden kennenlernen, und ich wusste auch nicht, wie ich mit Hund und Kinderbetreuung noch eine Arbeit annehmen sollte. Das freiberufliche Texten machte ich noch, aber seit wir in Berlin wohnten, wurden die Aufträge weniger.

Mein Vater sagte, es sei besonders für Laurenz wichtig, dass ich mit den Kindern bliebe. Er brauche meinen Rückhalt und seine Familie jetzt dringender denn je, um erfolgreich arbeiten zu können. Und unsere Beziehung würde sehr darunter leiden, wenn ich zurückginge. Dann sähe er unsere Trennung kommen.

Greta und Silvie wollten hingegen, dass ich Berlin so schnell wie möglich den Rücken kehrte, um unser Trio wieder zu vervollständigen. Silvie wunderte sich schon lange, dass ich noch immer mit Laurenz zusammen war. Bei den seltenen Gelegenheiten, an denen sie ihn erlebt hatte, sagte sie hinterher, dass ihr an meiner Stelle seine bestimmende Art furchtbar auf die Nerven gehen würde. Ich musste gestehen, dass ich das gar nicht mehr wahrnahm. Er und ich waren so sehr mit uns selbst beschäftigt, jeder für sich, dass sich unser Miteinander meist auf Organisatorisches bezüglich der Kinder und des Hundes beschränkte. Für mehr reichte unsere Energie wohl nicht aus. Oder unsere Bereitschaft.

In jener Phase war es ein guter Tag für mich, wenn ich in den Wohnungsanzeigen etwas gefunden und einen Besichtigungstermin gemacht hatte, wenn der Hund zu seinem Recht gekommen war, die Kinder und ich die Hausaufgaben ohne Gezeter erledigt hatten und ich es vielleicht sogar noch geschafft hatte, etwas zu kochen. Doch meist lief es anders. Die Wohnung war schon weg, bevor ich überhaupt eine Mail geschrieben oder angerufen hatte, oder es wurde ein hoher Abstand verlangt. Der Hund hatte stressbedingten Durchfall, sodass ich jede Stunde mit ihm rausmusste und dennoch oft etwas danebenging. Linn kam aufgelöst aus der Schule, weil sie zu den Mädchen in ihrer Klasse keinen Zugang hatte und sich neben ihnen hässlich und dumm fand. Ihre Leistungen fielen ab. Elias setzte sich, statt am Unterricht teilzunehmen, mit zwei anderen Jungen an die Spree, um am Mobiltelefon zu spielen. Und das Essen bestand aus gebratenen Nudeln vom Asia-Imbiss gegenüber. Wenn Laurenz mich abends fragte, wie mein Tag gewesen war, konnte ich oft nicht antworten, weil ich meinte, im Gegensatz zu ihm nur unproduktive und sinnlose Dinge getan zu haben, für die ich keine Worte fand, nur Scham.

Das verstärkte sich noch, als Laurenz und ich gemeinsam auf Marcs Geburtstagsfeier waren und dieser beim dritten Glas Wein halb im Scherz sagte, er habe nicht erwartet, dass Laurenz eine so interessante Partnerin habe. Nach seinen Schilderungen habe er sich eine unscheinbare Hausfrau vorgestellt, deren größtes Steckenpferd die Konsistenz der hündischen Hinterlassenschaften sei.

ZWANZIG

Vielleicht war es wirklich der Umzug nach Berlin, der den Bruch zwischen Laurenz und mir verursachte. Vielleicht lagen die Anfänge aber auch schon in Hannover, und ich war nur nicht aufmerksam genug gewesen. Zumindest hatte der geschärfte Blick auf mich selbst, den ich in der Krise entwickelte, zur Folge, dass ich auch Laurenz und unsere Beziehung genauer betrachtete.

Natürlich merkte er ebenfalls, dass wir auseinanderdrifteten. Er sagte, es liege an meinem Phlegma, weil ich zu passiv sei, und an meinem offensichtlichen Desinteresse, das ich ihm, seiner Arbeit und anderen Dingen entgegenbrächte. Ich sähe nur einen engen Radius um mich selbst und reagierte überempfindlich auf alles, was darüber hinausgehe. Ich sei zu wenig flexibel und spontan, wehrte mich gegen Veränderungen, und deshalb gehe es mir so schlecht. Und im Umkehrschluss schade es uns allen. Die Kinder seien bereits genauso negativ eingestellt wie ich, das mache ihn traurig, weil ich ihnen damit die Chance auf eine eigene, unbefangene Sicht nähme.

Elias verbrachte mittlerweile viel Zeit an seinem Computer, für Laurenz' Geschmack eindeutig zu viel. Er vernachlässige nicht nur seine Schule, sondern auch seine sozialen Kontakte, sagte er an einem Abend, als die Kinder schliefen. Das müsse sich ändern. Ob wir uns darauf einigen könnten, dass unser Sohn nicht ständig an diesem Gerät spiele? Und mit Linn sei auch etwas nicht in Ordnung, dieses viele Weinen, manchmal aus heiterem Himmel, dieses Nicht-schlafen-Können, ob wir das nicht therapeutisch abklären lassen sollten? Und wenn wir schon einmal dabei seien: Er würde auch den Süßigkeitenkonsum der Kinder gern deutlich einschränken wollen. Diese Art der Ersatzbefriedigung müsse ein Ende haben. Ob ich bitte dafür sorgen könne?

Ich kam mir vor wie ein gescholtenes Kind, schwach und ohnmächtig, denn er hatte ja recht. Ich saß selbst viele Stunden am Rechner, aß Schokolade und war froh, wenn die Kinder alleine etwas machten, wenn sie mich weder mit ihrer Wut noch mit ihrer Traurigkeit konfrontierten, wenn sie mich nicht baten, zurück nach Hause zu ziehen, weil mich ihr Schmerz so unmittelbar traf und weil es mein eigenes Heimweh bis zur Unerträglichkeit strapazierte. Ich konnte Laurenz nicht widersprechen, aber auch nichts daran ändern. Ich nickte, obwohl ich eigentlich Nein sagen wollte. Nein, dafür kann ich nicht sorgen, und nein, darauf können wir uns nicht einigen! Nein!

»Ja«, sagte ich. »Das Durchsetzen und Einhalten fällt mir nur gerade etwas schwer.«

»Das mag ja alles sein«, erwiderte Laurenz, »aber so kann es ja nicht weitergehen. Es liegt immerhin in deiner Verantwortung als Mutter, darauf zu achten. Sonst gilt es als Vernachlässigung.«

Ich sah seinen strafenden Blick, die ernsten Falten am Mund, ich sah ihn reden und merkte mit einem Mal, wie gern ich diese Verantwortung losgeworden wäre. Wie schlecht ich sie gerade tragen konnte.

Ich hätte keine Kinder bekommen sollen, dachte ich, nicht mit ihm. Der Gedanke erschreckte mich sehr und war doch trotz seiner völligen Unzumutbarkeit da. Ich hätte keine Kinder mit ihm bekommen sollen.

Nicht, weil ich sie nicht liebte, im Gegenteil, ich liebte sie sehr. Sondern aus dem einfachen Grund, weil meine Kinder auf ähnliche Weise zu leiden hatten, wie auch ich damals gelitten hatte. Musste ich ihnen das wirklich antun? Hatte ich meine eigene Kindheit unbedingt noch einmal zum Leben erwecken und ihnen mitgeben müssen? Den strengen, kontrollierenden Vater? Die hilflose, unglückliche Mutter?

Taten das andere Eltern auch? Gab man wirklich alle Erfahrungen an seine Kinder weiter, insbesondere die unterdrückten Schmerzen, ohne diesen Teufelskreis je durchbrechen zu können? War das so?

Es ist alles Lüge, dachte ich. Das ganze Gefasel von *ein Kind krönt die Liebe*. Alles Lüge. Ein Kind krönt gar nichts. Nicht die Spur. Es legt viel mehr jede sorgsam versteckte Schwäche frei, jene Teile der Persönlichkeit, die man schon immer an sich gehasst hast. Man weißt es nur nicht. In jungen Jahren schlummern sie in der Versenkung, aber mit dem Kind kommt einer nach dem anderen an die Oberfläche, ob man will oder nicht.

Plötzlich hatte ich noch eine sehr kuriose Vorstellung. Ich wusste, wie die Menschheit aussterben würde. Nicht durch Kriege, Krankheiten oder Umweltzerstörung. Nein, viel einfacher, indem sich Frauen irgendwann weigern würden, Kinder zu bekommen und die ganze Verantwortung allein auf ihren Schultern zu tragen. Nahezu jede Beziehung zerbrach, und während Männern danach viel Zeit zum Arbeiten und für Freizeit blieb, mussten Frauen nicht nur für ihren und den Lebensunterhalt der Kinder sorgen, sondern diese auch betreuen, ihre seelische und körperliche Gesundheit gewährleisten und den fehlenden Elternteil ausbalancieren. Frauen waren für alles und jeden zuständig und würden es noch mehr werden, weil sie so stark und unabhängig geworden waren. Weil sie es konnten.

Fast hätte ich gelacht. Das Ende der Menschheit. Irgendwann würden sich Frauen vielleicht wirklich die Frage stellen, wie verrückt man eigentlich sein musste, sehenden Auges in den Abgrund zu springen? Wozu?

Nur um seinen Kindern die gleichen Ängste, die gleichen Schmerzen zu bereiten, die man selbst ertragen musste?

Kinderlose Paare waren die glücklicheren Menschen, mit mehr Geld und Freiheit, der schickeren Wohnung und dem aufregenderen Leben. Die Eltern, die ich kannte, hatten hängende Mundwinkel und keinen Spaß mehr, als Paar schon gar nicht. Sie waren bleich, leer und ausgebrannt, sprachen nur noch über Kindererziehung und rieben sich gegenseitig in sinnlosen Streitereien auf. Hetzten in allen möglichen Aktivitäten durchs Wochenende, damit es so schnell wie möglich vorbei war und sie wieder arbeiten gehen konnten. Und ihr frustrierender Alltag wurde zur Kindheit der Kinder.

»Wo willst du hin?«, fragte ich Laurenz, als er seine Jacke anzog, seine Sporttasche und den Autoschlüssel nahm.

»Zum Training. Ich muss den Kopf freikriegen«, sagte er. »Ich ersticke sonst.«

Kurz bevor ich erstickte, fand ich ein Haus mit Garten am Stadtrand von Berlin, nur einen Steinwurf vom ehemaligen Mauerstreifen entfernt. Mit Linn fuhr ich zur Besichtigung. Von außen sah es aus wie ein reizloser Neubau, innen war es jedoch großzügig, offen und sehr hell. Ringsum lagen ausgedehnte Felder, Wiesen und ein naturbelassenes Waldstück, in dem man Überreste eines alten Dorfes sehen konnte. Für den Bau der Mauer war es dem Erdboden gleichgemacht worden, und nach der Wende hatte sich die Natur ihren Teil zurückgeholt. Als wir Kühe und Pferde auf der Weide sahen, einen Raubvogel, der auf der Jagd nach Beute über unseren Köpfen kreiste, und wir bis auf Vogelgezwitscher, Hundegebell und das Rauschen der Bäume nichts weiter hörten, brauchten Linn und ich uns nur anzusehen. Auch Laurenz war begeistert, weil es ideal zum Laufen und für seine Radtouren war. Hier würden wir endlich ankommen, hoffte ich.

Vier Wochen nach unserem Einzug rief Koray an. Wir hatten schon lange nicht mehr miteinander gesprochen, und es tat gut, seine Stimme zu hören.

Er habe in Berlin zu tun, sagte er, ob ich Zeit hätte, mit ihm essen zu gehen. Ohne nachzudenken oder Laurenz zu fragen, ob er auf die Kinder aufpassen könne, sagte ich Ja.

Der Frühling war bereits weit vorangeschritten und hatte endlich das Licht und die Wärme gebracht, die mir so gefehlt hatten, nachdem im April noch heftige Schneeschauer niedergegangen waren. Jetzt, Ende Mai, war der Sommer spürbar, und jeder Sonnenstrahl weckte meine Lebensgeister ein wenig mehr. Auf den ausgiebigen Spaziergängen mit dem Hund fasste ich wieder neue Zuversicht, lernte andere Hundebesitzer kennen und führte manches nette Gespräch. Laurenz war mehr unterwegs denn je, neben Hannover jetzt auch in anderen Städten. Seine Partnerschaft mit Marc hatte er aufgelöst, weil er mit Marcs Art nicht zurechtkam. Ich hatte mal wieder einen größeren Textauftrag bekommen und war entsprechend fröhlich, als Koray mich zu Hause abholte. Elias und Linn trafen sich mit Laurenz in der Stadt. Er hatte es so arrangiert, dass die Kinder Koray nicht begegneten, und er selbst wollte ihm noch weniger begegnen. Das hatte er zwar nicht gesagt, aber ich wusste es. Und natürlich wusste ich auch, dass Laurenz dieses Treffen nicht gefiel, doch darauf konnte ich keine Rücksicht nehmen.

Koray sah großartig aus, war wieder braungebrannt und strahlte über das ganze Gesicht, und es war mir gleich, dass eine Nachbarin sah, wie herzlich er und ich uns umarmten. Ich freute mich einfach viel zu sehr. Seit seinem Unfall hatten wir uns nicht mehr gesehen. Lange Jahre, in denen wir nur Nachrichten und Fotos ausgetauscht und zu unseren Geburtstagen telefoniert hatten. Ich wusste, dass er zwei Töchter hatte, die sechzehn und vierzehn waren, und dass er seit einiger Zeit als Testfahrer für ein Automobilunternehmen arbeitete. Er fuhr zwar auch noch Motorrad, aber seltener als früher. Und so war er dieses Mal mit einem schicken Auto da, betonte aber sofort, dass es ihm nicht gehöre. Es sei nur das Testfahrzeug.

Nie hatte ich bei Koray Eitelkeit erlebt, die sich auf Besitz bezog. Es erstaunte mich noch immer, dass ihm diese Dinge tatsächlich nichts bedeuteten. Mir hätten sie etwas bedeutet, ich hätte so ein Auto gern besessen oder das Haus, das wir nun gemietet hatten. Koray hatte früher schon gesagt, dass er sich damit nicht belasten wolle. Viel Besitz bedeutete auch viel Verantwortung und weniger Freiheit, und die war ihm das größte Gut.

Wir fuhren zum Park am Fehrbelliner Platz, wo an den Wochenenden bei schönem Wetter viele Thais auf Gaskochern im Freien kochten und brieten und das Essen an die Leute verkauften, die mit ihren Decken die Wiese bevölkerten. Es war offiziell nicht erlaubt, doch bei den Berlinern ungemein beliebt, sodass sich Ordnungsamt und Polizei meist nur zu einer Stippvisite blicken ließen. Koray mochte die thailändische Küche genauso gern wie ich, und kurz darauf lagen wir ausgestreckt in der Nachmittagssonne, neben uns Glasnudelsalat, allerlei Frittiertes und einen Becher mit süßem Caipirinha, und redeten und lachten so ausgelassen wie noch nie zuvor. Lange hatte ich mich nicht mehr so frei und wohlgefühlt.

Koray wollte wissen, ob ich verheiratet sei. Laurenz und ich hätten es vorgehabt, sagte ich, doch habe sich die Gelegenheit nicht ergeben, oder wir wären es nicht gezielt genug angegangen, und heute sei ich zufrieden damit, es nicht zu sein.

Bei Koray war es genauso. Ursprünglich hatten er und seine Freundin nach der Geburt der ersten Tochter heiraten wollen, aber Koray war eine Affäre mit einer anderen Frau dazwischengekommen. Er fand dann wieder mit der Mutter des Kindes zusammen, und sie bekamen die zweite Tochter. So sei es geblieben. Außerdem, gab er schmunzelnd zu, hätte er schon als kleiner Junge nur mich heiraten wollen, doch meine vielen Körbe hätten bei ihm zu einer Heiratsphobie geführt. Ich lachte und sagte, dass es jetzt zwar ohnehin zu spät sei, dass er mir aber irgendwann schon einen richtigen Antrag hätte machen müssen, wenn er das wirklich gewollt hätte.

Koray seufzte, dafür brauche er mindestens einen weiteren Caipirinha, stand auf und kam mit zwei neuen Bechern zurück. Und nachdem wir noch ein wenig gescherzt hatten, erzählte Koray von seinem Vater, um den er sich Sorgen machte, weil er eine Herzerkrankung hatte. Er und seine Mutter verbrachten die meiste Zeit nun in Istanbul, sodass Koray jedesmal hinfliegen musste, um sie zu sehen.

Es tat mir leid, das zu hören. Auch mir fiel es manchmal schwer, die Zeichen des Alterns bei meinen Eltern zu akzeptieren. Ich beschloss, die beiden recht bald zu besuchen.

Als die Sonne untergegangen war und wir so viel gegessen hatten, dass uns die Bäuche wehtaten, fragte Koray, ob wir uns noch ein wenig bewegen wollten. Die vielen Stunden im Freien und reichlich Mineralwasser hatten die Wirkung der Caipirinhas abgeschwächt, und wir beschlossen, in den Club der Visionäre zu fahren. Es war einer der Läden, in die man bereits am Nachmittag gehen und bis zum nächsten Morgen durchfeiern konnte. Ich war einmal mit Laurenz dort gewesen, der Abend war langweilig, weil Laurenz und ich uns miteinander nicht mehr amüsieren konnten, aber der Club hatte mir gefallen. An der Tür stand ein schwarzer Hüne mit Glatze, zahlreichen Ohrringen und Piercings, der aus einem amerikanischen Actionfilm entsprungen schien. Er verzog keine Miene, als er uns hineinwinkte. Der Club bestand aus mehreren Ebenen, einem Steinhaus, einem Floß und zwei großen Holzterrassen, die miteinander verbunden am Ufer des Spreekanals lagen. Alles war rustikal, provisorisch und mit einer Spur Schäbigkeit gestaltet. Eine riesige Weide streckte ihre mit bunten Lichterketten geschmückten Äste über die vollbesetzten Bänke, und weiße Segel überdachten die Tanzfläche. Koray sagte, er komme sich vor wie bei Tom Sawyer.

Um uns bei der Musiklautstärke besser unterhalten zu können, setzten wir uns abseits an den Rand des Floßes, und wenn es etwas wärmer gewesen wäre, hätte ich die Beine im Wasser baumeln lassen. Koray klickerte mit seiner Bierflasche an meine.

»Worauf stoßen wir an, Alev? Auf diesen Abend oder auf uns?«

»Auf uns«, sagte ich. »Wir wollen auf uns anstoßen.«

Koray lächelte. »Ich hätte nicht gedacht, dass ich darauf siebzehn Jahre warten muss.«

Ich konnte nicht glauben, dass dieser Satz, der unsere erste und einzige gemeinsame Nacht eingeläutet hatte, bereits vor so langer Zeit gefallen war, doch Koray hatte recht.

Bilder aus einem anderen Leben drängten in den Vordergrund, schoben sich vor die Person, die ich heute war, eine Frau über vierzig, Mutter zweier Kinder, Partnerin von jemand anderem. Es waren die Bilder einer jungen Frau, die aus einem tiefen Schlaf erwachte. Einem Schlaf, der jeden kostbaren Moment konserviert hatte. Das Restaurant am Bosporus, das Haus seiner Großeltern, das Zimmer, die Worte, sein Duft, seine Haut, seine Küsse.

Und jetzt saß er vor mir, dieser eine Mensch, der mein Herz mit einem kurzen Blick zum Klopfen bringen konnte, mit nur einem einzigen Blick. Ich musste wegsehen, doch das genügte nicht. Die Stelle, wo sich unsere Knie berührten, brannte. Er war zu nah, er war mir viel zu nah, ich musste aufstehen, mich entfernen. Koray hielt mich am Arm fest.

»Wo willst du hin?«

»Ich –«, begann ich und wusste, dass er in meinem Gesicht lesen konnte. »Ich gehe nur kurz.«

»Setz dich.« Sanft zog er mich auf die Bank zurück und ließ meinen Arm los. »Du brauchst nichts tun. Ich fasse dich nicht an. Komm, setz dich und lass uns reden, Alev. Es ist Zeit zu reden.«

Und dann redeten wir. Koray fragte, wie es in meiner Beziehung laufe, ob ich glücklich sei, ob es mir und den Kindern in Berlin gut gehe, was ich beruflich machte und was ich mir für die Zukunft wünschte. Erst kamen meine Worte zögerlich, so als hätten sie eine Ewigkeit in einem Gefängnis verbracht, und nun habe jemand die Zellentür geöffnet und sie tasteten sich vorsichtig in die Freiheit. Doch dann sprudelte eins nach dem anderen aus mir heraus, ich erzählte Koray alles, und mit jedem Satz fiel ein Teil der Bedrückung ab, die ich unbemerkt mit mir herumgetragen hatte. Es waren jene Hüllen, die ich einst übergezogen hatte, um mich zu schützen. Vor Koray, vor Laurenz, vor der Welt, vor mir selbst, vor dem tiefen uralten Schmerz, den ich nicht mehr spüren wollte. Koray sagte nichts, als am Ende meine Lippen zu zittern begannen. Er tat auch nichts anderes, als wieder mit mir anzustoßen. Auf uns.

Und dann begann er zu sprechen. Von seiner Beziehung und seiner Freundin, die er wirklich zu lieben geglaubt hatte, von seinen Töchtern, die er über alles liebte. Und von seiner Sehnsucht nach mir, die stets da gewesen sei, obwohl er mich mitunter gern vergessen hätte.

Es fühlte sich an, als seien dies meine eigenen Worte, die Koray aussprach, meine Gedanken, die durch den unterirdischen Tunnel zwischen uns über seine Lippen geleitet wurden, weil ich sie nicht hätte aussprechen können. Es waren die zu einem Satz verdichteten Empfindungen unseres Lebens.

»In all den Jahren sind nur wenige Tage vergangen, an denen ich nicht an dich gedacht habe.«

Ich fragte Koray, wie er so etwas einfach sagen könne, so furchtlos und selbstverständlich, und er lächelte wieder.

»Ich verrate dir ein Geheimnis«, sagte er. »Es ist sehr einfach: Du musst nur alles ganz nah an dich herankommen lassen, mehr nicht.«

Ich runzelte die Stirn, während Koray einen Schluck aus seiner Flasche nahm. »Ich weiß, alle sagen dir das Gegenteil«, fuhr er fort. »Lass das bloß nicht zu nah an dich heran! Das musst du von dir fernhalten! Ich kenne diese Sprüche, und ich sage dir: Das ist der größte Irrtum, das Fernhalten macht alles viel schwieriger, weil es nur eine Verzögerung ist. Das Thema selbst bleibt bestehen, bis du es dir ansiehst.«

»Aber was, wenn du es nicht kannst?«, fragte ich. »Wenn du es nicht aushältst?«

»Ich halte alles aus, was mir begegnet«, erwiderte Koray. »Wenn ich eines aus meiner Kindheit mitgenommen habe, dann das Vertrauen in die Dinge, die mir geschehen. Ich weiß, dass sie gut für mich sind. Ob ich den Sinn dahinter gleich verstehe oder nicht, ist egal. Ich bin sicher, dass sie eine bestimmte Funktion haben, die mir etwas bringt, sonst wären sie nicht da. Deshalb fürchte ich mich nicht vor dem Verletztwerden, denn selbst wenn es im Moment schmerzt, vielleicht auch sehr heftig, kann mir dennoch nichts geschehen. Das weiß ich, die Erfahrung habe ich gemacht. Auch bei meinem Unfall. Der Trick ist, es an sich herankommen und durch sich hindurchfließen zu lassen. Sich nicht wegzuducken und abzulenken, sondern das auszuhalten, was es auszuhalten gilt. Du bekommst ohnehin immer nur die Dosis, die du gerade verkraften kannst. Verlass dich darauf.«

Die Musik wurde mit einem Mal sehr laut, und viele Leute um uns herum sprangen jubelnd auf. Schnell war die kleine Tanzfläche gefüllt, Leuchtkugeln schossen bunte Blitze in die Segel, die wie die Flügel eines großen weißen Drachen über uns flatterten.

»Komm«, sagte Koray. »Ich wollte schon immer mal mit dir tanzen.«

Es war drei Uhr nachts, als er mich zurückbrachte. Ich war durcheinander und gleichzeitig von einer wundervollen Zufriedenheit erfüllt. Koray hielt vor unserem Haus und stellte den Motor ab.

»Auf ein Neues, Alev«, sagte er. »Gehen wir zurück in unser anderes Leben.«

Seine Hand am Lenkrad, die andere auf seinem Bein, seine dunklen Augen, die unter den schwarzen Haarsträhnen hervorschauten, sein schönes helles Lächeln, in dem ich mich gespiegelt sah. Die Gewissheit, dass wir uns einmal mehr loslassen und dennoch beieinanderbleiben würden. Weil es so sein musste, weil es über unseren Verstand hinausging, über unseren freien Willen, weit darüber hinaus.

»Du wirst mir fehlen.«

»Ja.« Koray lächelte. »Bekomme ich einen Kuss zum Abschied?«

Und während wir behutsam zusammenfanden, glaubte ich den Ezan zu hören, der unseren ersten Kuss in Bodrum begleitet hatte.

EINUNDZWANZIG

Die Nachttischlampe brannte, und Laurenz begrüßte mich mit einem vernichtenden Blick, als ich leise die Tür zum Schlafzimmer öffnete.

»Bisschen spät, findest du nicht?« Er legte das Buch beiseite und beobachtete mein Gesicht, jede meiner Bewegungen, suchte mich von oben bis unten nach verräterischen Anzeichen ab. Obwohl ich wegen der Uhrzeit schon etwas verlegen war, spürte ich kein Schuldgefühl.

»Ja«, sagte ich, hob meine Decke an und glitt darunter. Die kalten Füße zog ich ganz hoch an meine Beine, um mich zu wärmen. »Wir haben uns eben lange nicht gesehen.«

»Dann müsst ihr ja viel zu besprechen gehabt haben.«

»Ja«, wiederholte ich. »Das hatten wir.«

»Und was?« Laurenz wandte sich ganz mir zu und stützte sich auf dem Ellbogen ab. Ich merkte, dass er ehrlich interessiert wirken wollte.

»Ich bin jetzt ziemlich müde«, sagte ich. »Können wir das ein andermal besprechen? Ich würde gern schlafen.«

Doch im Gegensatz zu mir war Laurenz hellwach, alarmiert und keinesfalls bereit, die qualvollen Stunden, die ich ihm bereitet hatte, einfach so zu übergehen. Er wollte wissen, wo wir gewesen seien, über welche Themen wir gesprochen hätten, wie es gewesen sei, ihn zu sehen, und vor allem, was genau mich so gefesselt hätte, dass ich dafür die halbe Nacht weggeblieben sei.

Obwohl es wirklich das Letzte war, was ich in diesem Moment wollte, begann ich dennoch zu erzählen. Von Korays Arbeit, dem Sportwagen, der Thai-Wiese, dem Club am Flutgraben, der guten Musik, von Korays Eltern in Istanbul, seiner Frau und seinen Töchtern. Insbesondere von den dreien erzählte ich ausführlich.

Von allem anderen aber, von den Dingen, auf die Laurenz eigentlich aus war, sagte ich kein Wort. Und wusste auch genau, dass nichts davon in meinem Tagebuch zu lesen sein würde. Das gehörte mir ganz allein, und ich würde es für Laurenz nie wieder sichtbar machen.

Am Ende gestand er seine erneut aufgewallte Eifersucht ein, die ihn gefangen genommen habe, aus der er sich nicht allein befreien könne und meine Hilfe brauche.

Er drängte sich an mich, griff mit festen Händen zu und flüsterte unentwegt meinen Namen. Etwas, das er beim Sex anfangs immer, jetzt jedoch schon lange nicht mehr getan hatte.

Und während er mich mit gierigen Küssen bedeckte, fragte ich mich, seit wann er im Bett eigentlich nur noch *Süße* sagte. Und warum fiel mir das erst jetzt auf?

Weil mir erst jetzt klar wurde, dass dieser Akt nicht mir galt, sondern nur der Wahrung seiner Eigentumsrechte. Weil ich erst jetzt merkte, dass ich mich benutzen ließ, obwohl ich seinen Mund, seinen harten Körper und seinen Geruch nicht mehr mochte. Ich konnte die Intimität, die ich mit ihm einmal gehabt hatte, nicht mehr genießen.

Das erschreckte mich seltsamerweise mehr als die Vermutung, dass er mich als persönlichen Besitz betrachtete, dem kein Eigenleben zustand.

Danach sagte Laurenz, er habe am Fenster gestanden, als wir vorgefahren seien, und habe versucht ins Auto zu sehen, doch die Scheiben seien verdunkelt gewesen. Ich war froh darüber und schwieg. Er habe sogar überlegt, den Hund als Vorwand zu nehmen, um aus dem Haus und mir entgegenzugehen.

Wie immer, wenn er von seiner Eifersucht sprach, war ich befremdet. Er tat mir leid, insbesondere weil er seit jeher in der Nacht von Albträumen geplagt aufschreckte, nicht wusste, wo er sich befand und was er im Schlaf redete. Laurenz kämpfte gegen seine eigenen Dämonen, und ich hatte wirklich gedacht, ihn davon befreien zu können.

Die nächsten Tage und Wochen belauerte er mich noch aufmerksamer als sonst und sagte wegen angeblich starker Rückenschmerzen sogar einen Termin in einer anderen Stadt ab. Ich wurde das Gefühl nicht los, dass er nicht nur in meinem Tagebuch las, sondern auch die Nachrichten auf meinem Mobiltelefon und Rechner überwachte. Als ich ihn darauf ansprach, wurde er sehr zornig und verbat sich jegliche Unterstellung. Und weil Koray und ich uns nicht schrieben, änderte ich meine Zugangsdaten und ließ es auf sich beruhen. Ich würde es Laurenz wahrscheinlich weder nachweisen noch ihn ganz daran hindern können. Wenn er sich unbedingt martern wollte, sollte er es um Himmels willen tun.

Wir hatten ohnehin ganz andere Probleme. Finanziell lief es für Laurenz seit der Trennung von Marc nicht sonderlich gut, sodass ich mir erneut Sorgen machte. Neben dem Texten für gemeinnützige Organisationen hatte ich begonnen, für ein Internetportal zu schreiben und zu illustrieren, in dem es um Erziehungsfragen und Bildung ging. Auch wenn ich verhältnismäßig gut verdiente, hätte es nicht gereicht. Mir brach oft schon der Schweiß aus, wenn ich den Briefträger von Weitem sah.

Und dann hatten sich Linns Schlafstörungen zu einer derartigen Belastung entwickelt, dass Laurenz und ich Rat bei einer Kinderpsychologin suchten. Linn weinte nun jeden Abend, wollte nicht ins Bett und ließ sich in akutem Zustand kaum beruhigen. Selbst wenn sie bereits geschlafen hatte, stand sie kurz darauf wieder im Wohnzimmer. Entweder Laurenz oder ich mussten uns zu ihr legen und warten, bis sie fest schlief. Das sorgte natürlich für ständige Müdigkeit und Konzentrationsschwäche in der Schule, und während Elias trotz seiner Ablenkungen gute Leistungen brachte, kam Linn kaum noch mit. Laurenz sagte, das rühre daher, dass ich ihr früher zu vieles hätte durchgehen lassen, ohne klare Grenzen zu setzen, und das sei nun die Folge. Linn wisse ganz genau, womit sie die Aufmerksamkeit bekomme, die sie wolle. Ich hatte eher den Eindruck, dass Linn Ähnliches durchmachte wie ich damals, als Dalan im Mittelpunkt der Familie gestanden hatte und ich daneben untergegangen war.

Die Psychologin empfahl uns eine therapeutische Behandlung, und so ging Linn nun zweimal in der Woche zu ihr, redete, spielte, malte und bastelte. Was genau sie da machte, wussten weder wir noch sie selbst, aber ich hatte den Eindruck, dass es ihr guttat. Alle vier Wochen waren Laurenz und ich zum Gespräch dort und berichteten, wie es zu Hause lief. Zunächst lief es gar nicht, es war schlimmer als je zuvor. Linn wurde immer verzweifelter in ihrem Bedürfnis nach Zuwendung. Laurenz und ich stritten nur noch. Er warf mir vor, unstrukturiert, emotional labil und chaotisch zu sein, was sich nicht nur an Unordnung und Schmutz im Haus, sondern eben auch an unseren Kindern zeige. Ich hielt ihm vor, lediglich Aufgaben und Pflichten an uns zu verteilen, ohne selbst welche zu übernehmen, und zu verschwinden, wenn es ihm zu anstrengend wurde. Elias ging es von uns allen vermutlich am besten. Er hielt sich meist bei seinen Freunden auf und spielte mehrmals die Woche Fußball. Mit uns sprach er nur wenig.

Ein knappes halbes Jahr später zeichnete sich endlich eine leichte Besserung ab. Wenn Linn auch noch immer nicht gut einschlafen konnte, so weinte sie zumindest weniger.

Entscheidende Fortschritte machte sie jedoch erst, nachdem sie die Schule gewechselt hatte. Die neue Schule war auf freies und künstlerisches Lernen ausgerichtet, und das entsprach Linn viel mehr. Ich atmete auf, als sie bald darauf eine Freundin in der Klasse fand, mit der sie sich nachmittags treffen konnte.

Die übermäßige Beschäftigung mit Linn hatte dafür gesorgt, das ich den Besuch bei meinen Eltern lange aufgeschoben hatte, doch jetzt beschloss ich, endlich nach Hannover zu fahren. Und zwar allein, weil ich mich weder um Mann und Kinder noch um den Hund kümmern wollte. Ich war ausgebrannt und sehnte mich am meisten nach Ruhe und Einsamkeit. Die würde ich in meiner Heimatstadt zwar nicht unbedingt finden, aber immerhin Zerstreuung durch meine Eltern und Freundinnen.

Greta und Silvie holten mich gemeinsam vom Bahnhof ab, und als wir uns in den Armen lagen, merkte ich, wie sehr ich die beiden vermisst hatte. In Berlin hatte ich nur ein paar mehr oder weniger vertraute Bekannte, kein Vergleich mit unserer innigen alten Dreierfreundschaft. Von der ersten Sekunde an war es so, als sei ich nie weg gewesen. Deshalb merkte ich auch schnell, dass die beiden etwas bedrückte. Greta fuhr uns zu ihrem neuen Lieblingsitaliener, und nach dem ersten Aperitif konnte Silvie sich nicht mehr zurückhalten. Sie erzählte, dass ihr Mann neulich bei einer Firmenfeier gewesen sei. Wie es der Zufall wollte, hatte Laurenz dort eine Fortbildung für die Mitarbeiter gegeben. Silvies Mann wusste erst nicht, wer Laurenz war, das ergab sich auch eher zufällig, als er Silvie Fotos zeigte, die er während der Feier gemacht hatte.

Beim Ausklang des viertägigen Seminars, den sie in einer Bar gefeiert hätten, sei Laurenz der Abteilungsleiterin so nahe gekommen, dass ein Missverständnis ausgeschlossen sei. Die beiden hätten die Bar auch gemeinsam verlassen.

Ich merkte, dass mir das Blut aus dem Gesicht wich. Greta bestellte noch einen Aperitif, doch meine Hand zitterte so sehr, dass ich einen Teil davon verschüttete.

Weinen konnte ich nicht, wütend werden auch nicht. Ich stand unter Schock, ich begriff es nicht. Diese Sache drang nicht zu mir durch. Meine Arme und Beine wurden so schlaff, dass ich dachte, ich würde mit ihnen zu Boden fließen.

Und doch begann mein Verstand im Hintergrund sofort mit dem Sortieren und Abgleichen der Informationen. Ich zweifelte keine Sekunde am Wahrheitsgehalt von Silvies Worten oder denen ihres Mannes. Ich wusste, dass es geschehen war, dass Laurenz mich betrogen hatte. Allein der Satz verursachte mir schon Würgereiz. Ich sprach ihn nicht einmal in Gedanken aus, ich nahm nur die Tatsache als solche und legte sie in einer unzugänglichen Zone meines Verstandes ab. Dennoch fragte ich mich, wie das zu seiner Eifersucht passte, wenn ihm unsere Beziehung so wenig bedeutete. Wenn ich ihm so wenig bedeutete.

Dann müsste er sich über meine Verabredung doch eher freuen, weil er sein Treffen damit ebenfalls legitimieren konnte. Ich verstand das nicht. Trotzdem verletzte es mich, und ich ahnte, dass der richtige Schmerz darüber erst noch kommen würde. Ich war nur nicht reaktionsfähig, es gab immer diese Zeitverzögerung bei mir. Erst kam die Schockstarre, in der ich sogar noch lächelte, während man mir das Messer im Leib umdrehte. Dann ein undefinierbarer Zustand von Leere und Verwirrung gleichermaßen, und dann explodierte irgendwann die gleißende Wut. Der Schmerz kam viel später, der stand vor der Akzeptanz ganz am Schluss des Prozesses. Doch da war ich noch nicht. Ich befand mich gerade in Phase eins.

Eigentlich hatte ich vorgehabt, bei Greta zu übernachten, weil sie ein Gästezimmer hatte, aber nachdem wir Stunden beim Italiener gesessen, geredet und dabei einiges getrunken hatten, wollte ich nur noch allein sein. Greta und Silvie waren beide verheiratet und hatten auch Kinder. Selbst wenn sie bei unserem Eintreffen schlafen würden, ginge am Morgen das Familienleben weiter, vor dem ich gerade geflohen war. Meine Eltern wollte ich zu dieser Uhrzeit nicht wecken, und so tat ich etwas, das ich in Hannover noch nie getan hatte: Ich nahm mir ein Zimmer im Hotel. Die Stille im Raum bei geschlossenem Fenster war so bedrückend wie erholsam und von dem mir wohlbekannten Sirren im Ohr begleitet. Es beruhigte mich.

Ich träumte von Laurenz, den ich schlug. Mit einem Holzbügel und mit der flachen Hand, hart ins Gesicht. Immer wieder schlug ich zu, schrie und beschimpfte ihn mit den verletzendsten Worten, die mir zur Verfügung standen. Ich erniedrigte und demütigte ihn, und er stand nur da, ohne sich zur Wehr zu setzen. Dann sagte er, das habe nichts mit mir zu tun. Ich solle es nicht so nah an mich heranlassen.

Mit meiner Mutter hatte ich mich am Vormittag zum Frühstück in der Stadt verabredet, und ich machte gar nicht erst den Versuch, ihr irgendetwas zu verheimlichen. Mein Gesicht sprach Bände, und sie war nicht überrascht, nur betrübt.

»Ach Kind«, sagte sie und drückte mich fest an sich. »Was hast du denn erwartet? Laurenz ist ein unsicherer kleiner Junge, der nach Bestätigung sucht.«

Eine gute Frage. Was hatte ich eigentlich von Laurenz erwartet? Eine glückliche Beziehung? Liebe? Eine harmonische Familie? Eine gemeinsame Zukunft?

Ja, es hatte eine Zeit gegeben, in der ich davon überzeugt gewesen war, eine Chance mit ihm zu haben. Doch je näher wir uns kennenlernten, umso mehr war die Überzeugung einer Ansammlung von Enttäuschungen gewichen, die in unser beider Unvermögen, darüber zu sprechen, stecken blieben. Bei näherer Betrachtung kamen mir nun einige Dinge in den Sinn; kleine alltägliche Bosheiten und Respektlosigkeiten, die ich unkommentiert hingenommen hatte, weil er auf Kritik sehr empfindlich reagierte und ich einem Streit ausweichen wollte. Und ich war oft ausgewichen, weil er aggressiv und laut wurde, weil ich Angst vor Konflikten hatte, weil ich sie nicht ertrug.

Ich sah aus dem Fenster des Cafés auf die Menschen, die mit Einkaufstüten vorbeiliefen, rührte in meinem Kaffeebecher und überließ das Frühstück meiner Mutter. Wie früher konnte ich bei Kummer nichts essen.

Es tue ihr sehr leid für mich, sagte sie, für die Kinder und auch für Laurenz und mich, weil wir immer ein schönes Paar gewesen seien. Einen Rat hatte sie nicht, nur dass ich das Gespräch mit ihm suchen solle. Sie war zwar mit mir einer Meinung, dass es wohl wenig bringen würde, weil Laurenz nur zugeben würde, was nicht mehr zu leugnen war. Dennoch sei es vielleicht einen Versuch wert, schließlich sei jeder Mensch lernfähig. Und vielleicht habe die ganze Sache ja auch eine gute Seite.

Welche das denn sein könnte, fragte ich, doch darauf hatte meine Mutter auch keine Antwort. Das zeige sich oft erst später.

»Komm zurück«, sagte mein Vater, den ich im Anschluss besuchte. »Nimm die Kinder und komm wieder hierher. Wir finden eine Lösung.«

Ich konnte den Stein fühlen, der mir dabei vom Herzen fiel. Nicht, weil ich sofort in Berlin alle Zelte abbrechen wollte, sondern weil mein Vater Verständnis für mich zeigte und mich uneingeschränkt in Schutz nahm.

Während mir die Tränen übers Gesicht liefen, hielt er meine Hand, und obwohl es ungewohnt war, mich in meinem Alter von ihm trösten zu lassen, tat es doch ungemein gut. Für einen kurzen Augenblick spielte es keine Rolle, dass ich kein Kind mehr war.

Die Wohnung meines Vaters lag in der Nähe des Maschsees, und anstatt den Bus zum Hauptbahnhof zu nehmen, lief ich die ganze Strecke am See entlang in die Stadt. Der Oktober hatte die Blätter mit rostroter Farbe überzogen, die im kalten Wind vor mir herumwirbelten. Eins landete direkt auf der Kappe meines Stiefels, ein besonders schönes, tief dunkelrotes, mit drei geschwungenen Zacken. Ich nahm mein Tagebuch aus der Tasche, das ich nun meist bei mir trug, und legte das Blatt hinein.

Der Zug wartete bereits am Gleis, und als er aus dem Bahnhof rollte, war ich nicht sicher, ob ich nicht viel lieber geblieben wäre. Bei meinen Eltern und meinen Freundinnen, die mir zuhörten, Hilfe anboten und für mich da waren. Auch in der Stadt, die mir so viel vertrauter war.

Viel zu schnell fraß der Zug die Kilometer und spuckte mich in Berlin wieder aus. Linn und der Hund freuten sich sehr, dass ich wieder zurück war. Elias übernachtete bei einem Freund, und Laurenz war sofort verunsichert, als ich ihm den Begrüßungskuss verweigerte. Misstrauisch sah er mich an, doch vor Linn sagte ich kein Wort, ging ihm nur aus dem Weg. Natürlich war klar, dass etwas vorgefallen sein musste, und offensichtlich hatte auch er Scheu, sich damit zu konfrontieren, denn als ich nach einer Weile aus Linns Zimmer kam, hatte Laurenz das Haus ohne eine Nachricht verlassen.

Auch am nächsten Tag ergab sich keine Gelegenheit, allein mit ihm zu sprechen, weil er bei einer Fortbildung war und erst zurückkam, als ich schon schlief. Doch das hinderte mich nicht. Mein Schlaf war so leicht, dass ich bei seinem Eintreten sofort wach wurde und Licht machte. Laurenz lächelte.

»Hallo, du bist noch wach?«

»Wie du siehst.«

Ich kam ohne Umschweife direkt auf die Firmenfeier zu sprechen und fragte, was er mit dieser Frau habe. Erst tat er so, als wisse er nicht, wovon ich sprach, doch als ich sagte, er habe in dem hannoverschen Unternehmen von Silvies Mann ein Seminar mit abschließender Party in einer Bar geleitet, verlor Laurenz für einen winzigen Moment die Kontrolle. Es schien tatsächlich so, als habe er von Silvies Mann keine Ahnung. Er schluckte und schwenkte dann in einem bewundernswerten Tempo auf Verteidigung um.

Ob das so ein aufgeblasener Wichtigtuer sei, fragte er. Ja, jetzt erinnere er sich. Der Mann sei ihm während des ganzen Seminars negativ aufgefallen, weil er vergeblich versucht habe, bei der durchaus attraktiven Dame zu landen. Ja, es sei richtig, dass er sich blendend mit ihr unterhalten habe, eine intelligente und schöne Frau sei das, und ja, auch ein wenig geflirtet habe er, aber harmlos, von allem anderen aber könne gar keine Rede sein.

»Alles ist gut, Süße«, sagte er lachend. »Wenn ich so was täte, dann in einem anderen Rahmen.« Er zwinkerte mir zu, als habe er einen Scherz gemacht. Schließlich sei er Seminarleiter, ob ich wirklich glaubte, dass er sich vor Geschäftspartnern so eine Blöße gäbe? Das könne er sich gar nicht leisten, damit würde er seinen Ruf schädigen. Das müsse ich doch wissen. Zaghaft streckte er die Hand nach mir aus, doch ich wich zurück.

Silvies Mann war kein Wichtigtuer, niemand, der sich in den Vordergrund drängte, eher zurückhaltend und unauffällig. Ich war mir plötzlich sicher, dass Laurenz ihn gar nicht wahrgenommen hatte. Als ich zu seinen Erklärungen schwieg und Laurenz merkte, dass ich ihm nicht glaubte, war seine Scheu vergessen.

Da ich mein Urteil über ihn offensichtlich bereits gefällt hätte, brauche er auch nichts mehr dazu zu sagen. Er sähe nicht ein, seine Zeit mit sinnlosen Rechtfertigungen zu verschwenden. Damit drehte er mir den Rücken zu und zog die Decke hoch über seine Schultern, sodass auch von seinem Kopf nichts mehr zu sehen war. Ich stand auf, nahm mein Bettzeug und verbrachte die Nacht im Gästezimmer. Die darauffolgende auch, die nächsten fünf ebenso. Und nach drei Wochen fühlte ich mich im Schlafzimmer unwohl.

Eigenartig war, dass Laurenz nach dem Gespräch sprühend gute Laune hatte. Sie richtete sich zwar nicht an mich, sondern eher an den Hund und die Kinder, aber er sang unter der Dusche, pfiff beim Spazierengehen vor sich hin und kam abends mit einem Lächeln zur Tür herein.

Er blieb auch konsequent dabei, dass zwischen ihm und der Frau nichts vorgefallen sei. Ich müsse selbst entscheiden, wem ich Glauben schenken, und vor allem, welche Konsequenzen ich daraus ziehen wolle. Wenn ich der Meinung sei, unsere Familie wegen eines unbedeutenden Flirts zerstören zu müssen, so täte ihm das leid, er würde meine Entscheidung aber akzeptieren. Er wisse selbst, wie nagend Eifersucht sein könne.

Aber ich solle bitte auch an die großen Anstrengungen denken, denen wir beide ausgesetzt gewesen seien. Der Umzug, Linn, Arbeit, Geldsorgen und viele zusätzliche Kleinigkeiten hätten zu einer Entfremdung geführt, die uns nicht entspreche. Wir sollten wieder mehr für uns tun, uns wieder näherkommen. Vielleicht an die Ostsee fahren, mehr miteinander reden oder zu einem Paartherapeuten gehen. Ich mache auf ihn tatsächlich einen angeschlagenen und nervösen Eindruck.

Wenn ich mich selbst beobachtete, wie ich an meinen Lippen zupfte, meine Haare zwirbelte und spaltete, wenn ich mich im Alltag sah, nur mit Hund, Kindern, Einkaufen, Haushalt, Wäsche, dem Heranschaffen neuer Textaufträge und dem abendlichen Fernsehprogramm beschäftigt, musste ich Laurenz recht geben. Ich führte nicht das Leben, das ich eigentlich führen wollte. Hatte ich das überhaupt jemals? Das Leben geführt, das ich führen wollte? Wusste ich überhaupt, wie es aussehen und was es beinhalten sollte? Wusste ich, was ich wollte? Mein Spiegelbild sagte jeden Tag Nein. Ich war blass geworden, farblos und unscheinbar.

Vielleicht war Laurenz' Vorschlag mit der Paartherapie gar nicht so schlecht? Vielleicht würde es uns guttun und Aufschluss darüber geben, wie es weitergehen sollte.

Er freute sich jedenfalls, als ich zustimmte, und vereinbarte gleich einen Termin, sodass wir uns wenige Tage später bei einer Therapeutin gegenübersaßen.

Als sie fragte, was wir uns von dem Besuch bei ihr versprächen, und Laurenz sagte, dass er einfach nur seine Frau wiederhaben wolle, schnürte sich mir der Hals zu. Meine Hände und Füße wurden eiskalt, und in meinem Magen ballte sich irgendetwas zusammen. Unter den Blicken der beiden, die auf meine Antwort warteten, wusste ich nicht, wo ich hinsehen sollte. Die Therapeutin versuchte es mit Lockerungsübungen, trotzdem hatte ich das Gefühl, kaum noch atmen zu können.

Wie Laurenz und ich das Gespräch fortsetzten, wie wir nach Hause fuhren und im Bett landeten, weiß ich heute nicht mehr. Während er an meiner Seite schlief, wurde mir klar, dass es so nicht weitergehen konnte, dass ich etwas unternehmen musste. Ich wollte mit Laurenz nicht mehr zusammen sein. Ich wollte mit den Kindern allein leben. Wie ich das bewerkstelligen sollte, wusste ich allerdings nicht.

ZWEIUNDZWANZIG

Zunächst blieb alles beim Alten. Schon wegen der Kinder konnte und wollte ich nicht vorschnell handeln. Ich hatte Skrupel, ihnen mit einer Trennung das nächste Drama zuzumuten, und so ging ein weiteres Jahr ins Land, ohne dass sich etwas Nennenswertes änderte. Zumindest Elias und Linn ging es gut, gerade Linn hatte sich deutlich stabilisiert und fühlte sich mittlerweile ziemlich wohl, was mir eine große Erleichterung verschaffte.

Dann verstarb der Hund unerwartet, und auch wenn ich betroffen war, so hielt sich meine Trauer im Vergleich zu der der Kinder in Grenzen. Ich war kein so begeisterter Hundemensch geworden wie anfangs gedacht, und obwohl er ein sehr liebes und treues Wesen gehabt hatte, war mir das dauerhafte Kümmern oft zu viel, denn das übernahm ich fast ausschließlich allein.

Seine Abwesenheit machte mich eine Spur freier und eröffnete mir auch in beruflicher Hinsicht andere Möglichkeiten. Nachdem ich bisher nur zu Hause gearbeitet hatte, konnte ich mich endlich auch nach anderen Tätigkeiten umsehen. Auf Empfehlung meiner Mutter rief ich in einer Buchhandlung an und konnte dort nach einem netten Vorstellungsgespräch mehrmals in der Woche auszuhelfen. Damit trat ich eine Weile in ihre Fußstapfen. Ich war überrascht, wie viel Freude mir das Verkaufen von Büchern machte. Es war ähnlich wie mit den Schuhen damals, natürlich verkaufte ich meine eigenen Favoriten am besten. Neben dem Texten und Zeichnen war es ein willkommenes und vor allem regelmäßiges Zubrot, das ich sehr schätzte.

Und ganz allmählich begann ich mich zu verändern. Ich wurde wieder offener, zuversichtlicher und selbstbewusster. Traf mich mit Kollegen aus der Buchhandlung, die wiederum andere mitbrachten, und so formte sich ein kleiner Freundeskreis aus Menschen, mit denen ich mich austauschen und lachen konnte. Laurenz und ich lebten mehr oder weniger nebeneinanderher. Er war viel unterwegs, entweder bei der Arbeit oder beim Sport, und ich fragte nicht nach, wenn er spät nach Hause kam.

Nicht, dass es mir wirklich gleichgültig gewesen wäre, ich hatte nur keine Energie übrig, mich damit auseinanderzusetzen und dabei womöglich auf weitere Konflikte zu stoßen. Zumal es so gut tat, meinen eigenen Interessen zu folgen. Ich zeichnete wieder, mit Aquarell, Tusche und Bleistift. Ich kopierte Bilder von Häusern, die mir gefielen, und kolorierte sie mit Wachsstiften und Acrylfarben. Ich kaufte ein paar alte Möbelstücke, beizte und strich sie mit Spezialfarbe, zersägte Paletten, um Blumenregale für den Garten zu bauen, und fing an, Kräuter, Tomaten und anderes Gemüse zu pflanzen.

Obwohl Laurenz die Bilder nicht aufhängen wollte, machte ich weiter. Zu viele Jahre hatte meine Kreativität brachgelegen. Jetzt überfiel mich eine Idee nach der anderen, und ich genoss es, sie umzusetzen. Manchmal blitzte auch der Gedanke zu einer Geschichte auf, die ich schreiben könnte, doch weil sie dann über wenige Absätze nicht hinausging, ließ ich es sein. Es war auch nicht wichtig. Ich erinnere mich an erfüllte Tage, an Hingabe, Zufriedenheit und Stolz, während ich diese Dinge tat, wenn mir etwas Schönes gelungen war und ich den Anblick und seinen Nutzen gleichermaßen genießen konnte.

Die Nachricht meines Bruders war eine weitere, sehr willkommene Freude in jenem Jahr.

Dalan wollte in einer symbolischen Zeremonie seinen langjährigen Freund heiraten und lud dazu ein paar enge Freunde und mich ein. Das Fest sollte im Herbst auf einer Insel in Thailand stattfinden, und Dalan schenkte mir sogar den Flug. Laurenz war weniger begeistert, weil ich ohne ihn und die Kinder fliegen würde und er sie allein versorgen musste, nahm es aber doch hin. Er brachte mich sogar zum Flughafen und wünschte mir und allen anderen einen schönen Urlaub.

Ich war einige Jahre nicht mehr geflogen, denn in unsere wenigen Familienurlaube waren wir mit dem Auto gefahren. Nachdem ich in Frankfurt gelandet war und kurz darauf das Flugzeug nach Bangkok bestiegen hatte, atmete ich auf. Zehn Tage lagen vor mir. Zehn volle Tage für mich ganz allein. Sonne, Meer und paradiesische Landschaft. Dazu ein rauschendes Fest mit meinem Bruder, zu dem ich kaum Kontakt gehabt hatte. Gute Gespräche, glückliche Menschen. Ich konnte mir keine Steigerung dessen vorstellen.

Von Bangkok aus sollte ich nach drei Stunden Aufenthalt Richtung Koh Samui weiterfliegen, wo mich Dalan und die anderen Gäste empfangen würden. Das Flugzeug landete in den frühen Morgenstunden, und sobald die Kabinentüren aufgingen, legte sich wundervolle tropische Hitze in kleinen Perlen auf meine Haut. Ich mochte diese schwüle, feuchte Luft, die mir zeigte, dass ich sehr weit von Deutschland entfernt war. Seit meiner Zeit als Flugbegleiterin hatte ich das vermisst. Ich reihte mich in die Schlange an der Passkontrolle ein, holte danach meinen Koffer vom Gepäckband und setzte mich in eins der Bistros, um einen Kaffee zu trinken. Eine bunte Mischung aus Touristen und Einheimischen wuselte mal gemächlich, mal eilig um mich herum. Englische, französische und thailändische Sprachfetzen drangen an mein Ohr, und ein junges deutsches Pärchen mit großen Rucksäcken, an denen ihre Schuhe hingen, setzte sich in meine Nähe. Sie hatte blonde, zu einem wirren Dutt zusammengebundene Haare und er dunkle Strähnen, die ihm ins Gesicht fielen. Müde ließ sie ihren Kopf an seine Schulter sinken, und er strich über ihre Wange. Eine kleine, innige Geste. Ich wusste genau, wie sich das anfühlte. Ich konnte die Geborgenheit spüren, in der das Mädchen mit geschlossenen Augen ruhte. Die Gewissheit, bei ihrem Geliebten aufgehoben zu sein.

Eine Nachricht ging auf meinem Mobiltelefon ein. In Erwartung, etwas von Laurenz oder Linn zu lesen, nahm ich es aus der Tasche.

Bestellst du mir auch einen Kaffee?, stand da. Von Koray. Mit wild schlagendem Herzen sah ich mich um. Er lehnte an einer Säule, vielleicht zehn Meter von mir entfernt, und lächelte. Koray.

Es war die Verwandlung eines Gedankens in Wirklichkeit. Des Gedankens, der mich Sekunden zuvor gestreift und sich sofort verflüchtigt hatte, weil es eben nur ein Gedanke war, nichts zum Festhalten oder Verfolgen. Ein

Trugbild, das beim nächsten Blinzeln vergessen sein würde. Nur war es keines. Der Gedanke war kein Trugbild, keine Illusion, sondern Realität geworden. Mit dem Bewusstsein nicht zu erfassen, nur mit einer sinnlichen Schwingung, die zwei Menschen gleichzeitig ergriffen und auf eine natürlich wirkende Weise zusammengeführt hatte.

Koray war hier, er saß neben mir, trank mit mir Kaffee, und wir lachten wie zwei Kinder, denen man ein Überraschungsgeschenk gemacht hat.

Koray war der Letzte, mit dem ich bei der Hochzeit meines Bruders gerechnet, und der Erste, den ich mir dort gewünscht hätte. Er erzählte, dass Dalan ihn, Jale und mich eingeladen habe, um uns vier einmal wieder zusammenzubringen und ein wenig familiäre Atmosphäre zu schaffen. Mir hatte Dalan das nicht gesagt, nur dass er dankbar wäre, wenn ich die Feier bei unseren Eltern nicht erwähnte. Sie täten sich mit ihm ohnehin schwer genug.

Wir tranken einen weiteren Kaffee, der meinen Herzschlag nicht ruhiger machte. Ich redete, und Koray redete, und darüber hätten wir dann beinahe unseren Anschlussflug verpasst. Wir sprangen erst vom Tisch auf, als unsere Namen aufgerufen wurden. Fröhlich liefen wir zum Schalter, von dort zum Flugsteig und betraten unter den vorwurfsvollen Blicken der anderen Passagiere als Letzte die Kabine. Und in der einen Stunde, die wir getrennt sitzen mussten, weil es keine zusammenhängenden Plätze mehr gab, konnte ich mich an die Vorstellung gewöhnen, mit Koray in den nächsten Tagen ununterbrochen zusammen zu sein. So ganz verstand ich immer noch nicht, wie das geschehen konnte.

Ein Tuk-Tuk, die in Asien sehr verbreitete Motor-Rikscha, brachte uns vom kleinen Flughafen im nordöstlichen Teil der Insel nach Westen. Dabei fuhren wir ein Stück an der Küste entlang, dann bergauf und bergab durch eine dicht bewaldete Landschaft voller Kokospalmen und sattgrüner Laubbäume. Die Hitze ließ die lange Hose und das Oberteil an meinem Körper kleben. Es hatte sich noch keine Gelegenheit zum Umziehen ergeben, lediglich meine geschlossenen Schuhe konnte ich gegen Sandalen tauschen, weil ich die im Handgepäck hatte. Auch Koray trug eine lange Hose und ein Hemd, doch ich hatte das Gefühl, mehr zu schwitzen als er.

Gibbons kreuzten die Straße oder hangelten sich an Bäumen und Holzhütten empor. Spielende Kinder winkten uns zu, und ich war erstaunt zu sehen, dass die Kleinsten meist auf dem Arm des Vaters getragen wurden, seltener auf dem der Mutter. Und alle machten einen sehr zufriedenen Eindruck, ich sah kein einziges Kind weinen.

Nach einer knappen halben Stunde hatten wir unser Ziel erreicht. Lose gruppierten sich kleine und größere Holzhütten um einen offenen Pavillon, der als Rezeption, Küche, Restaurant und Treffpunkt gleichzeitig diente. Die Inhaberin, eine hübsche Thailänderin, begrüßte Koray und mich und erzählte in gebrochenem Englisch, dass sie die Unterkunft mit ihren drei Schwestern und deren Männern bewirtschaftete. Hühner staksten pickend und scharrend herum und stoben gackernd auf, als ein Kind hinter ihnen herlief. Gemeinsam gingen wir zu einer Reihe von Hütten hinüber, die zwischen Palmen direkt am schneeweißen Sandstrand gebaut waren. Dahinter erstreckte sich türkisblaues Meer, das uns in flachen, samtweichen Wellen entgegenglitt. In der Ferne lag eine weitere Insel. Links begrenzten helle Felsen die Bucht, rechts lief der Strand einige Hundert Meter weiter bis zu einer Landzunge. Koray und ich sahen uns an, und beinahe hätte ich ihn gebeten, mich zu kneifen, weil ich nicht glauben konnte, dass es kein Traum war.

Hinter uns ertönte eine mir wohlbekannte Stimme, und als ich mich umwandte, kamen Dalan und sein Freund Hervé auf uns zu. Es war schön, meinen Bruder wiederzusehen, ihm durch die blonden Locken zu streichen, was er immer noch nicht leiden konnte, aber dennoch lachte, und stolz darauf zu sein, wie fantastisch er aussah. Eine Woche war er mit Hervé bereits hier und wirkte wie ein schwedischer Surfer. Auch Koray und Dalan begrüßten sich sehr herzlich, obwohl ihre letzte Begegnung eine halbe Ewigkeit zurücklag.

Ich kannte Dalans Freund nur von Fotos, und erst jetzt im direkten Nebeneinander fiel mir die Ähnlichkeit zu Koray auf. Hervé war Franzose mit einem länglichen Gesicht, pechschwarzen Haaren und sanften dunklen Augen. Selbst der kräftige Körperbau war ähnlich. Dalan war mit ihm seit Internatszeiten befreundet, doch gefunkt hatte es zwischen den beiden erst Jahre später.

»Kommt mit«, sagte Dalan zu Koray und mir. »Ich zeige euch jetzt eure Häuser.«

Sie lagen nebeneinander und hatten jeweils ein Zimmer mit einem großen Bett und Moskitonetz darüber, einem Tisch und einem Stuhl. Das Bad war ein winziger Raum, in den man über zwei Stufen hinabstieg, mit Waschbecken, WC und offener Dusche, deren Schlauch an der Wand hing. Jedes Haus verfügte über eine Terrasse mit Hängematte, die zum Meer zeigte.

Ich öffnete meinen Koffer, nahm das Waschzeug und ging ins Bad, während Dalan und Koray in die andere

Hütte hinüberwechselten. Als das Wasser meine erhitzte Haut kühlte, dachte ich an Laurenz, und was er wohl sagen würde, wenn er wüsste, mit wem ich hier war. Sicher nichts Freundliches. Er würde mir auch nicht glauben, dass ich davon zuvor nichts gewusst hatte. Er glaubte mir nicht, und ich glaubte ihm nicht mehr. Unser gegenseitiges Vertrauen war am Boden, wenn es denn überhaupt jemals wirklich vorhanden gewesen war. Denn wenn ich sah, wie viel Glück ich innerhalb weniger Stunden mit Koray empfinden konnte, ohne dass mehr zwischen uns passiert war als eine freudige Begrüßung und eine lebhafte Unterhaltung, dann war das schon ein deutliches Zeichen.

Ich fühlte mich mit Koray so viel weniger angestrengt. Er forderte nichts von mir, er hatte mich nie bedrängt oder zu irgendetwas überreden wollen, nie seine Bedürfnisse und Erwartungen auf mich übertragen. Er war immer nur zur richtigen Zeit am richtigen Ort erschienen. So wie jetzt wahrscheinlich auch. Ich war neugierig auf das, was er erzählen würde, neugierig auf sein Leben, was er machte, worüber er nachdachte. Ich wollte wissen, was er vorhatte, was ihn beschäftigte, in welcher Art und Weise er sich verändert hatte. Ich war neugierig auf ihn selbst. Ich war immer neugierig auf Koray gewesen, weil er mich immer wieder überrascht hatte.

Es klopfte an der Tür, und als ich öffnete, schlangen sich Jales Arme um mich. Die kleine Schwester, die ich nie gehabt hatte, die sie auf ihre Art dennoch gewesen war. Ein leichter Sonnenbrand glühte auf ihren Wangen, und trotz der zusätzlichen Fältchen sah sie aus wie das junge Mädchen von früher. Auch ihre muntere, unbekümmerte Art hatte sie sich erhalten. Seit zwei Tagen warte sie auf uns, sagte Jale. Die Männer seien ja recht witzig, auf Dauer jedoch ziemlich ermüdend, wie Männer eben so seien. Weil sie mit uns erst später gerechnet hatte, war sie heute in den nächsten Ort gefahren, um sich einen Tempel anzusehen. Wir setzten uns auf die Terrasse, und Jale erzählte, dass sie in Scheidung von ihrem italienischen Mann lebe und mit den Kindern nach Hamburg zurückgekehrt sei. Auch ich berichtete von den Kindern und unserem Ortswechsel, bis ich Koray im Wasser sah. Er winkte mit der Taucherbrille in der Hand, ich winkte zurück. Das Meer fiel so seicht ab, dass ich ihn eine Weile betrachten konnte, während er auf uns zukam. Sein breiter Oberkörper, sein Gang, der mit jedem Schritt zeigte, dass er in sich ruhte, die nassen zurückgestrichenen Haare, sein offenes Gesicht, sein Lächeln ohne Verlegenheit. Jedes Detail war mir zutiefst vertraut.

Koray legte sich quer in die Hängematte und berichtete von einem Barrakuda, den er gerade gesehen hatte. Wir müssten unbedingt tauchen gehen, es sei großartig. Wasser tropfte von seiner Badehose durch den Stoff der Hängematte auf den hölzernen Boden, und Jale sagte, es sei ein merkwürdiges Gefühl, uns beide hier wiederzusehen, nebeneinander, ihn und mich. Es versetze sie in unsere Kindheit und sei gleichzeitig ganz anders, weil die tropische Landschaft nicht dazupasse. Sie erwarte eigentlich jeden Augenblick den Muezzin. Auch meine Gedanken wanderten ständig vor und zurück. Schwangen wie ein Pendel von alten Bildern zu möglichen neuen, bis Dalan uns in die Gegenwart holte.

Er fragte, ob wir Lust auf ein kühles Bier und etwas zu essen hätten, er wolle sich mit uns allen im Pavillon treffen. Kurz darauf saßen wir zu acht beieinander, unterhielten uns auf Englisch, und ich lernte Dalans Freunde kennen. Dave war ein großer rothaariger Brite, ebenso durchtrainiert wie Hervé, in seiner Art ziemlich laut, aber unterhaltsam. Zanny wirkte mit seinen dunklen indischen Zügen und der zierlichen Figur im Vergleich zu den anderen viel jünger und weiblicher. Anders als ich zuerst vermutet hatte, waren die beiden jedoch kein Paar. Paul hatte die Ausstrahlung eines englischen Aristokraten und dazu einen trockenen Humor. Er war sehr blass und schlank und trug vermutlich deshalb eine lange Leinenhose und ein hochgeschlossenes Hemd. Trotzdem konnte man seinen Körperbau an den knochigen Fingern und Handgelenken erkennen, überdies zeichneten sich die spitzen Ellbogen deutlich ab.

Mit einem Blick auf Hervé sagte Dalan, er könne uns leider nicht garantieren, dass die Hochzeit wirklich stattfände, denn selbst wenn sie nur symbolisch sei, würden ihn derlei Versprechen extrem herausfordern. Hervé nickte meinem Bruder freundlich zu und versicherte, dass sie stattfinden werde, denn er habe ganz bestimmt kein Vermögen ausgegeben, um seinen Bräutigam in letzter Sekunde entkommen zu lassen.

»Heirate oder heirate nicht, du wirst beides bereuen«, bemerkte Paul und stieß mit Dalan an. »Das wusste schon Sokrates.«

Dave sagte, dass er ohnehin nur wegen der hübschen Thais gekommen sei, und Dalan drohte, er werde ihn mit dem nächsten Flieger zurückschicken, wenn er es wagen sollte, uns zu blamieren.

Damit könne man ihn nicht mehr schrecken, erwiderte Dave, blamabel sei er bereits zur Welt gekommen, das stecke in seinen Genen. Großvater, Urgroßvater, beide vom anderen Ufer. Es sei ein verdammtes Wunder, dass er und seine Geschwister überhaupt entstanden wären.

Das müsse dann wohl an den bärtigen Bäuerinnen gelegen haben, mutmaßte Paul.

Eine der thailändischen Schwestern kam an den Tisch und schlug uns verschiedene Speisen vor, die sie zubereiten wollte. Da für jeden etwas dabei zu sein schien, stimmten wir zu.

Jale wollte von Zanny wissen, ob er auch Engländer sei, und wir erfuhren, dass er zwar in England geboren und aufgewachsen war, seine Eltern allerdings aus Sri Lanka stammten. Hauptberuflich war er IT-Entwickler, doch seine Leidenschaft galt Themen wie Philosophie, Yoga und Meditation. Weil sich auch Jale für Yoga interessierte, begannen die beiden gleich über die Vorteile der einzelnen Richtungen zu sprechen. Dave und Paul frotzelten mit Dalan und Hervé, und ich schweifte mit meinen Gedanken ab. Eine warme Brise fuhr durch den Pavillon, in dem wir die einzigen Gäste waren. Von meinem Platz aus konnte ich das Meer sehen, das wie ein leuchtendes Seidentuch hinter den Palmen lag. Hier war davon nicht das geringste Geräusch zu hören, nicht einmal ein Wispern, nur das Rascheln der Palmblätter.

Koray saß neben mir und beobachtete mich. Seine Haut war getrocknet, auf den Armen zeigten sich feine Salzspuren. Er roch nach Sonne, nach Meer und nach Koray, es fehlte nicht viel, und ich hätte mich an ihn gelehnt. Sein Bein stieß an mein Knie, und als ich seinen Blick erwiderte, hob er das Glas und sagte stumm: *Auf uns.*

Ja, auf uns, auf diesen Moment, auf das Hier und Jetzt. Die ersten Teller kamen, gefüllt mit dampfenden Gerichten, Reis und verschiedenen Salaten, und Hervé bestellte weitere Getränke, die uns im Verlauf des Essens immer ausgelassener werden ließen.

Irgendwann erzählte Jale, dass sie als kleines Mädchen sehr in Dalan verliebt gewesen sei. Dalan drückte sie an sich und sagte lachend, er wiederum sei wahrscheinlich zur gleichen Zeit in Koray verliebt gewesen. Woraufhin Koray enthüllte, dass er aber in mich verliebt gewesen sei.

Damit waren alle Augen auf mich gerichtet, und als mein Gesicht bereits glühte, von der Hitze, dem Bier und einigem anderen, sagte Paul, das müsse mir nicht peinlich sein. Ich könne ruhig zugeben, dass ich in Jale verliebt gewesen sei. Wer könnte dafür mehr Verständnis haben als jeder Einzelne hier?

Neben kleinen Neckereien und viel Gelächter offenbarte der Abend vor allem, wie stabil das Band zwischen uns vieren geblieben war, trotz großer Distanzen und seltenem Kontakt. Wie viele Erinnerungen wir teilten und wie oft jeder von uns noch an die Jahre in Istanbul dachte. Gerade von Dalan hatte ich das nicht erwartet, doch nun war er derjenige, der am meisten darüber sprach. Zum ersten Mal hörte ich, dass es auch bei meinem Bruder ein heimliches Sehnen nach jener unbeschwerten Zeit gegeben hatte, dass ihm der Umzug nach Deutschland nur äußerlich leichtgefallen war. Er vermutete heute, dass seine Begabung weniger der Intelligenz, als dem Wunsch nach Flucht vor unseren Eltern geschuldet war.

Koray sagte hingegen, dass ihn der Umzug nach Deutschland eher befreit habe. Jale bestätigte das. Obwohl sie gern in der Türkei gewesen waren, hatten sich beide dort stärkeren Zwängen ausgesetzt gesehen. So war es bei mir sicher auch gewesen, nichtsdestotrotz lebte mein Gefühl von Freiheit und Glück noch immer in Istanbul.

»Iyi geceler, dostlarım.«[10]

Bevor Dalan, von Hervé gestützt, spät am Abend den Weg in ihrer beider Hütte fand, umarmte und küsste er uns. *»Iyi uykular.«*[11]

10 *Iyi geceler, dostlarım* = gute Nacht, meine Freunde

11 *Iyi uykular* = schöne Träume

DREIUNDZWANZIG

Anfangs sprachen wir nicht, gingen nur Hand in Hand am Meer entlang. Der Sand knirschte unter unseren Füßen, wir waren allein. Nur eine Horde Krebse fühlte sich von uns gestört, sie krabbelten eilig davon, ins sichere Wasser.

Jale und Zanny hatten sich als Erste schlafen gelegt, dann Dalan und Hervé, und als Paul ging, verließen auch Dave, Koray und ich den Pavillon.

Hell leuchteten die großen Felsen vor uns im Schein des Mondes, dessen Sichel sich nicht wie bei uns zur Seite, sondern nach oben öffnete. Eine neue Perspektive.

»Wir haben uns getrennt«, sagte Koray. »Vor drei Monaten.«

Es überraschte mich nicht, ich hatte es geahnt, seinem Verhalten angemerkt.

»War es die richtige Entscheidung für dich?«

Koray nickte. »Ja, das war es.«

»Wie geht es den Mädchen?«

»Besser als mit den ewigen Streitereien. Aber sie sind ja auch schon älter. Die Große macht jetzt Abitur und will danach ins Ausland, die Jüngere ist sechzehn und bleibt bei ihrer Mutter. Ich denke, es ist ein einigermaßen guter Zeitpunkt.«

Er sah mich an. »Und wie geht es dir?«

»Ich weiß nicht«, sagte ich. »Es ist alles so verworren. Ich steige nicht mehr durch.«

»Liebst du ihn?«

»Nein.« Meine Antwort kam ohne Verzögerung, ohne dass ich auch nur eine Sekunde überlegt hätte, ohne Zweifel, aber auch ohne Hast.

»Was ist es dann? Die Kinder?«

Kurz überlegte ich, Koray alles zu erzählen, entschied mich jedoch dagegen. Ich wollte unser Beisammensein damit nicht belasten.

»Lass uns schwimmen gehen«, sagte ich stattdessen.

Als wir die Felsen erreicht hatten, streifte ich das Kleid ab, und Koray atmete hörbar ein, weil ich nichts darunter trug.

»So hast du den ganzen Abend neben mir gesessen?«, fragte er und lachte leise. »Und ich *Eşek*[12] habe das nicht bemerkt?«

Es war schön, dass er ein türkisches Wort benutzte. Ich hörte es gern, ungewohnt und vertraut zugleich, wie immer. »Wahrscheinlich wärst du dann nicht mehr zum Essen gekommen.«

»Das ist richtig.« Rasch zog Koray ebenfalls seine Sachen aus, folgte mir ins Wasser und stellte sich dicht hinter mich. »Vor allem hätte ich mir drei Viertel des Geredes geschenkt und wäre gleich mit dir verschwunden.«

---

12 *Eşek* = Esel

Ich lachte. »Ein bisschen Zeit zum Annähern brauchten wir aber doch.«

»Ich nicht«, murmelte er in meine Haare, strich über meine Arme und verschränkte seine Hände dann vor meinem Bauch. Kleine Wellen schlängelten sich um unsere Beine. Ich schloss die Augen und atmete tief ein und aus. Mit Koray Haut an Haut. Festhalten, ich wollte den Augenblick festhalten, wollte nicht, dass er sich zurückzog wie die Wellen, die kamen und gingen. Ich wollte, dass er blieb. Einfach nur blieb, so wie jetzt gerade, so sicher, so warm, so spürbar, dass mich ein Schauer durchfuhr.

»Frierst du?«, flüsterte er und umfing mich noch fester. Ich schüttelte den Kopf.

»Dann lass uns weiter reingehen. Falls jemand kommt, stehe ich sonst dumm da.«

»Das ist richtig«, wiederholte ich seine Worte und schmunzelte. Wir sanken ins Wasser, stießen uns vom Grund ab, bis es tiefer wurde, und schwammen. Je weiter wir uns vom Ufer entfernten, umso schwärzer wurde das Meer.

Als ich Koray fragte, was er über die Nachtaktivität von Haien wisse, behauptete er, dass sie zu jeder Zeit jagen würden, eben immer, wenn sich die Gelegenheit dazu ergebe. Das trug nicht unbedingt zu meiner Entspannung bei, aber Koray sagte, dass wir erstens nicht in ihr Beuteschema passten, und er zweitens gerade an eine Aufregung ganz anderer Art denke.

Er tauchte unter und vor meinem Gesicht wieder auf, die Haare pechschwarz geölt. Ein Leuchten im Gesicht. Seine Hände, die mich an sich zogen. Seine Arme, die mich umfingen. Sein Bein, das sich zwischen meine schob. Salz auf unseren Lippen. Geschmolzene Liebe in unserem ersten Kuss nach der letzten Ewigkeit. Ein Traum, dessen Bilder unsere Geschichte erzählten. Ein Sehnen, dessen glühende Fäden unter der Haut brannten, obwohl er da war. Ganz nah. So nah, dass mir bei seinen türkischen Worten Tränen in die Augen stiegen.

»Ich habe immer nach dir gesucht, Alev. In jeder Frau habe ich dich gesucht und nur Fragmente gefunden, die nicht zueinanderpassten. Ich höre jetzt auf. Ich suche dich nicht mehr, denn es gibt dich, und ich warte, bis du bereit bist.«

»Und wenn ich es nie bin?«

Koray lächelte, und statt zu antworten, tupfte er zärtliche Küsse um meinen Mund. Weiche Pinselstriche, einen neben den anderen, beharrlich, geduldig.

Langsam schwammen wir zurück, und auf dem Weg zu den Hütten fröstelte ich nun doch in meinem feuchten Kleid.

»Ich bleibe heute Nacht bei dir«, entschied Koray. »So wie du zitterst, kann ich dich unmöglich allein lassen.«

Es schien für alle das Normalste auf der Welt zu sein, dass wir am Morgen gemeinsam aus meiner Hütte kamen. War es so offensichtlich gewesen, dass niemand etwas dazu sagen musste? Weder Dalan noch seine Freunde, die sonst keine Gelegenheit für einen Kommentar ausließen? Nicht einmal Jale sprach mich darauf an, sie schien sich nur zu freuen. Waren wir wirklich so durchschaubar geworden?

Nach dem Frühstück mieteten Koray und ich einen Motorroller und fuhren zu dem Tempel, den sich Jale am Vortag angesehen hatte. Es war ein ähnliches Gefährt wie das, das Koray früher in Hamburg besessen hatte. Dieses Mal gefiel es mir, dass die Sitzfläche nur kurz war. Ich legte meine Arme um ihn, Koray fuhr los und ließ eine Hand an meinem Bein ruhen. Auf halber Strecke in der sengenden Hitze fiel mir ein, dass ich die Sonnenmilch vergessen hatte.

Der riesige goldene Buddha war nicht nur aus weiter Entfernung sichtbar, sondern galt auch als Wahrzeichen der Insel. Vor der Tempelanlage stellten wir den Roller ab. Überall standen traditionell geschmückte Gebäude mit spitzen, geschwungenen Dächern, golden verzierte Schreine, bunte Holzdrachen und Steinstatuen. Die Treppe zum großen Buddha war steil und hoch, und an den von der Sonne aufgeheizten Stufen verbrannten wir uns fast die Füße, weil man sie nur ohne Schuhe betreten durfte. Doch der weite Blick über die Nordküste bis zur Nachbarinsel Koh Phangan entschädigte uns dafür.

Danach schlenderten wir über einen kleinen Touristenmarkt mit Souvenirs, Kunsthandwerk und Kleidung und setzten uns in die von Kokospalmen beschattete Klosteranlage, um etwas zu trinken. Ein Schwarm kleiner Papageien krächzte und zwieselte in den Wipfeln.

»Sieh mal, da.« Koray zeigte auf den Stamm einer Palme in unserer Nähe, aus der spitz zulaufende Blätter sprossen. Perfekt an den Untergrund angepasst, lauerte eine grüne Schlange mit aufgerichtetem Kopf auf Beute. Sie wirkte wie ein Teil des Palmwedels, und von allein hätte ich sie wahrscheinlich gar nicht gesehen. Als sie sich sehr langsam nach oben bewegte, wurde klar, dass sie es auf einen der Papageien abgesehen hatte. Doch noch bevor sie in die Nähe der Vögel kam, flogen diese wie auf ein verabredetes Zeichen auf und davon.

Weil wir noch nicht zurückwollten, beschlossen Koray

und ich, zu den Wasserfällen von Na Muang in den Süden zu fahren. Und als wir die kleinen Dörfer passierten, uns die vielen Kinder von der Straße zuwinkten, der heiße Wind an unseren Haaren zerrte, als ich meine Hände unter Korays Shirt schob, er lachen musste, weil es ihn kitzelte, als sich sein Duft mit meinem mischte, erfüllte mich ein Glücksgefühl, das mit nichts anderem zu vergleichen war. Tatsächlich mit nichts.

Am darauffolgenden Abend fand am Strand die Hochzeit von Dalan und Hervé statt. Die Schwestern hatten die Hütte der beiden über und über mit Blumengirlanden und Windlichtern geschmückt, brennende Fackeln steckten im Sand davor, und unzählige Blütenblätter bildeten einen bunten Teppich, auf dem die Zeremonie abgehalten werden sollte. Zanny war derjenige, der die beiden trauen würde.

Es war Dalans Wunsch, dass wir alle in Weiß erschienen, und ich hatte mir für den Anlass ein luftiges Trägerkleid gekauft. Jale steckte bis zu den Knöcheln in einem umwerfend bestickten Kleid, das sie selbst entworfen und geschneidert hatte; sie war mit Abstand die Schönste von uns Gästen. Paul sah aus wie sonst auch, Dave hatte ein sehr körperbetontes Shirt und Shorts an, Zanny trug ein langes, kunstvoll gewickeltes Tuch mit feinen Goldmustern am Rand und Koray eine helle Jeans und T-Shirt. Dalan und Hervé erschienen beide in einem cremeweißen Anzug mit großer Blüte im Knopfloch, und erst als wir alle im flackernden Licht des Feuers beieinanderstanden, wurde mir die Feierlichkeit richtig bewusst. Mein Bruder heiratete. Obwohl es sehr wohl möglich gewesen wäre und ich es beinahe schon erwartet hatte, lief er nicht davon.

Wir setzten uns im Kreis auf bunte Satinkissen, Dalan und Hervé in unserer Mitte, und Zanny begann zu sprechen.

Mit einer Haltung, einer Stimme und einer Sprache, die dem Anlass entsprechend aufrechter, bedeutsamer und tiefgründiger war als sonst. Seine ganze Ausstrahlung wirkte anders.

Zanny zeigte auf den Horizont und erzählte von der Kraft des Meeres, das uns einen Blick auf die Unendlichkeit werfen lasse. Ebbe und Flut, im Wechsel der Gezeiten, die in ihrer stetigen Bewegung Verbundenheit und Veränderung gleichermaßen schufen und damit einen Zustand, der uns Menschen von der Entstehung an entspreche. Um gesund zu sein und uns glücklich und zufrieden fühlen zu können, bräuchten wir diese beiden Elemente, Schutz und Wachstum in einem.

Für zwei Menschen, die ihr Leben miteinander verbringen wollten, hieße das, jeder müsse sich seinen Bedürfnissen entsprechend frei entwickeln und sich dennoch der Liebe des anderen gewiss sein dürfen.

Wenn Dalan und Hervé es ernst miteinander meinten, dann würden sie sich nun das Versprechen geben, sich gegenseitig auf ihrem Weg zu unterstützen. Sie würden ihre unterschiedlichen Wesensarten respektieren und lieben lernen. Das uns umgebende Feuer sei ein Sinnbild unseres inneren Lichts, unseres eigentlichen Zuhauses und des einzigen Ortes, an dem wir unserem Seelenpartner begegnen würden.

Eigentlich rechnete ich damit, dass zumindest Dave an der einen oder anderen Stelle lachen würde. Insgeheim beobachtete ich auch Koray, ob er Zannys Ansprache lächerlich und abgehoben fand, doch beide hörten zu. Und

Zanny schloss mit einem Gedanken, den ich nicht vergessen würde.

»Liebe ist nicht das, was ihr wollt«, sagte er zu Dalan und Hervé. »Liebe ist das, was ihr seid. Verwechselt diese beiden Dinge nicht miteinander. Denn wenn Liebe nur das ist, was ihr wollt, werdet ihr überall danach suchen. Das wird euch vom Wesentlichen ablenken und nicht zum Ziel führen. Wenn ihr aber versteht, dass Liebe das ist, was ihr seid, dann werdet ihr den anderen bereichern. Und damit auch euch selbst.«

Zanny ließ Dalan und Hervé aufstehen und sich einander zuwenden. In der Hand hielt er eine kleine Schachtel mit den Ringen, die die beiden ab jetzt tragen wollten.

Dalan versprach Hervé, ihn zu lieben und zu achten, so wie er war. Dann nahm er einen der Ringe und steckte ihn Hervé an. Ich sah, dass die Hände der beiden zitterten. Selbst meine zitterten ein wenig.

Dann versicherte Hervé Dalan ebenso seine Liebe und steckte ihm den anderen Ring an. Und als die beiden sich küssten, klatschten wir alle, Dave und Paul warfen Reis mit Konfetti, und ich dachte, dass Heiraten vielleicht doch eine recht schöne Angelegenheit sein könnte.

Die Schwestern hatten ein reichhaltiges Büfett für uns vorbereitet, und nachdem wir es ausgiebig genossen hatten, fuhr uns einer der Männer mit seinem Lieferwagen in den nächsten Ort, wo wir bis in die Morgenstunden hinein tanzten und feierten.

Vom ersten bis zum letzten Tag brauchten Koray und ich uns weder verstecken noch leugnen, was ohnehin offensichtlich war. Wir waren zusammen und frei in allem, was wir taten. Wir liebten uns in seiner und in meiner Hütte, kamen mitunter nur zum Essen heraus. Wir gingen tauchen und entdeckten Anemonen, Schwämme und Korallen, kleine bunte Fische, große Muränen und Schwärme von Makrelen. Wir sahen einen Walhai und so viele Riffhaie, dass ich mir schwor, hier nie wieder nachts schwimmen zu gehen.

Wir besichtigten die berühmte Mumie eines Mönchs, der nicht nur sein genaues Todesdatum vorhergesagt haben soll, sondern auch prophezeite, dass sein Leichnam niemals verwesen würde. Wir besuchten eine Schlangenfarm mit den giftigsten und gefährlichsten Exemplaren Asiens und erkundeten einen Park mit steinernen Skulpturen und den schönsten Blumen, die ich je gesehen hatte.

Es war ein Zustand, den ich in dem Bewusstsein genoss, dass er nicht andauern würde. Zu wissen, dass uns nur noch wenige Tage verblieben, steigerte die Intensität und schürte gleichzeitig meine Angst. Und Koray stellte nun doch die Frage, wie es mit uns weitergehen könne. Ich hatte darauf noch keine Antwort.

An einem der letzten Nachmittage saß ich mit Jale allein am Strand, und sie sagte, sie beneide Koray und mich, weil wir nach wie vor so eine starke und liebevolle Verbindung zueinander hätten. Etwas, das auch sie sich mit einem Mann wünsche.

Als ich sie aber fragte, ob sie dafür auch die jahrelange Distanz, die häufigen Abschiede, die Unsicherheit und die Verwirrung hinnehmen würde, die unsere Verbindung mit sich brachte, wurde sie still. Auch als ich wissen wollte, ob sie sich vorstellen könne, mit jemandem zusammen zu sein, der mühelos jeden Winkel ihrer Seele beleuchten könne, weil er alles von ihr wisse, der nahezu jede ihrer Emotionen erfassen könne, weil er einfach nur er selbst sei, schwieg sie. Ich fragte, ob sie das Gefühl kenne, die

Gedanken des anderen zu spüren, selbst wenn gar kein Kontakt bestand. Der sich immer dann wie von Zauberhand meldete, wenn sie ein bisschen mehr an ihn dachte oder von ihm träumte.

Meine Schleusen hatten sich geöffnet, und ich erzählte Jale alles, was zwischen Koray und mir gewesen war. Von Anfang bis Ende, wie all die Jahre für mich verlaufen waren und in welcher Situation ich heute steckte. Und am Schluss fragte ich Jale, was sie an meiner Stelle tun würde.

Während sie mich nachdenklich ansah, blitzte die Sonne durch die Palmblätter über uns und beleuchtete ihre warmen braunen Augen, die Korays so ähnlich waren.

»Das was ihr habt, ist keine Bürde, Alev«, sagte sie schließlich. »Es ist ein kostbares Geschenk. Wenn du dich öffnest, wenn du dich traust, ihn zu lieben, liebst du auch dich selbst.«

Der Urlaub endete für Koray und mich an derselben Stelle, an der er zehn Tage zuvor begonnen hatte. Am Flughafen von Bangkok. Seine Maschine flog zwei Stunden später als meine. Bevor ich in die abgesperrte Wartezone ging, wandte ich mich Koray zu und versuchte, gefasst zu bleiben, aber es gelang mir nicht.

»Hey, *Güzelim*[13], nicht weinen«, bat er.

»Hat nichts mit dir zu tun«, erwiderte ich schniefend. »Das liegt nur an der Klimaanlage.«

»Komm zu mir.« Koray umschloss mich mit seinen Armen und küsste meinen Scheitel.

---

13 *Güzelim* = meine Schöne

»Kannst du bitte machen, dass es richtig ist?«, fragte ich. »Kannst du es bitte einfach machen?«

»Nein.« Koray strich eine Haarsträhne aus meinem Gesicht. »Nein, das kannst nur du selbst tun, Alev. Aber du kannst mich jederzeit anrufen. Ich bin da.«

Ein Schluchzen steckte in meiner Kehle fest, unterdrückte den Schmerz, unterdrückte die Wut auf mich selbst, auf die Situation, die Hilflosigkeit und die Zwänge, in denen ich mich gefangen sah. In die ich mich so gründlich eingesperrt hatte. Ich wusste, dass Koray recht hatte. Die Zeit war gekommen, eigenverantwortlich zu handeln. Dem war ich stets ausgewichen, weil ich es nicht gelernt hatte, weil ich keine Fehler machen wollte und weil ich davor Angst hatte. Aber nun würde ich Farbe bekennen müssen, auf welche Art auch immer.

»Es war eine sehr schöne Zeit mit uns«, sagte Koray zum Abschied. »Und ich fürchte, ab jetzt werde ich mehr von dir wollen.«

KORAY

Wovor hast du Angst, Alev? Vor mir? Vor dir selbst? Vor dem Moment des Eins-Seins? Vor diesem kleinen Augenblick der Verschmelzung? Was kann dir passieren? Du bleibst du, und ich bleibe ich. Weder löst du dich in mir auf noch ich mich in dir. Es ist nur eine Begegnung ohne Maskerade, so ehrlich und rein, wie es von Anfang an war, so wie es immer zwischen uns war, nichts weiter.

Wir kennen uns ein Leben lang, Alev. Ich kann keine Angst vor dir haben oder vor dem, was du in mir auslöst. Das ist, als würde ich mich vor meinem sehnlichsten Wunsch fürchten. Du bist meine Vertraute, mein Zuhause und das Metronom an meinem Herzen. Du bestimmst seine Geschwindigkeit, seine Farbe und oft auch seine Temperatur.

Du bist der Mensch, bei dem ich sein will. Der einzige, seit jeher. Es ist nur noch ein Schritt. Ein kleiner Schritt im Vergleich zu all den anderen, die wir bereits gemacht haben.

Wenn du zweifelst, denk an unsere Zeit in Istanbul, denk an Kuşadası, an deine Flucht nach Hamburg und

an unsere Nachtküsse in Bodrum. Denk an unsere Sternstunden am Bosporus, an das Lied des Ezans, das in uns widerhallt. Immer noch. Denk an die Tage, die wir gerade miteinander verbracht haben. Denk an dich und an mich, Alev. An uns, so wie wir waren und wie wir sind. Dann ist es nur noch ein winziger Schritt bis in unseren Garten, in dem wir uns begegnen und erholen können. Lass uns an jenem glücklichen Ort treffen, zu dem nur wir den Schlüssel haben, du und ich und niemand sonst. Du weißt, dass es dort Bäume gibt, hinter denen du dich verstecken kannst, wenn du es brauchst. Ich warte auf dich, bis du aus ihren Schatten trittst und zu mir kommst.
Ich werde immer auf dich warten, Alev.

VIERUNDZWANZIG

Er war bei mir den ganzen Tag, die ganze Nacht und wieder den ganzen Tag. Ich spürte mein Herz in seinem schlagen. Meine Gedanken waren Glühwürmchen, die durch die Katakomben meines Herzens irrten, jeden Winkel beleuchteten, und überall trafen sie ihn. Er war überall.

Ich hörte sein Lachen, seine Worte, seine geflüsterten Geständnisse. Immer. Egal, ob ich schlief oder wach war, egal, was ich tat: mit den Kindern frühstückte, mit einer Nachbarin sprach oder den Einkaufswagen durch den Supermarkt schob. Koray war da, so wie er auch früher da gewesen war, parallel im Hintergrund, nur heute um ein Vielfaches eindrücklicher. Befeuert durch den leibhaftigen Film, den ich aus Thailand mitgebracht hatte, lebte ich mehr in seinen Bildern als in Berlin.

Ich vermisste Koray von dem Moment an, als das Flugzeug Richtung Deutschland abhob. Dabei war ich eigentlich gar nicht gut im Vermissen. Ich vermisste nie jemanden, nicht einmal meine Kinder, wenn sie ein paar Tage weg waren. Männer schon gar nicht. Ich war stets froh gewesen, wenn sie gingen und etwas für sich machten. Bei

Koray nicht. Ich wollte, dass er bei mir war. Er war der Einzige, den ich vermissen konnte.

In den Stunden, in denen ich allein war, betrachtete ich unsere Fotos, eins nach dem anderen, und weinte über all die Jahre, die nicht zurückzuholen waren, nicht mehr gutzumachen, nicht mehr zu ändern. Weil wir andere geworden waren, weil wir nicht so frei waren wie früher, weil die Leichtigkeit weg war. Ich beweinte unsere Jugend und unsere Schönheit, meine Sturheit, meine Ignoranz und insbesondere meine alles dominierende Angst.

In diesem Urlaub hatte ich, ohne es zu merken, Korays Rat beherzigt und ihn nah an mich herangelassen, so nah wie noch nie zuvor. Nur, was sollte ich damit tun? Wo sollte ich hin mit meiner Angst, die mich wie eine riesige Woge erfasste, in schwindelnde Höhen riss und wieder herabschleuderte, anstatt durch mich hindurchzufließen, so wie Koray es beschrieben hatte? Mein Leben lang war ich vor ihr davongelaufen, nun hielt sie mich fest umklammert und zwang mich, sie auszuhalten.

Gern hätte ich gewusst, ob Koray ähnlich durcheinander war oder ob er sich seinen üblichen Ablenkungen hingab und mich darüber eine Zeit lang vergaß, denn er ließ nichts von sich hören. Auch ich meldete mich nicht.

Es war besser so, denn der Einstieg in den Alltag fiel mir schwer genug. Auf die Geschichten der Kinder konnte ich mich kaum konzentrieren, wusste am Satzende nicht mehr, was sie zuvor gesagt hatten, saß am Tisch, und anstatt ihnen bei den Hausaufgaben zu helfen, starrte ich ins Leere. Mit Laurenz war es noch komplizierter, denn er bemühte sich um mich, war fürsorglich und aufmerksam und mir zugewandt. Das konnte ich am wenigsten ertragen. Körperliche Nähe zu Laurenz. Allein der Geruch seiner getragenen Wäsche, die ich in die Maschine füllte, machte mir zu schaffen.

Natürlich hütete ich mich, irgendetwas in mein Tagebuch zu schreiben, seit Langem standen nur noch Belanglosigkeiten darin, wenn ich überhaupt etwas notierte. Obwohl ich mehr denn je das Bedürfnis nach Alleinsein und Niederschreiben der aufwühlenden Erlebnisse hatte, verbot ich es mir. Laurenz würde sie unzerkaut verschlingen und mir die Hölle heißmachen. Und ich könnte es ihm nicht einmal verdenken.

Selbstverständlich merkte er, dass ich von der Reise verändert zurückgekehrt war und ihm aus dem Weg ging. Einerseits reagierte er verletzt, ging oft allein aus und kehrte erst spät in der Nacht zurück. Andererseits zeigte er aber auch wieder Bereitschaft, sich mit mir auseinanderzusetzen. Er fragte, ob wir noch einmal zu der Therapeutin gehen wollten, auch gern zu jemand anderem, wenn mir die von damals nicht zugesagt habe. Oder ob ich vielleicht lieber allein zu einem Therapeuten wolle, ohne ihn, auch das würde er unterstützen. Er fragte, ob ich mit ihm essen oder ins Kino gehen wolle oder zu dem Geburtstag einer Kollegin aus der Bürogemeinschaft. Mehr aus Pflichtbewusstsein sagte ich zu und fand mich kurz darauf auf einer Party wieder.

Anfangs standen Laurenz und ich noch zusammen, er stellte mich einigen Leuten vor, die er im Büro und über seine Arbeit kennengelernt hatte. Doch als sich die Gespräche mehr und mehr um neue Strategien zur Kundengewinnung drehten, schaltete ich ab und wanderte mit meinem Getränk durch die großzügigen Räume des alten Hauses. Es war wieder eines, das mir entsprach, Jugendstil mit vielen originalen Elementen. In einem Raum, der zum

Tanzen hergerichtet war, blieb ich eine Weile im Türrahmen stehen, weil die Musik gut war, und sah den Feiernden zu. Waren wirklich schon wieder Wochen vergangen, seit ich mit Koray, Jale, Dalan und seinen Freunden ebenso ausgelassen gewesen war? Ein Mann in meinem Alter stand am Mischpult und lächelte. Ich lächelte auch, weil er ein Lied spielte, zu dem ich mit Koray getanzt hatte. Ich brauchte nicht einmal die Augen schließen, um ihn vor mir zu sehen, seine Stimme zu hören, seine Hände auf mir zu spüren.

Es war eine sehr schöne Zeit mit uns. Und ich fürchte, ab jetzt werde ich mehr von dir wollen.

War es überhaupt noch möglich, zusammenzukommen, nach allem, was geschehen war? Und war es möglich, *nicht* zusammenzukommen, nach all dem?

Erschrocken fuhr ich herum, als Laurenz plötzlich seinen Arm um meine Hüfte legte. »Na, du kleines Miststück«, säuselte er an meinem Ohr. »Siehst du dich nach Material um?«

Er wollte tanzen, doch ich gab vor, hungrig zu sein, und so wechselten wir wieder in die Küche, wo sich wegen des Büfetts die meisten Leute aufhielten. Laurenz setzte sich zu einer blonden Frau an den Tisch und zog einen weiteren Stuhl für mich heran, auf dem er seinen Fuß abstellte. Die beiden schienen sich zuvor schon unterhalten zu haben, denn sie wirkten vertraut miteinander. Sie neigte sich zu ihm, berührte beim Sprechen seinen Arm und lachte. Verstehen konnte ich nichts, dafür war es in der Küche zu laut. Und als ich mich neben Laurenz setzte, zwischen ihn und sie, hatte ich das Gefühl, zu stören. Die Frau begrüßte mich jedoch freundlich und sagte, sie habe nicht gewusst, dass Laurenz mit mir zusammen sei. Die nächste Stunde unterhielten wir uns zu dritt, dann hatte ich genug und wollte nach Hause, weg von den vielen fremden Menschen, den lauten Unterhaltungen, dem Gelächter und Gläserklirren, und weg von Laurenz.

Er sagte, dass ich den Wagen nehmen könne und er später mit dem Taxi nachkommen werde. Damit war ich sehr einverstanden, wir mussten nicht zusammen zurückfahren. Als ich dann in meinem Bett im Gästezimmer lag, dachte ich zwar an Laurenz und die Frau, doch die Erleichterung darüber, allein zu sein, überwog.

Der Dezember brachte nasskaltes, trübes Wetter. Überall lagen glitschige Laubhaufen, es regnete Bindfäden, und die Sonne ließ sich am grauen Himmel nicht einmal erahnen. Ich hatte wie jedes Jahr für die Kinder Adventskalender gebastelt, das Haus geputzt und geschmückt und nebenbei die langen Wochenenden in der Buchhandlung gearbeitet. Meine Stimmung wurde von Tag zu Tag schlechter. Ich ärgerte mich, wenn Elias über eine Mülltüte hinwegstieg, statt sie zur Tonne zu bringen, wenn Linn sämtliche Kleidungsstücke in den Wäschekorb stopfte, die sie einmal vor dem Spiegel anprobiert und dann wieder verworfen hatte. Und ich ertrug den Anblick von Laurenz auf dem Sofa nicht mehr, wo er sich ständig ausruhte, wenn er zu Hause war, und alle anderen Rücksicht auf ihn nahmen. Ich eingeschlossen. Es graute mir vor den Weihnachtstagen.

Und als zwei Bleche mit Keksen verbrannten, weil ich vergessen hatte, die Uhr zu stellen, fiel ich vor dem qualmenden Backofen auf die Knie. Die Kekse sahen aus wie verbrannte Erde. Verbrannte Erde, die ich hinter mir lassen musste.

Es war der entscheidende Impuls, auf den ich gewartet hatte, der mich endlich aufweckte. Ich rief Laurenz an und teilte ihm mit, dass ich für ein paar Tage zu meinen Eltern nach Hannover führe. Er fragte, ob etwas vorgefallen sei, das er wissen sollte, und ich log und sagte, meiner Mutter gehe es nicht so gut, ich wolle nach ihr sehen.

Dann packte ich meine Tasche, schickte Elias und Linn eine Nachricht, fuhr mit dem Bus zum Bahnhof und nahm den nächsten Zug nach Hannover.

Weil ich zunächst weder meinen Vater noch meine Mutter erreichen konnte, bummelte ich durch meine alte Heimat. Der Weihnachtsmarkt war bereits eröffnet, und überall duftete es nach Zuckermandeln, Maronen und Glühwein.

In der Altstadt fand ich mich vor meinem ehemaligen Schuhladen wieder, der nun keiner mehr war, sondern Dekoartikel und Nippes verkaufte. Außerdem war das Geschäft umgebaut worden, innen erinnerte nichts mehr an früher. Nur das Fachwerkhaus war noch genauso schief. Ich sah durch das Schaufenster, wie die Verkäuferin einer Kundin eine große Kuh aus buntem Porzellan zeigte.

Das Café gegenüber gab es auch nicht mehr, daher setzte ich mich in ein anderes und beobachtete die Leute, die draußen vorbeigingen. Einen Leierkastenmann mit einem Plüschgorilla, einen bleich geschminkten Pantomime-Künstler auf Stelzen, Passanten mit ihren Einkäufen und Kinder mit einem Esel am Strick, die für einen Zirkus sammelten.

Eşek. Eşek hieß Esel, und Koray war nicht hier, um mir Gesellschaft zu leisten und mich von mir selbst abzulenken.

Silvie antwortete nicht auf meine Nachricht, doch Greta

ging ans Telefon und freute sich sehr, dass ich spontan nach Hannover gekommen war. Ich solle bleiben, wo ich gerade sei, sie hätte ohnehin in die Stadt fahren wollen, da könnten wir uns doch auf dem Weihnachtsmarkt treffen. Eine Stunde später rührte sie Sahne in ihre heiße Schokolade und hörte zu, während ich von Koray und Laurenz erzählte, von meinem Bedürfnis nach Trennung und von meiner Hemmung, diesen Schritt zu gehen. Es schien, als hätte ich diese Fähigkeit, die mir früher so selbstverständlich zur Verfügung gestanden hatte, auf dem langen Weg verloren. Wie trennte man sich nach so vielen Jahren mit zwei gemeinsamen Kindern?

Auch Greta wusste darauf keine Antwort, es würde ihr ebenso schwerfallen, sagte sie. Dennoch habe sie das Gefühl, dass ich es tun müsse, und zwar unabhängig von Koray.

»Jetzt vor Weihnachten?«, fragte ich.

»Irgendetwas ist immer«, erwiderte Greta. »Es gibt keinen harmonischen Zeitpunkt für das Ende, nur einen richtigen. Und ich glaube, der ist bei dir gekommen.«

Es dämmerte bereits, als wir das Café verließen. Silvie hatte angerufen und uns gebeten, auf sie zu warten. Sie wollte unbedingt Glühwein mit uns trinken. Nach dem ersten sah die Welt nicht mehr ganz so trist aus, und nach dem zweiten konnte ich sogar wieder lachen. Auch wenn der Markt wegen des fehlenden Schnees wenig weihnachtliche Stimmung hatte, war ich doch froh, dass wir nicht allzu sehr frieren mussten. Wir wechselten den Stand, weil Silvie sagte, dass sich dort drüben ein paar Leute aus unserer alten Bar zusammenfänden, und tatsächlich war es schön, in vertraute Gesichter zu sehen. Zu späterer Stunde tippte mir jemand auf die Schulter. Es war

Anka, die Frau, mit der Laurenz vor mir zusammen gewesen war, die mit dem Schlüssel. Sämtliche Vorbehalte gegen sie waren verschwunden, und ich freute mich, mit ihr zu sprechen, auch wenn sich bei uns beiden der Glühwein bemerkbar machte. Aber vielleicht war das auch die Voraussetzung für unsere darauffolgende Unterhaltung, denn sie fragte mich geradeheraus, ob Laurenz und ich noch zusammen seien. Als ich bejahte, nickte sie bedächtig und nahm einen weiteren Schluck. Dann sah sie mich prüfend an.

»Gut, selbst auf die Gefahr hin, dass du mich hinterher hasst, erzähle ich dir jetzt etwas.«

Vielleicht begann mein Herz zu rasen, weil ich ahnte, was kommen würde, nein, weil ich es *wusste* und nie hatte wahrhaben wollen.

»Laurenz betrügt dich«, begann Anka, und schon bei ihren ersten Worten hätte ich mir am liebsten die Ohren zugehalten. »Ich kenne die Frau, sie ist hier aus Hannover, und er besucht sie recht häufig.«

»Bist du sicher?« Die Worte kamen abgehackt, meine Mimik hatte ich nicht mehr unter Kontrolle, und Anka strich über meine Hand wie eine Ärztin, die weiß, dass sie ihrer Patientin wehtun muss.

»Ja, leider.«

»Wie lange geht das schon?«

»Zwei oder drei Jahre. Vielleicht auch länger, so genau weiß ich das nicht, sie kennen sich noch von früher aus dem Fitnessstudio. Sie heißt Bea.«

Zwei oder drei Jahre, oder vielleicht von Anfang an? Mir wurde schwindelig, dabei hätte ich es wissen müssen. Stumm fixierte ich den braunen Henkelbecher mit dem Weihnachtsmarktmotiv.

»Das fühlt sich seltsam an«, sagte ich und versuchte ein schiefes Lächeln. »Ein bisschen wie angeschossen.«

»Ja, so ging es mir damals auch.« Anka seufzte. »Aber glaub mir, Laurenz ist ein Narzisst, der seine Affären braucht wie die Luft zum Atmen. Er hat nie nur eine Frau, es sind immer mehrere. Die eine benutzt er als sichere Konstante, die anderen bearbeitet er nach Lust und Laune. Mal eine Verflossene hier, mal eine Professionelle da, mal eine, die sich nach ihm verzehrt, ihm sonst aber gleichgültig ist, mal eine Kollegin und zwischendurch was ganz frisches Neues, weil es so schön kribbelt. Von aufrichtiger Liebe hat Laurenz leider nicht den blassesten Schimmer.«

Anka nahm eine Laugenbrezel von einem Ständer und winkte dem Mann hinter dem Tresen, um sie zu bezahlen. Sie hielt sie mir hin, doch ich wollte nicht. Weil es meinem Magen nicht gut ging, bestellte ich ein Wasser.

»Du reitest ein totes Pferd, Alev, steig ab und fang wieder an zu leben.«

Wie gelähmt stand ich vor ihr, konnte nichts anderes denken, als dass sie mit jedem Satz recht hatte. Das Herz schlug mir bis zum Hals, und kalter Schweiß klebte an meiner Haut. Besorgt sahen Greta und Silvie immer wieder zu mir herüber und tuschelten miteinander. Offensichtlich überlegten sie, zu mir zu kommen, ließen es aber dann doch bleiben, weil sie wohl merkten, dass etwas Wichtiges vorging.

»Weißt du, woran ich es gemerkt habe?«, fragte Anka und biss in die Brezel.

»An seinem Geruch«, antwortete ich.

Wir trennten uns an jenem Abend als Freundinnen; Anka hatte mit Laurenz vieles ähnlich erlebt wie ich, und obwohl ich nicht wusste, wann ich je eine derartige Ohrfeige bekommen hatte, war ich ihr dankbar. Sie hatte mir den Schleier von den Augen gerissen. Endlich hatte ich wieder klare Sicht, auch wenn der Anblick erschütternd war.

Silvie und Greta erklärte ich kurz, was ich soeben erfahren hatte, und sagte, ich müsse nun allein sein und mich erst einmal sammeln. Wie beim letzten Mal beschloss ich, im Hotel zu übernachten, das war der einzige Ort, an dem ich nicht reden musste.

Ich nahm auch kein Taxi, sondern ging zu Fuß. Anka hatte mir das fehlende Puzzlestück zu dem Bild geliefert, das ich von Laurenz hatte. Plötzlich erschienen auch andere Dinge plausibel. Seine hastige Sterilisation, sein unbedingter Wille, ins anonyme Berlin zu ziehen.

Aus der eigenen Perspektive betrachtet, gibt es für alles einen guten Grund, hatte Laurenz einmal gesagt. Und das alles verletzte mich derartig, dass ich mich übergeben musste. Glücklicherweise waren abseits des Weihnachtsmarktes nur noch wenige Menschen unterwegs. Ich schämte mich zwar auch vor denen, die mich da am Baum stehen sahen, doch ich konnte es nicht aufhalten. Es musste raus. Alles.

Im Hotel duschte ich eine Ewigkeit und putzte meine Zähne dreimal, um den bitteren Geschmack loszuwerden. Dann lag ich im Bett und wälzte mich von einer Seite auf die andere. Trotz der Erschöpfung dämmerte ich nur, sah mich vor einem riesigen Tor stehen, dessen Türen verschlossen waren. Verzweifelt schlug ich dagegen, tobte und schrie, doch sie blieben zu.

Ich tauchte eine Ebene tiefer. Hier herrschte völlige

Dunkelheit. Mein Körper war Teil eines Karussells, das sich in einem großen Raum drehte. Ich wusste, dass er sehr groß sein musste, weil ich eine Kinderstimme murmeln und kichern hörte, und es hallte. Es war beängstigend, und ich war erleichtert, als ich gleich darauf wach wurde. Wieder war ich schweißgebadet, wieder stellte ich mich unter die Dusche, und wieder putzte ich meine Zähne. Ein dringendes Bedürfnis zwang mich zur Toilette, und hinterher duschte ich noch einmal. Als ich mich danach hinlegte, wurde es etwas besser. Am nächsten Morgen hatte ich das Gefühl, von innen und außen gereinigt zu sein. Und dann sah ich die Nachricht von Koray. Er fragte, ob mit mir alles in Ordnung sei.

FÜNFUNDZWANZIG

Beim Frühstück im Hotel überlegte ich meine nächsten Schritte. Nüchtern betrachtet, war Ankas Eröffnung das Beste, was mir passieren konnte. Nun würde es kein Hinauszögern mehr geben. Trotz der anstrengenden Nacht war ich hellwach, mein Hirn arbeitete auf Hochtouren, und in meine Aufregung mischte sich ein von Stunde zu Stunde wachsender Zorn. Immer mehr haarsträubende Dinge fielen mir ein, die ich eigentlich als Zeichen hätte sehen müssen, doch es war keine Zeit mehr für Grübeleien. Noch heute würde ich nach Berlin zurückfahren und endlich beginnen, mein Leben zu regeln. Nur mit meiner Mutter wollte ich mich zuvor noch treffen. Mein Vater war bei einer Veranstaltung seiner ehemaligen Schule, und Greta und Silvie arbeiteten beide vormittags. Auf die drei konnte ich nicht warten.

Meine Mutter holte mich vom Hotel ab, und bevor wir zu ihr fuhren, hielten wir an unserem türkischen Lieblingsladen, um Baklava und ein paar andere Leckereien zu kaufen, die ich lange nicht gegessen hatte.

Aus dem Urlaub mit ihrem Freund war sie gut gelaunt zurückgekommen und genoss nach drei Wochen gemeinsamer Zeit jetzt wieder das Alleinsein in ihrer Wohnung.

Das, was ich erzählte, komme ihr leider bekannt vor, gestand sie. Mein Vater habe sie zwar nicht betrogen, aber es gebe doch manche Parallele, die damals ebenso zur Trennung geführt habe wie jetzt bei mir. Sie könne mich gut verstehen.

Und dann fragte meine Mutter schmunzelnd, wie denn die Hochzeit von Dalan und seinem Freund gewesen sei. Obwohl er es eigentlich für sich hatte behalten wollen, hatte er sich in seiner Begeisterung über den schönen Urlaub mit uns allen verplappert – und meiner Mutter eine echte Freude gemacht. Er habe sein Glück mit Hervé gefunden, alles andere interessiere sie nicht, sagte meine Mutter. Von Koray und mir schien er jedoch nichts berichtet zu haben, denn neugierig fragte sie, wie wir zueinander stünden. Und mit dem Öffnen dieses Kapitels verpasste ich dann den Zug, den ich eigentlich hatte nehmen wollen.

Ich erzählte meiner Mutter nicht alles, aber doch so viel, dass sie ihre alten Fotokisten hervorholte und wir bei Çay und Baklava in die Vergangenheit reisten. Fünfunddreißig, vierzig, fünfundvierzig Jahre und noch weiter zurück in unser beider Leben. Sie hatte Fotos, die ich nicht kannte, so viele von Koray und mir, die ich alle haben wollte. Manche steckte meine Mutter in einen Umschlag, bei anderen bat sie mich, sie abzufotografieren, um das Original behalten zu können. Vornehmlich waren das jene, auf denen auch Zia, Korays Vater, zu sehen war.

»Wusstest du, dass er schwer krank ist?«, fragte sie, und ich nickte.

»Was war da mit dir und ihm?« Da war sie, die Frage, die ich ihr schon lange hatte stellen wollen. Meine Mutter schloss kurz die Augen und verschränkte die Finger ineinander.

»Alles«, sagte sie. »Und nichts.«

Das hatte ich erwartet.

Meine Mutter und Korays Vater hatten sich geliebt, so wie Koray und ich, vielleicht. Vielleicht auch anders. Vielleicht sogar noch mehr als wir. Korays Vater hätte für meine Mutter seine Frau und seine Kinder verlassen. Das konnte meine Mutter nicht verantworten, sie brachte es nicht übers Herz. Weder meinem Vater gegenüber noch Zias Frau und schon gar nicht uns Kindern gegenüber. Wir acht seien zu eng miteinander verbunden gewesen, als dass sie diesen Schritt gewagt hätte, sagte sie. Sie hätte weder uns noch Koray und Jale in die Augen sehen können. Und dann die ganze Verwandtschaft, nein, es war nicht möglich. Nicht in der Zeit. Man ließ sich nicht einfach scheiden, man ließ sich auch nicht einfach auf jemand anderen ein. Als geschiedene Frau hatte man sofort einen schlechten Ruf. In der Türkei ohnehin, aber auch in Deutschland.

»Und dennoch.« Die Stimme meiner Mutter war leise, und dieses eine Mal sah ich sie weinen. Meine Mutter, die niemals weinte. Um die Liebe, die sie sich nicht gestattet hatte, die sie für uns Kinder, meinen Vater und Korays Mutter aufgegeben hatte.

»Mach es nicht wie ich«, sagte sie. »Lauf nicht davor weg, so eine Liebe gibt es nur einmal, und irgendwann ist es zu spät. Mach es nicht wie ich, versprich mir das.«

Die anderthalb Stunden Zugfahrt waren zu kurz für das Gedankengewitter, das in mir niederging. Im Stakkato wechselten sich Zorn, Schmerz und Angst mit Erleichterung, Befreiung und Zuversicht ab. Welches davon das stärkste Gefühl war, hätte ich nicht ausmachen können. Nur die Zuversicht war es nicht. Die war am schwächsten, aber dennoch war sie da.

Auf der Anzeigentafel am Berliner Hauptbahnhof wurde die Zeit bis zur Abfahrt meiner S-Bahn mit einer Minute angegeben, und eilig lief ich die Treppen hinab zum Gleis. Die Bahn stand, und während sich die Türen schon schlossen, sprang ich gerade noch hinein. Linn hatte mir eine Nachricht geschickt, weil sie Laurenz nicht erreicht hatte, um zu fragen, ob sie heute Abend bei ihrer Freundin schlafen könne. Ich schrieb, dass ich bereits auf dem Rückweg sei und es für mich in Ordnung gehe. Erst zwei Haltestellen später realisierte ich, dass ich in die falsche Bahn gestiegen war. Zumindest war es die falsche für den Weg nach Hause. Zu Laurenz' Arbeit war es die richtige. Seit er das Büro gewechselt hatte, war ich noch nicht dort gewesen. Nun entschied ich, einfach hinzufahren.

Ich stieg aus, lief ein Stück die Straße hinab und dann quer über die Verkehrsinsel auf das Gelände zu. Vor dem Gebäude waren Parkplätze, und als ich unser Auto sah, begannen meine Knie zu zittern. Ein paar junge Leute standen rauchend vor dem Eingang, ich hörte sie englisch sprechen. Die Frau am Empfang hatte einen amerikanischen Akzent. Sie schickte mich in den ersten Stock, dritte Tür rechts. Es war eine ehemalige Fabrik, die man zu einzeln vermieteten Büroräumen umgebaut hatte. Solche flexiblen Arbeitsplätze gab es viele in Berlin. Im Treppenhaus kamen mir zwei Spanier entgegen und ein junger Schwarzer, der nett grüßte. Sie alle symbolisierten das internationale Flair, das Laurenz an der Stadt so schätzte. Ich ging durch den großzügigen Gemeinschaftsbereich, der mit Sofas, Sesseln, Tischtennisplatte, Tischfußball und offener Küche ausgestattet war. Am Tresen davor saß jemand und arbeitete an einem Rechner.

Laurenz' Logo hing in einem Holzrahmen neben der geschlossenen Tür, sein Name stand klein darunter. Ich atmete tief ein und klopfte. Es dauerte drei, vier Sekunden, dann sagte Laurenz endlich: »Herein!« Ich wusste nicht, ob die Frau vom Empfang ihm den Besuch angekündigt hatte, aber selbst wenn, sie kannte mich nicht und wusste daher auch nicht, in welchem Verhältnis wir zueinander standen. Ich öffnete die Tür und sah als Erstes eine Frau mit kurzen dunklen Haaren, die an einem Regal mit Aktenordnern lehnte. Sie war etwas jünger als ich, trug ein schwarzes Kleid mit kniehohen Stiefeln, die ihre schlanke Figur betonten, und lächelte freundlich. Laurenz stand sofort auf und kam mir entgegen.

»Alev, was machst du denn schon hier?« Er wollte mich auf die Wange küssen, doch ich wich aus. »Ich dachte, du kommst frühestens morgen.«

»Ich habe etwas mit dir zu besprechen«, antwortete ich. Spätestens damit war klar, dass es ernst werden würde. Bevor die Frau den Raum verließ, stellte er uns beide einander vor, doch ich vergaß ihren Namen noch im selben Augenblick.

»Na, was gibt es denn so Wichtiges?«, fragte er. Aus seiner Stimme hörte ich die unterdrückte Nervosität heraus. Merkwürdig, er hatte oft so geklungen, und ich hatte ihn immer für selbstsicher gehalten. Das war er ganz und gar nicht. Vielleicht wurde seine Tarnung mittlerweile durchlässig, oder ich war einfach aufmerksamer geworden.

Ich ging zum Fenster, das zum vorderen Parkplatz zeigte, und drehte mich zu ihm um. Laurenz hatte sich wieder in seinen Schreibtischstuhl gesetzt, und wir beobachteten uns gegenseitig.

»Hast du eine Affäre mit einer Frau aus Hannover?«

»Du meine Güte!«, fuhr er auf. »Wie kommst du denn schon wieder auf so einen Blödsinn? Mir reichen deine haltlosen Unterstellungen langsam, weißt du das?«

»Du willst mir also tatsächlich weismachen, dass du keine Affäre hast?«, sagte ich. »Verstehe ich das richtig?«

»Exakt«, gab Laurenz zurück und verschränkte die Arme vor der Brust, die Lippen zu einer harten, schmalen Linie zusammengepresst. Er trug einen eng anliegenden grünen Pullover, der nicht nur seinen muskulösen Oberkörper, sondern auch die dunklen Flecken unter seinen Achseln betonte. »Absolut richtig.«

Da ich nichts anderes erwartet hatte, konnte ich einigermaßen gelassen bleiben. Laurenz würde nie eine Schwäche zugeben, geschweige denn, einen echten Fehltritt.

»Dann sagt dir der Name Bea sicher auch nichts«, hakte ich nach.

»Nein, tut mir leid«, erwiderte Laurenz. »Auch das ist korrekt.«

»Du kannst dich nicht erinnern, mit ihr in Hannover im Fitnessstudio gearbeitet zu haben?«

»Ach so, die meinst du.« Laurenz schien tief in seinem Gedächtnis zu graben. »Ich wusste gar nicht, dass die Bea hieß.«

»Woher weißt du dann, wen ich meine?«, fragte ich.

»Was soll das?« Er baute sich vor mir auf. Ich rührte mich nicht, sondern versuchte ihm ruhig in die Augen zu sehen. Erst hielt er meinem Blick stand, dann wandte er sich ab.

»Ach, vergiss es. Deine Meinung ist doch ohnehin vorgefertigt, ich sehe gar nicht ein, da noch etwas richtigzustellen.«

Er hätte genauso gut sagen können: Ja, du hast völlig recht, so ist es. Ich wusste es, ich sah es in seinen Augen, an seiner unsicher verzerrten Mimik, hörte es an seiner Stimme, ich konnte sogar seine ängstlich kreischenden Gedanken hören, die im Suchen nach der nächsten Lüge verzweifelt umherwuselten, wie Ameisen in einem zerstörten Bau. Doch es gab kein Schlupfloch mehr und keinen Zweifel.

»Ich verstehe einfach nicht, dass du mir ständig irgendetwas anhängen willst!«, schimpfte er. »Was habe ich dir getan, dass ich dauernd unter Generalverdacht stehe? Sag mir, was?«

»Was du mit wem getan hast, weißt nur du allein«, sagte ich. »Die Sache mit Bea pfeifen allerdings in Hannover schon die Spatzen von den Dächern, da hättest du deutlich vorsichtiger sein müssen.«

»Darf ich erfahren, wer so etwas erzählt?«

»Erinnerst du dich an Anka? Deine …«

»Ach du lieber Gott, Anka! Na, jetzt wird mir einiges klar!« Laurenz schnaubte. »Die hat es gerade nötig! Aber bitte, wenn du ihrem Geschwätz glaubst.«

»Ja, ich glaube ihr.« Ich schwitzte beim Reden, doch ich kam weder ins Stocken, noch verlor ich meine Fassung. »Lass uns damit aufhören, Laurenz. Du betrügst mich seit Jahren, seit vielen Jahren. Nun weiß ich es auch endlich, und jetzt ist Schluss damit. Ich möchte, dass du heute noch deine Sachen holst und ausziehst. Eine kurzfristige Unterkunft wirst du sicher finden. Alles andere regeln wir dann zu einem späteren Zeitpunkt.«

Ich stand schon an der Tür, drehte mich aber noch einmal um. »Ich werde nachher ins Kino gehen, sodass du das Nötigste packen kannst.«

»In Ordnung, Alev!«, rief er hitzig. »Wie du willst. Ich habe das Theater genauso satt, ich lasse mir von dir nichts mehr unterstellen. Es reicht! Deine Eifersucht ist ja schon pathologisch.«

»Wirf den Hausschlüssel bitte in den Briefkasten«, sagte ich und schloss die Tür hinter mir.

Während ich die Treppen hinunterstieg, waren meine Knie immer noch weich, und den Puls spürte ich im ganzen Körper. Dennoch war ich stolz auf mich. Es war vorbei. Endlich vorbei. Die Lügen hatten ein Ende, die Tatsachen lagen vor mir, Details und Beweise brauchte ich keine mehr. Der erste Schritt war getan. Ich hatte Laurenz verlassen.

Die nächsten Wochen verbrachte ich in einem tranceähnlichen Zustand. Ich funktionierte im engen Korsett meiner Verpflichtungen und Gewohnheiten, versorgte die Kinder, kochte, ging einkaufen oder in die Buchhandlung, schrieb Texte, wenn ich Aufträge hatte, und notierte Gedanken, wenn sie mir wichtig erschienen. Ich sprach nur mit wenigen Menschen und versuchte zu begreifen, was geschehen war. An den Abenden ging ich früh ins Bett.

Erst jetzt merkte ich, unter welchem Druck ich jahrelang gestanden hatte. Allein weil ich wusste, dass Laurenz den Alltag und sich wiederholende Abläufe verabscheute, hatte ich diese für ihn möglichst angenehm gestalten wollen. Mir wurde klar, dass ich mich beinahe jeden Morgen und Abend für das immer gleiche Prozedere mit den Kindern geschämt hatte. Nur, wie führte man einen abwechslungsreichen Alltag? Wie ging das in anderen Familien?

Oder störten sich andere Männer einfach nur nicht daran? Nahmen sie es selbstverständlicher hin, dass Kinder eben jeden Tag zur selben Zeit zur Schule mussten? Genossen andere Männer die Gewohnheiten und das Vertraute vielleicht sogar?

Je mehr ich mich von Laurenz entfernte, umso wütender wurde ich. Alles war angenehmer und ruhiger ohne ihn, jeder Handgriff leichter, jedes Nachhausekommen schöner. Er hatte mir viele Jahre das Leben schwergemacht, und ich hatte es mir schwermachen lassen. Ich hatte für ihn und die Kinder alles hintangestellt, sogar mitunter meine Gefühle für Koray verleugnet, um ihm gegenüber loyal zu sein.

Viele Jahre hatte ich wirklich geglaubt, mit Laurenz eine Chance zu haben, jetzt wurde die Illusion deutlich. Es hatte nie eine Chance für uns gegeben. Immer wieder dachte ich an das Nah-Heranlassen. Ich tat es, obwohl ich damit an manchen Tagen die Grenze des Erträglichen erreichte. Am schwierigsten, hartnäckigsten und gleichzeitig am kraftvollsten war die Wut. Sehr zur Verwunderung der Kinder tanzte ich nun jeden Tag allein in meinem Zimmer. Hörte sehr laut Musik über Kopfhörer und tanzte stundenlang so wild und ausdauernd, bis meine Muskeln brannten und mir der Schweiß am Körper herabrann. Das erleichterte mich ein wenig, und doch brauchte ich Monate, um zu verdauen, was Anka mir gesagt hatte.

Nachdem Laurenz eine Weile bei einem Freund untergekommen war, mietete er sich eine Wohnung und holte seine Sachen an einem Tag, als ich in der Buchhandlung war. Zweimal rief er an und bat um ein persönliches Gespräch, doch ich merkte, dass es ihm nicht um einen ehrlichen Austausch ging, von Reue oder Trauer ganz zu schweigen, sondern lediglich darum, die gewohnten Verhältnisse wiederherzustellen. Er schien überrascht, dass ich so kühl und sachlich blieb, weder weinte noch zu einem Treffen bereit war. Aber Laurenz war kein Kämpfer, und das kam mir sehr gelegen.

Elias und Linn gewöhnten sich nach dem ersten Schock recht bald an die neue Situation, und ich stellte fest, dass mit mir auch die Kinder ruhiger wurden. Linns Schlafstörungen fanden ein Ende. Sie ging zwar spät schlafen, meist um dieselbe Zeit wie ich, aber sie weinte nicht mehr und kam am Abend auch nicht mehr zu mir. Vielleicht trug auch ihre Teilnahme an der Theater AG der Schule, die Linn so große Freude bereitete, zu ihrer Veränderung bei, sodass sie mich bat, sie bei einer Schauspielagentur anzumelden. Sie war überglücklich, als ein paar erste Anfragen kamen, auch wenn diese nicht zu einer Filmrolle führten.

Elias, der zuvor häufig Erkältungen gehabt hatte, war jetzt meist gesund. Offensichtlich hatten die beiden noch mehr unter unserer brüchigen Beziehung gelitten, als es mir bewusst gewesen war. Jetzt konnten sie ihren Vater sehen, wann sie wollten, aber auch gehen, wann sie wollten, und das schien für sie das Richtige zu sein. Einen Dämpfer erlitten die beiden zwar, als Laurenz ihnen kurze Zeit später von seiner neuen Freundin erzählte, doch auch das belastete sie nicht lange. Mir war es gleichgültig, umso mehr, als sie nicht Bea hieß.

Auch wenn ich intensiv über alles Gewesene nachdachte, und auch wenn ich zeitweise unter meinem Zorn litt, hätte ich doch nichts ändern oder rückgängig machen wollen. Es war für mich eine Phase der Einkehr, des Verstehens und Abwendens, in der auch Koray keinen Raum fand. Ich wusste, dass ich jetzt eine Weile allein sein musste, mich nicht ablenken durfte, wenn ich gestärkt daraus hervorgehen wollte. Und das wollte ich unbedingt. Die Beziehung zu Laurenz sollte zu mehr gut gewesen sein, als zwei Kinder in die Welt zu setzen und so zu tun, als seien wir eine Familie.

Ich wollte den Sinn dahinter verstehen, wollte wissen, warum die Dinge so geschehen mussten und was genau mein Anteil daran war. Und ich wollte verstehen, warum ich mich auf Laurenz eingelassen hatte, obwohl vieles von Anfang an in die falsche Richtung gedeutet hatte.

Seitenweise füllte ich mein Tagebuch, ich konnte gar nicht so schnell schreiben, wie meine Gedanken flossen. Ein erhebendes Gefühl, dabei sicher sein zu können, dass ich damit ungestört bliebe, dass kein Laurenz mehr darin lesen würde.

Oft fuhr ich nach Hannover, traf mich mit Greta, Silvie und meinen Eltern. Mein Vater fragte, ob ich nicht doch zurückkommen wolle. Er besaß seit einigen Jahren ein Mehrfamilienhaus, in dem ich eine Wohnung hätte haben können. Doch die Kinder waren nun in Berlin heimisch geworden, ich konnte sie nicht erneut herausreißen, weil sie sich endlich wohlfühlten und wir ein sehr harmonisches Dreiergespann bildeten. Außerdem wollte ich weder den beiden den Vater entziehen noch ihm die Kinder. Es war einfacher, wenn wir erst einmal in Berlin blieben.

Nach und nach schwächte sich die Wut auf Laurenz ab und machte dem Schmerz Platz. Dem Schmerz darüber, mich getäuscht zu haben und getäuscht worden zu sein und dem Plan, den ich für mich gehabt hatte, nicht entsprochen zu haben. Ich wollte eine heile Familie, mit allem, was dazugehörte, doch ich hatte es nicht zu leben vermocht. Der Abschied von diesem Ideal fiel mir schwer.

Immer wieder träumte ich von dem verschlossenen Tor, an das ich schlug, mal schreiend, mal weinend, und manchmal nur stumm und leise versuchte, die Klinke hinunterzudrücken. Doch sie blieb unbeweglich.

Im Frühling kamen uns Dalan und Hervé besuchen, und nachdem wir zusammen einige Sehenswürdigkeiten besichtigt und die beiden jeden Berliner Club unsicher gemacht hatten, saßen mein Bruder und ich oft allein am Frühstückstisch und redeten. Seit seiner Hochzeit hatte sich unser Verhältnis gewandelt, es war herzlicher und inniger geworden, und die langen Gespräche brachten mir manche neue Erkenntnis, die sich auch in meinen Träumen niederschlug.

In einer Nacht stand ich wieder vor dem Tor. Dieses Mal konnte ich jedoch einen Schritt zurücktreten und es mit Abstand betrachten. Dabei stellte sich heraus, dass das Tor mitten in einer Wüste stand, rechts und links war nichts als Sand. Als ich das sah, musste ich im Traum schon lachen. Ich wandte mich um und ging davon. Ließ das hübsche, aber nutzlose Bauwerk einfach hinter mir. In der Ferne sah ich Grün. Eine Oase vielleicht oder ein Ort, der mich anzog. Bevor ich ihn erreichte, wachte ich auf.

Als habe sich ein Knoten gelöst, schienen sich danach die Dinge zu verselbstständigen. In der Buchhandlung erhielt ich nicht nur Bestätigung, sondern auch das Angebot, mehr zu arbeiten und recht bald die Verantwortung für eine Abteilung zu übernehmen. Da ich nebenbei weiter textete und zusätzliche Aufträge erhielt, ging es uns auf einmal sehr gut, was mein Wohlbefinden um ein Vielfaches steigerte.

Auch im Haus tat sich einiges. Insbesondere für das Schlafzimmer wollte ich dringend eine Veränderung, um es endlich zu meinem Raum zu machen. Das Bett hatte Laurenz verkauft und sein Schranksystem mitgenommen, weil mir weder das eine noch das andere gefallen hatte. Also strich ich den Raum neu, kaufte einen antiken Kleiderschrank und schlief eine Weile auf der Matratze am Boden, weil ich nicht wusste, wie mein Bett aussehen sollte. Ich wollte etwas Besonderes, etwas Eigenes und nichts Fertiges. Die Inspiration lag dann gewissermaßen vor unserer Haustür. Wochenlang wurden im benachbarten Wäldchen zahllose Birken geschlagen, weil man sie während der Wende am kahlen Mauerstreifen einfach nur plantagenartig nebeneinandergesetzt hatte und die Bepflanzung später zu eng geworden war. Während die Waldarbeiter mit dem Fällen beschäftigt waren und mir der aggressive Ton der Motorsägen fast körperlich wehtat – zumal die schönen Bäume nur als Energielieferanten verbrannt werden sollten –, kam mir die Idee. Ich rief beim Forstamt an und kaufte dreizehn Birkenstämme. Mit dem Handkarren rollte ich die schweren Hölzer nach Hause, schrubbte sie mit einer Wurzelbürste sauber, sodass sie silbrig weiß glänzten, und legte sie statt eines Lattenrostes quer hintereinander in den Raum. Ich verband sie mit Metallschienen und legte die Matratze darauf. Als Kopfteil verwendete ich einen großen verzweigten Ast, in den ich einen weiß bestickten, italienischen Stoffschirm klemmte. Beim Anblick meines neuen Schlafzimmers platzte ich beinahe vor Stolz. Erst später las ich, dass Birken als Symbol für Reinigung und Neuanfang gelten. Kein Wunder also, dass ich seither wunderbar schlafen konnte.

Elias hatte bei Dalans Besuch eine enge Bindung zu seinem Onkel aufgebaut, und Dalan schlug Elias nun vor, in ein englisches Internat zu wechseln. Er könne bei ihm wohnen, und Dalan würde auch das Schulgeld bezahlen.

Ich könne sein Angebot ruhig annehmen, sagte er, als ich erst zurückhaltend reagierte, er habe schließlich keine Kinder und hätte gern einen Jungen wie Elias um sich. Auch Hervé sei damit einverstanden. Außerdem tue es jedem Jugendlichen gut, ab einem gewissen Alter von den Eltern wegzukommen.

Elias war begeistert von der Idee, Laurenz hielt es für zu früh, und ich wollte es ihm selbst überlassen. Zu Elias' großer Freude lenkte dann aber auch Laurenz ein, und der Umzug wurde zum nächsten Schuljahr beschlossen. Und während wir hin und her planten, telefonierten und organisierten, überraschte uns Linn mit einer großen Neuigkeit. Sie hatte sich heimlich für eine Filmrolle beworben, war ebenso heimlich zum Vorsprechen gegangen und hatte die Rolle tatsächlich bekommen. Es war eine deutsche Produktion, und wenn Linn auch keine Hauptrolle hatte, so würde sie immerhin eine interessante Nebenrolle verkörpern. Unser Leben bekam plötzlich eine neue Dynamik und vergrößerte sich auf angenehmste Weise.

Dieses schöne Grundgefühl zeigte sich dann auch an ganz unerwarteter Stelle, im Sommer, etwa sieben Monate nach der Trennung von Laurenz. Ich hatte Linn zu einem Termin in die Babelsberger Filmstudios gefahren, und während sie Kostüme anprobierte, saß ich im herrlichsten Sonnenschein bei einer Limonade im Café. Ich sah auf meine Uhr, deren Armband verrutscht war, und entdeckte das winzige Herz an meinem Handgelenk. Es war eine Sommersprosse, ein Leberfleck, exakt umrandet und ausgefüllt wie eine Tätowierung. Erst konnte ich es nicht glauben, drehte den Arm im Licht hin und her, doch es war ein Herz. Ein deutlich sichtbares Herz an meinem Puls.

SECHSUNDZWANZIG

Als meine Mutter am Telefon weinte, wusste ich sofort, was geschehen war. Sie fragte, ob ich mitkäme nach Istanbul.

Korays Mutter hatte am Morgen angerufen und ihr mitgeteilt, dass Zia verstorben war. Sie hatte auch mit meinem Vater gesprochen und uns als älteste Freunde der Familie eingeladen, zur Beerdigung zu kommen. Wir sagten zu, sogar Dalan. Da in der Türkei Tote innerhalb von vierundzwanzig Stunden beerdigt werden, musste ich noch am selben Tag fliegen.

Ich rief Koray an und erfuhr, dass er bereits eine Weile in Istanbul bei seinen Eltern war. Auch seine Tante und Jale waren da, und zu viert hatten sie ihren Mann, Bruder und Vater in den letzten Stunden begleitet. Koray war bewegt, als er von dem Moment des Abschieds erzählte, ich sah sein Gesicht beim Zuhören vor mir, dennoch wirkte er gefasst. Sein Vater habe einen schönen Tod gehabt, sagte er. Friedlich, mit allem ausgesöhnt, ruhig und gelassen, so wie er immer gewesen war.

Natürlich hätten Koray und ich uns lieber unter anderen Vorzeichen getroffen, freuten uns aber beide dennoch sehr auf das Wiedersehen. Aufgeregt ging ich meine Garderobe durch, überlegte, was ich mitnehmen und zu welcher Gelegenheit anziehen würde. Prüfend betrachtete ich mich im Spiegel und stellte fest, dass ich nie zufriedener mit mir gewesen war.

Laurenz war bereit, an den Tagen, an denen ich fort sein würde, zu uns nach Hause zu kommen. Elias und Linn behaupteten zwar, keine Aufsicht mehr zu benötigen, aber ich hatte ein besseres Gefühl, wenn sie nicht allein blieben. Meine wichtigsten Dinge schloss ich im Schrank ein und nahm den Schlüssel mit, bevor ich mich auf den Weg zum Flughafen machte.

In den Abendstunden würde ich in Istanbul landen. Mit mir flogen ein paar Touristen und viele Türken, darunter nur zwei Frauen, die Kopftücher trugen. Ohne selbst zu sprechen, genoss ich die Worte meiner Sprache, die vertraute Melodie meiner Kindheit.

Wie immer waren es die Lichter, die meine Stadt in den Nachthimmel schickte, um mich zu begrüßen. Millionen Lichter, die Funken in der Schwärze entzündeten und in leuchtenden Adern kreuz und quer durch die Dunkelheit jagten. Nach all den Jahren würden wir wieder an dem Ort zusammenkommen, wo meine Erinnerung begann. Wo meine ersten Bilder herstammten und die Erlebnisse mit Koray entstanden waren.

Die Maschine war gelandet, ich nahm mein kleines Handgepäck und folgte den Schildern Richtung Ausgang. Diesen neuen Flughafen im asiatischen Teil der Stadt kannte ich noch nicht. Er war deutlich kleiner als der auf der europäischen Seite und nach der Adoptivtochter von Atatürk, Sabiha Gökçen, benannt.

Sobald sich die Tür zur Ankunftshalle öffnete, sah ich

Koray vor der Absperrung stehen. Sein Lächeln trug die Spuren des Verlustes. Vater und Sohn waren sich immer ähnlicher geworden, das fiel mir jetzt auf. Im Vergleich zu sonst war er ziemlich blass, und seine Wangen wirkten eingefallen. Er hatte abgenommen, so wie ich. Ob auch bei mir die Fältchen an den Augen nun stärker hervortraten? Ob er darauf achtete? Es schien nicht so.

»Schön, dass du da bist.« Koray küsste mich so selbstverständlich, als hätten wir uns erst vor Kurzem verabschiedet.

»Wie geht es dir?« Ich nahm seine Hand, und während wir zum Mietwagen gingen, erzählte Koray von den vergangenen Tagen. Seine Mutter hatte ihn gebeten zu kommen, weil sein Vater ihn und Jale sehen wollte, auch seine Schwester und alte Freunde, mit denen er in Istanbul zusammengearbeitet hatte. Zu allen habe sein Vater Kontakt aufgenommen, sich mit ihnen getroffen und gesprochen. Den Rest der Zeit war er durch den Garten gewandert und hatte still auf der Bank beim Maulbeerbaum gesessen. Nur wenige Stunden vor seinem Tod hatte er ein Bad genommen, sich ins Bett gelegt und von ihnen verabschiedet. Koray sagte, es sei vielleicht schwer zu glauben, aber sein Vater habe genau gewusst, wann es so weit war.

Wir fuhren zu unserem Haus, zwei Straßen vom Marmarameer entfernt. Dorthin, wo wir aufgewachsen waren, wo unsere Großmütter gelebt hatten und wo nun zwei Wohnungen, eine im Hochparterre und eine im dritten Stock, die meiste Zeit des Jahres leer standen. Dennoch hatten weder mein Vater noch Korays Vater sie verkaufen wollen. Wenn mein Vater oder Tante Leyla nach Istanbul kamen, wohnten sie dort. Tante Leyla lebte mit ihrem Mann mittlerweile in Antalya, im Süden der Türkei, und meine Cousinen hatten sich mit ihren Familien in anderen Stadtteilen niedergelassen.

Die hohe Palme im Zentrum des Vorgartens stand noch immer. So wie die Pinien an der linken Seite des Grundstücks, deren harzigen Duft ich beim Aussteigen sofort wahrnahm.

Zu Hause. Mit der sommerlichen Wärme war es der Geruch unseres Zuhauses.

»Deine Eltern und Dalan sind schon da«, sagte Koray, als wir zur Tür gingen. »Ich fahre hinüber ins Haus meiner Großeltern. Dort sind Jale, meine Tante und meine Mutter. Ich hole euch morgen früh ab, der Friedhof ist hier auf der asiatischen Seite.«

»Kommst du nicht mit rein?«, fragte ich, doch Koray schüttelte den Kopf.

»Ich muss mich ein bisschen um meine Mutter kümmern. Sie wusste zwar, was auf sie zukommen würde, aber wirklich vorbereiten kann man sich auf so etwas ja nicht. Sie steht ziemlich neben sich.«

»Natürlich«, sagte ich. Koray und ich umarmten uns und tauschten einen Kuss, dann ging ich ins Haus.

Meine Mutter öffnete mir mit rot geweinten Augen, auch wir umarmten uns. Ob mein Vater ihre Trauer wirklich ermessen konnte, ob er ahnte, wie sie und Korays Vater zueinander gestanden hatten?

Dalan und er saßen zusammen im Wohnzimmer. Ich wusste nicht, wann sich die beiden das letzte Mal getroffen hatten, aber ihre Gesichter zeugten von einem bewegenden Gespräch, das vermutlich weniger Korays Vater als ihrem schwierigen Verhältnis galt. Sie lächelten jedoch, als hätten sie sich miteinander versöhnt, und ich hoffte, dass es tatsächlich so war.

Das Betreten der Wohnung glich einer Zeitreise. Seit dem Tod meiner Großmutter, dreizehn Jahre zuvor, war ich nicht mehr dort gewesen. Einiges hatte sich nach der Renovierung verändert, die mein Vater veranlasst hatte. Die Einrichtung war deutlich einfacher und weniger üppig geworden, doch manche Erinnerungsstücke waren geblieben, wie die österreichische Kuckucksuhr, die meine Eltern meiner Großmutter geschenkt hatten, weil sie sie so schön fand. Die von ihr gehäkelte Decke auf dem Esstisch, die Fotos unserer Familie auf der Anrichte, das Bild der spanischen Tänzerin, das mein Vater als Jugendlicher gemalt hatte, der rote, selbst geknüpfte Teppich meiner Mutter und das alte weiße Telefon mit Wählscheibe, das schon ewig nicht mehr in Betrieb war. Ich wanderte durch die Wohnung und feierte Wiedersehen mit jedem einzelnen Gegenstand.

Meine Eltern hatten die Betten für uns vorbereitet. Mutter, Dalan und ich bekamen die drei Schlafzimmer, mein Vater wollte mit dem Sofa vorliebnehmen. Es war ohnehin nur für eine Nacht. Im Gegensatz zu mir würden Dalan und meine Eltern morgen nach der Beerdigung schon zurückfliegen. Koray hatte gefragt, ob ich ein paar Tage mit ihm in Istanbul bleiben wolle, nachdem unsere Familien abgereist waren, und nichts wollte ich lieber als das.

Im Auto hatte ich ihn gefragt, was für die Beisetzung geplant sei, weil Frauen dabei eigentlich nicht zugelassen waren oder nur am Rande. Doch Koray sagte, dass es keine streng muslimische Zeremonie werden würde, denn sein Vater sei gar nicht mehr gläubig gewesen. Jedenfalls nicht im religiösen Sinn. Dennoch war es sein Wunsch gewesen, in türkischer Erde, im Familiengrab seiner Ahnen beigesetzt zu werden, und dafür benötigten sie einen Geistlichen.

Ich hatte von Koray auch wissen wollen, wie er in dieser Situation so ruhig bleiben könne.

Er sagte, er habe seit seinem Motorradunfall eine Vorstellung vom Tod, das mache ihm keine Angst mehr. Überhaupt keine. Obwohl er nicht wisse, was uns in der anderen Welt erwarte, sei der Übergang wirklich schön, das könne ich ihm glauben, schließlich habe er einen Probeflug gemacht. Ich sah Koray wieder im Krankenhaus liegen, sah mich an seinem Bett, irgendeine höhere Macht um seine Genesung bittend, während er schlief. Diese Bitte war mir gewährt worden. Vielleicht hatte er recht, vielleicht war das Äußere, das, was wir sehen und mit unserem Verstand erfassen konnten, gar nicht so entscheidend. Vielleicht hatte Koray tatsächlich einen Blick auf etwas Größeres, etwas Grenzenloses werfen dürfen.

Natürlich tue es weh, den Vater zu verlieren, fuhr Koray fort, allerdings sei er absolut sicher, dass es ihm gut gehe. Es ließe sich zwar nicht direkt vergleichen, aber wir hätten das Loslassen miteinander so oft geübt, dass er es auch auf andere Situationen übertragen könne. Sein Vater habe einmal gesagt, dass erst diese Fähigkeit einen Menschen glücklich mache.

»Ja«, sagte ich. »Er hat es ebenso geübt wie du.«

»Was meinst du damit?« Koray wandte sich mir zu. Wir standen an einer Ampel an der Bağdat-Straße, und ich erzählte ihm, dass auch unsere Eltern schon Liebende gewesen waren, ohne je ein Paar geworden zu sein. Koray überraschte es wenig; er sagte, er habe immer ein merkwürdiges Gefühl bei den beiden gehabt. Aber jetzt verstehe er, warum ihm sein Vater einen Brief für meine Mutter gegeben habe. Koray schmunzelte zufrieden.

»Dann ist es also Kismet[14]«, sagte er mehr zu sich selbst, als wir in unsere Straße einbogen. »Gut zu wissen.«

Da es nicht besonders umsichtig gewesen wäre, meine Mutter am Abend vor der Beisetzung mit dem Brief zu konfrontieren, behielt ich ihn in meiner Tasche, nachdem Koray ihn mir gegeben hatte. Allein zu Hause in Deutschland würde sie damit sicher besser zurechtkommen.

Doch es war auch ohne Zias Zeilen eine emotionale Gratwanderung für meine Mutter. Ich sah ihr die mühsam gewahrte Beherrschung am nächsten Tag deutlich an und hoffte, dass die anderen ihren Schmerz dem Verlust des Freundes zuschreiben und nicht merken würden, dass sie den Abschied von ihrer großen Liebe betrauerte. Ich betete darum, dass nur Koray und ich um die wirkliche Dimension wussten. Andererseits waren sich unsere Mütter bei ihrer Begegnung so zugetan, dass die Vergangenheit vielleicht keine Bedeutung mehr hatte. Was er jeweils für sie gewesen war, ging nur noch Korays Mutter und meine Mutter etwas an. Und beide hatten das Recht, auf ihre Weise um ihn zu trauern.

Nachdem Korays Vater, der Tradition folgend in einem weißen Leintuch, das Gesicht nach Mekka ausgerichtet und begleitet von unzähligen Koransuren, bestattet worden war, trafen sich alle Angehörigen und Freunde der Familie im Haus von Korays Großeltern am Bosporus wie-

14 *Kismet* = Schicksal, Bestimmung

der. Und obwohl die meisten eher zurückhaltend und still waren, entstand allein durch die große Anzahl von Menschen eine Unruhe, die mich anstrengte. Dalan, der es noch weniger ertragen konnte als ich, zog mich nach draußen zum Holzdeck, wo wir uns ans Wasser setzten. Ich fragte ihn, ob er sein Angebot an Elias wirklich ernst meine, ob er sich tatsächlich vorstellen könne, die nächsten Jahre Verantwortung für ihn zu übernehmen, und Dalan versicherte, dass er den Schuljahresbeginn kaum erwarten könne. Er freue sich sehr auf diese Zeit, denn insgeheim habe er sich immer einen Sohn gewünscht. Nun würde sich dieser Wunsch auf eine Weise erfüllen, die er nie für möglich gehalten hätte. Es sei einfach perfekt, und er wisse genau, dass Elias davon profitieren werde. Ich solle mir nur keine Sorgen machen.

Ich merkte, dass die Sorge aus meinem schlechten Gewissen rührte, meinen Sohn zu meinem Bruder abzuschieben, doch Dalan beruhigte mich. Ich hätte meine Schuldigkeit als Mutter getan, jetzt müsse Elias lernen, auf eigenen Füßen zu stehen, und sich so viele männliche Vorbilder wie möglich suchen, um seinen eigenen Weg zu finden. Augenzwinkernd sagte er, es sei wichtig, dass er von seiner behütenden Mutti wegkomme, die sich gefälligst endlich wieder um ihr Liebesleben kümmern solle. Ich sähe ja schon völlig vertrocknet aus, und ob er noch mal heiraten müsse, damit sich das ändere. Ich lachte und stieß meinen frechen Bruder mit dem Ellbogen an. Ich fühlte mich gerade weder mütterlich noch behütend. Wenn ich Koray beobachtete, wie er von Gruppe zu Gruppe ging, mit den Leuten sprach und mich immer wieder mit seinen Blicken suchte, fühlte ich mich eher egoistisch und pietätlos, weil ich mich so sehr auf das Zusammensein mit ihm freute und es kaum erwarten konnte, dass sie alle gingen.

Wahrscheinlich sollte ich meinem Bruder einfach vertrauen, mein schlechtes Gewissen vergessen und die Zeit genießen. Dalan hatte recht. Elias würde es guttun, ohne uns im Ausland neue Erfahrungen zu sammeln. Er war schließlich fast erwachsen.

Das erste Taxi kam und brachte meine Eltern zum Flughafen. Mein Vater stieg zuerst ein, und kurz bevor meine Mutter ihm folgte, gab ich ihr den Umschlag von Zia, den sie mit zitternden Händen entgegennahm und sofort in ihrer Tasche verschwinden ließ. Sie presste die Lippen zusammen, bedankte sich und umarmte mich. Eine Sekunde lang sah meine Mutter wieder so jung und hübsch aus wie auf den Fotos von früher.

Danach fuhr Dalan los, und nach und nach verabschiedeten sich auch die anderen Gäste, bis nur noch Jale und Korays Mutter zurückblieben. Beide wollten an diesem Abend nach Hamburg zurück. Jale hatte ihre Kinder eine Woche lang nicht gesehen, sie waren bei einer Freundin untergebracht, und Korays Mutter, die schon seit Monaten in Istanbul war, sehnte sich nach Abstand und nach ihrem deutschen Heim. Gemeinsam fuhren Koray und ich die beiden zum Flughafen und kehrten danach in dem Restaurant ein, wo wir damals, vor der Hochzeit meiner Cousine, auch schon gewesen waren. Der alte Besitzer kam an unseren Tisch, um Koray zu begrüßen und ihm sein Beileid auszusprechen. Viele aus dem Viertel wussten bereits, dass Korays Vater gegangen war. Wir aßen eine Kleinigkeit und tranken dieses Mal Löwenmilch dazu – Rakı mit Wasser. Ich mochte die Schärfe und das Brennen des Alkohols in meiner Kehle in Verbindung mit dem

Anis-Aroma. Und ich mochte es so sehr, mit Koray hier zu sitzen, ihn anzusehen und zu wissen, wie besonders es war, wie kostbar. Weil es nie eine Selbstverständlichkeit zwischen uns gegeben hatte, war uns jede gemeinsame Minute so unendlich kostbar. Die Zeit, unsere engste Verbündete, lächelte. Sie hatte ihre Aufgabe erfüllt und wir unsere.

Langsam wanderten unsere Gedanken aufeinander zu. Schritt für Schritt für Schritt. Der Blick in die Augen des anderen schuf die Brücke, auf der wir uns begegneten. Die Brücke, die unsere geteilten Herzen miteinander verband, Koray und mich.

Musste das alles wirklich so sein, Koray? Hat wirklich so viel Zeit vergehen müssen?
Ja, denn die Entfernung zwischen uns war größer, als ich anfangs dachte. Der Weg war länger. Du hast deine Erfahrungen gebraucht und ich meine, und auch wenn es oft anders aussah, haben wir uns immer aufeinander zubewegt.
Wir konnten uns nicht entgehen, das habe ich gespürt. Aber wie konntest du dem vertrauen? Wie konntest du so lange Zeit daran glauben?
Weil es keinen Zweifel gab, Alev. Ich hatte einfach keinen. Weil mich deine Augen mit ihrem grünen Leuchten schon vom ersten Moment an erkannt haben. Weil du damit mehr siehst als ich selbst, weil du in die Tiefe schaust, weil du mein wirkliches Ich siehst, weil es dir um mich geht und nicht um Oberflächlichkeiten. Weil du dich mir nie aufgedrängt hast, weil es nie leicht war mit dir und mir, und weil ich es immer so sehr wollte. Weil ich nie wusste, wie ich es dir sagen sollte,

ohne dass du dich in dein Schneckenhaus zurückziehst. Weil ich mit dir besser bin als ohne dich. Weil mich deine Liebe stärker macht und nicht schwächer, wie sonst.
Das war vielleicht auch der Grund, warum ich dich immer wieder gehen lassen konnte, obwohl es jedes Mal wehtat. Ich wusste, dass ich das tun musste, dass es keine andere Möglichkeit gab und dass es mein Gefühl für dich nur noch stärker machen würde. Doch das war keine bewusste Entscheidung, ganz sicher nicht, auch kein heldenhaftes Verzichten, ich habe mir das nicht vorgenommen, es war kein Ziel, das ich erreichen wollte. Es geschah einfach. Anfangs war ich noch eifersüchtig auf die Männer, mit denen du zusammen warst. Irgendwann dann nicht mehr. Irgendwann war es egal, ich wusste einfach, dass du zu mir gehörst und dass niemand daran etwas ändern würde. Ganz gleich, wie oft ich dich noch würde gehen lassen müssen. Diese Sicherheit, die Gewissheit, dass unsere Zeit kommen würde, war einfach da, unerschütterlich, unzerstörbar. Es war völlig klar. In diesen Momenten habe ich mich aufs Motorrad gesetzt und bin losgefahren, irgendwohin, nur um zu fühlen, wie du hinter mir sitzt. Deine Hände unter meiner Jacke, dein Bauch an meinem Rücken, deine Beine an meinen. Wie du dich an mir festhältst und gleichzeitig mich hältst. Ich habe den Geruch deiner Haare in der Nase gehabt, so vertraut und so aufregend zugleich. Dieses Empfinden hatte ich immer. Ob du nun wirklich da warst oder nicht, spielte fast keine Rolle, in mir warst du immer da.

»Schreib es auf, Alev«, sagte Koray. »Schreib unsere Geschichte auf.«

»Ja«, sagte ich. »Das werde ich tun.«

Wenn ich den Moment zugrunde lege, in dem ich zum ersten Mal bewusst in Koray verliebt war, sind es dreiunddreißig Jahre. In Bodrum war ich sechzehn, er achtzehn. Dreiunddreißig Jahre ungelebte Liebe in einer Nacht, und fast fünfzig gemeinsame Jahre in einem Leben. Wer kann das begreifen? Wer hält das aus?

Ungläubig streiche ich durch sein noch immer dichtes schwarzes Haar. Fest und doch weich. Ist das wirklich Koray? Mein Koray, so nah bei mir, nach dieser Ewigkeit, der ständigen Ferne? Sind das wirklich seine Hände in meinem Nacken, diese großen starken Hände, von denen ich mich stets beschützt fühle? Seine Lippen, die mich sanft herausfordern?

Sind das seine Küsse, bei denen sich mein Denken im Fühlen verliert? Sein Körper, der meine Haut mit warmen Funken sprenkelt? Ist das wirklich seine Stimme, Korays Stimme, die meinen Namen flüstert? Alev. Alev. Alev.

Suchend, tastend, fragend, als begreife auch er nicht, was gerade mit uns geschieht. Als will auch er sich versichern, dass er nicht träumt. Die Zeit rundet sich zu der Seifenblase, in der wir uns einst begegnet sind. Sie dehnt sich aus, streckt sich in die Vergangenheit und wächst in die Zukunft, bis sie uns vollkommen umfangen hält. Unser Anfang und unser Ende und unser Anfang. Ein schillerndes Geschenk in unseren Händen.

»Heirate mich«, flüstert Koray. »Heirate mich, Alev.«

Er atmet sehr behutsam aus, als befürchte er, mich mit seinem Atem zu belästigen, doch da ist nur sein Duft. Korays Duft, der mir mein Istanbul bringt, den Bosporus mit seinen hell glitzernden Wellen im Sonnenlicht. Unseren Garten mit den Pinien und den streunenden Katzen, den Jasmin und die Maulbeeren, das Lachen und die Glückseligkeit. Der mir den Duft unserer Kindheit, unserer Jugend und unseres Erwachsenseins bringt. Eins geborgen im anderen. Miteinander gewachsen, ohne Fragezeichen, nur mit einem kleinen, selbstverständlichen Punkt.

Über allem schwebt die Herznote aus seiner Beharrlichkeit, seiner Gewissheit und seiner Liebe. Koray trägt den Duft meiner Heilung, der mich zärtlich lockt, und ich weiß, dass ich ihm niemals widerstehen werde. Nie. Ich weiß, dass er mich verführen wird. Wieder und wieder und wieder.

Der Schein der Kerze auf dem Nachttisch legt einen flackernden Glanz auf seine dunklen Augen, die ein wenig zu eng stehen. Er zieht mich an sich, sein Gesicht wärmt meine Wange, und seine Bartstoppeln kratzen Furchen in meine Seele.

Mein Herz macht das einzige Geräusch in der Stille, ein ruhiges Schlagen neben seinem. Jedes hat seinen eigenen Rhythmus und steht doch in Verbindung mit dem anderen. Ich fühle, wie sich alles öffnet und vergrößert, wie frische, reine Luft meine Lungen füllt, wie es mich befreit und erleichtert. Ich bin eins geworden mit mir, nachdem ich mein Leben lang zwei gewesen war. Erst jetzt kann ich die Person annehmen, die ich in ihm gespiegelt sehe. Mich. Und erst jetzt, nach so vielen Jahren, zeigt sich unser Weg, den wir gemeinsam gehen werden. Erst jetzt beginnt unsere Liebe. Erst jetzt.

Wir brauchen nicht mehr loslassen. Wir bleiben. Er bei mir und ich bei ihm.

Ja, denke ich und lächle. Einfach nur ja.

Drei Frauen. Drei Generationen. Drei Meere.

Deniz Selek

DIE FRAUEN VOM MEER

ROMAN

Es ist Frühling in Istanbul, als Ferah auf einer Parkbank sitzend ihren Vater wiedererkennt, der die Familie vor Jahrzehnten verließ. Gemeinsam mit ihm begibt sich Ferah auf eine Reise in die Vergangenheit: zu Ferahs Mutter, einer stolzen Tatarin, die dem Vater einst in die Türkei folgte, zu der Deutschen Elisabeth, die Ferahs Sohn heiratete und lernen musste, was Leben in einer fremden Kultur bedeutet, und schließlich zu Ferahs erwachsener Enkelin, die zwischen zwei Kulturen aufwächst.

Alle drei Frauen haben glückliche Jahre an großen Meeren verbracht, bis sie in ein neues Leben versetzt wurden, in dem sie sich bewähren mussten.